一个村庄的64个人

潦寒——著

江苏凤凰文艺出版社

图书在版编目（CIP）数据

一个村庄的 64 个人 / 潦寒著. — 南京：江苏凤凰文艺出版社，2019.1
 ISBN 978-7-5594-3015-1

Ⅰ. ①一… Ⅱ. ①潦… Ⅲ. ①短篇小说－小说集－中国－当代 Ⅳ. ①I247.7

中国版本图书馆 CIP 数据核字(2018)第 232592 号

书　　　名	一个村庄的 64 个人
主　　编	潦　寒
责任编辑	万馥蕾　张　黎
出版发行	江苏凤凰文艺出版社
出版社地址	南京市中央路 165 号，邮编：210009
出版社网址	http://www.jswenyi.com
印　　刷	苏州越洋印刷有限公司
开　　本	880×1230 毫米　1/32
印　　张	9
字　　数	164 千字
版　　次	2019 年 1 月第 1 版　2019 年 1 月第 1 次印刷
标准书号	ISBN 978-7-5594-3015-1
定　　价	48.00 元

（江苏文艺版图书凡印刷、装订错误可随时向承印厂调换）

自序：好小说是人性的一面镜子

我们村子后有一条漯河至上蔡的公路，简称"漯上路"。二十世纪八十年代，漯上路上跑的车辆不多。每逢秋收，农民将地里打下来的玉米摊在公路上晒，占一半道，另一半走车。

漯上路是双车道，市级公路。小汽车走起来绰绰有余，大卡车会经常因躲行人、双车交会等轧着农民晒的玉米。开始，有的人觉得路本来是走车的，不好意思地将玉米往里拢一拢，给车让道。然而，有的人觉得大卡车轧自己的玉米了，讨人嫌，就将抓钩、铁锹，甚至是铁耙子放在玉米边上警示司机，别轧着玉米了。那时，司机正是"吃香"的职业，大卡车拉的多是煤、水泥、钢材等。大卡车司机虽然很辛苦，但挣钱容易，出手也阔绰，甚至有些公路出现了专门为司机提供色情服务的路边饭店。"十个司机九个坏，一个不坏是'柴坏'（方言：残废）"俗语的流行，让很多人打起司机的主意。

漯上路晒玉米的农民怎么打司机的主意呢？"猫有猫道，鼠有鼠道。"我们村的狗剩故意将木制的农具放在公路晒的玉米上，大卡车高，木制的锨与玉米的颜色又很相近，司机很不在意地就蹭着玉米边开过去了。"站住！"前面专门有人等着呢。有人拎着铁锨往路中间一站，司机走不了。司机下车，狗剩拿着被轧坏的农具过来和司机讨说法。这种事遇到一起是意外事件，二起是偶然事件，三起五起后司机就知道是讹诈了。那时候人们没有手机，也没有110。司机们被几个人围住后根本就说不清楚。"好汉不吃眼前亏。"司机们明白这个道理，掏钱走人，算是"花钱消灾"！

虽然年纪小，第一次我也围观，看到司机一脸的愤懑还觉得不可思议，轧坏赔偿，天经地义。第二天，第三天，第四天……狗剩的木铣能天天被大卡车轧坏就让人觉得不可思议了。"咦！狗剩这个苞谷（玉米）季节被轧坏十几把木铣，挣了几百块！"议论中有讽刺的、羡慕的、嘲笑的，甚至是不屑的。但，这并不妨碍"爷们间的情感"。大卡车上有时司机不是一个人，两三个人下来和狗剩理论时，附近晒玉米的人就立即站出来给狗剩帮腔——不论是非，只讲立场。

语言落后于行为。没有"碰瓷"这个词时，这种行为已经屡见不鲜了，更重要的是，我在书本上学的"纯朴、正直、勤劳、善良"的农民，在现实生活中却是另一个样子，尤其是明明知道狗剩的"表演"滑稽可笑得不值一驳时，帮腔的人不是义正词严地指出来，而是文过饰非地强词夺理，甚至还能表现出来受到极大委屈的义愤填膺……

现实中充满各式各样的谎言，用什么样的形式将深埋在谎言中的"真实"剥离出来，与现实保持一种文明的距离，从而使自己以超然独立的角度来观察生活，甚至是洞察现实呢？无论是"想当一个好人，结果成了帮凶"以《我们》为题，用诗的形式高度概括，还是以"文学就是回忆，而未来只有在回忆中才能变得更加清晰"真实记录的《故乡在纸上》一书的一版再版，都无法呈现出和我朝夕相处许多年"憨厚、善良与纯朴"的乡亲们复杂、自私、虚伪、猥琐，甚至是荒诞乖张的一面。

"小说是有关人性最透彻深刻的思想，对于人性各形最精妙的描写，最生动丰富的机智幽默，通过最恰当的语言向世人传达。"读到简·奥斯汀的这句话，我豁然开朗：二百多年前，英国的小说家简·奥斯汀就能通过认识的为数不多的几个人，以独幕剧的方式写出令世人瞩目的《傲慢与偏见》。而我面对的是生我养我的家乡，无数的非常了解的父老乡亲与形形色色的说不透讲不清的现实，以及真实生活中因为这样或者那样的原因呈现出来的问题！倘若我把现实中的真实事件当作创作的素材，又不影响他们的生活，最好的方法就是通过小说以故事的方式表达。这样，既能让我笔下的人物的真实而不为人知的一面现身，又不会伤害到我与家乡的那份感情。

　　如果我们把生活视为不完美的，小说的价值不仅限于对这种不完美的生活中的男男女女的审视，喜怒哀乐的描述，还有对思想传统的洞察，伦理观念的反思，乃至对人性的剖析与群体思维的解构。如同本书中的64个人：有我认识的人，有我了解的人。有听来的故事，有眼见的故事；有几个人的故事捏在一起的，有一个人的经历以不同的侧面打磨成几个故事的。

　　说到底：故事仅是小说的外衣，精神的真实呈现才是小说的灵魂。

目录
Contents

自序：好小说是人性的一面镜子 / 001

一　乾

傲 / 002

活着 / 006

歧视 / 010

正能量 / 013

普通人 / 017

事不成 / 021

民间智慧 / 026

恶人，恶人 / 030

二　坤

夜 / 036

瓦解 / 041

爷们 / 046

开荤腥 / 050

家教 / 054

打抱不平 / 058

"逼良为娼" / 062

上面来了两个记者 / 067

三 艮

弑母 / 072

致命 / 077

拼死 / 081

口造业 / 085

饶舌 / 089

无赖 / 093

压床 / 098

盖棺定论 / 102

四 离

贼 / 108

大师 / 113

刁民 / 117

老百姓 / 121

凌迟 / 123

多活二十年 / 127

生如鸿毛，死如泰山 / 130

群众的眼睛是雪亮的 / 135

五 兑

疯子 / 140

尊严 / 144

掌权 / 147

冲突 / 152

大义灭亲 / 156

秋后算账 / 160

偷鸡蚀把米 / 164

枪口朝外 / 168

非物质文化遗产 / 173

六 震

狠 / 178

风口 / 182

烧高香 / 186

大人物 / 190

高人 / 194

上访,上访 / 196

是官刁死民 / 200

为人民服务 / 204

当家做主 / 210

七　坎

命 / 216

信主 / 221

学佛 / 225

平信徒 / 230

奇人屁三 / 234

张半仙 / 238

神秘的祭祀 / 243

八　巽

文化人 / 248

死磕 / 252

脸面 / 256

妥协 / 260

羞辱 / 264

马失前蹄 / 268

狗日的事实 / 273

一

乾

傲

付子不服人，是有道理的。

二十年前，我们村在孝武营上过高中的二十余人中，付子的成绩最好。第一年没有考上，转到县城高中复习一年，考上大专应该是瓢盖的。这个节骨眼上爹死了，付子没到县城复习，熬到秋天当兵去了。二十年前，农村的孩子就两个出路，考学或当兵。付子高中毕业去当兵，很多人以为付子当不了军官，士官也稳当。不负众望的付子千里挑一又成为特种兵。那四年的魔鬼训练，付子能飞针穿玻璃、徒手上房……特种兵转业回来，各地的公安局都喜欢要。倒霉的是付子那个连，枪丢了。部队丢枪找不回来，是政治事件，全连复员回家。

很多人说，付子从部队回来后，不会笑了。说实在的，我上小学每天从他家门口走，真还没有见他笑过。付子不仅不笑，见人就躲，实在躲不过去了，要么是仰着头，要么扭过脸，碰着了就是不说话。"这球货当兵当傻了，见人连个话都不会说了。""你要是有他的本事，别说见老百姓不说话，见乡长也不会理球哩！"人们私下里的议论，并没有对付子产生一丝一毫的影响。但是，乡村有乡村的办法。付子部队转业就二十二三了，村里没有一个人给他提亲说媒，急得付子娘见人都说："这孩子心里憋闷哪！""大家心里也都憋着呢！"乡亲们看不惯什么了，力量大着呢！正当付子娘快要愁死的时候，邻村朱校长的女儿翠儿主动让人上门提亲，付子的头继续昂着。

有时候，人们吵架是没有原因的，何况是整天憋一肚子不服的付子！翠儿忍一天二天可以，一个月，二个月就难了。更何况一年，二年。儿子刚会学走路时，摔了一跤，翠儿上去扶，付子拦住不让，说让儿子自己爬起来。翠儿非要扶，付子一个甩手把翠儿撂好远。翠儿一跺脚，回娘家了……一走一个星期。付子娘让付子去岳父家，把翠儿叫回来，付子不去。一个月过去了。付子娘骂儿子，是不是想让好好的一个家散了，她捏着绳子要上吊。付子脖子一梗，一头将院墙撞了一个大窟窿，血顺着额头淌了下来。付子娘绳子一丢，再也没唠叨半句……

我去孝武营上高中前，就理解付子的傲了。那时别说高中，上大学能在报纸上发表文章的有几个？然而，我上初中时就把自己的文章变成铅字了。二十世纪末，王朔正火得一塌糊涂。"一不小心，写出一部《红楼梦》。"这句话，遭得全民讥骂，其实，这句狂话我也说过，只是大家没有把我当回事而已。后来考上大学，分数勉强被阴差阳错地调剂成物理学，仍觉得自己能成为第二个伽利略。

人与人之间是相互的。我看着别人不顺眼。其实，别人看着我也不顺眼。文笔好，又学的是天体物理学，毕业后省城却没有我的立锥之地。不想求人，赋闲了半年多，老师实在看不下去，把我推荐到贵州边城的天文观测站。在那个鸟不拉屎的地方待上十年后，我突然觉得生命之虚无，尤其是晚上借着天文望远镜看着深邃的夜空，相对于那繁星万千，地球可以忽略不计。而人相对于地球，也可以忽略不计！

父亲病重，让我回去，刚进村口，就碰见付子了。十年前，如果他不主动给我说话，我会视而不见。可现在不一样了，"付子哥，在这儿闲着呢！"我心里想，大不了他鼻子哼一声，我能接受。"兄弟回来了！"付子满脸堆笑，上前要帮我拎东西。"呀！"我错愕不已。"兄弟！大老远回来了，我帮你，我帮你！"付子不愧是特种兵出身，拎着我的大包像拎一包糠一样，帮我送到家。

我能理解付子的傲，也明白自己如何转变过来的，但是不理解付子是怎么转变过来的。有了这个疑问，自然就有了多接触的想法。恰好父亲的病情有所缓解，付子为我父亲的病忙前忙后的。过意不去，我特意给他弄了一瓶五粮液。

"岁月磨人，当年傲视苍生的付子哥，现在也变成绕指柔了。"不管恰当不恰当，我将自己心中的疑问先说出来了。

"不是岁月磨人，而是事磨人！"付子抿一口酒，微笑着说。

"还有啥事让能飞针穿玻璃、徒手上房的特种兵尿了？"我故意装作轻松地开玩笑。

"什么事？"付子苦笑了一下。"听咱婶说，你这些年的变化也挺大的。"见我没有再问，付子反问一句。

"我是读书多了，想开了。你的变化……"我们农村有一句，三岁看老。一个人想改变自己的性格，实际上是很难的。

"前几年，我为了活出个人样来，去山西煤矿挖了几年煤。"

"挖煤？"我没有下过煤井，却读过煤矿作家叫刘庆邦的小说，觉得不至于对人产生那么大的影响，况且挖煤这个职业从宋朝就有了。

"挖煤第三年，我正想凑个整数干点其他事时，最后一次下井，塌方了。"付子说着，猛倒一口酒，然后又平静地斟上了一杯。

"塌方？"我听过煤井塌方的事，从来没有见过经历煤井塌方是一个什么样的感受。"塌方有多可怕？"我好奇地追问了一句。

"比死都可怕！"

"比死都可怕？"看着付子脸上的肉微微地抽动，我想象不出来。

"一下子被砸死了，什么都不知道了。但是，几十个人一下子闷在暗无天日的下面了，那种感觉……"

"那种感觉，想起来就胸闷！"随着语境的进入，我一点点地感觉到胸闷。

"不是胸闷，而是无助，比恐惧还要可怕的无助。"

"有多无助？"

"有多无助？几十个人一下子被闷到二百多米暗无天日的井下去，一个个虎视眈眈地看着对方。第一，你不能先死，因为死后，你可能是别人的猎物。第二，死后你可能什么也没有，体恤钱也被别人冒领了。第三，你根本没有一点办法不让自己死。既无希望，又不甘心。"

"噢！"我突然想到病重父亲的神情，一点点地感觉到身上发冷。

"在那个极端环境下，那种感受无法形容！"

"是呀！"我被镇住了，也喝了一大口酒！

"多年后，我才能形容出那种感受，像有一万只蚂蚁噬心！"付子说着仰脖将酒喝下后，将手伸进脖子里拉出一个十字架，轻放在嘴上吻了一下。

活着

"锤子去沧州了，揣着斧子去的。"小庙台的三旺眉飞色舞地说。"揣个斧子？拿个枪，他也是软蛋。"富绅闭着眼，慢条斯理地说。"兔子急了还咬人哩！"三旺说话扯嗓子，脖子上的筋不由自主地又跳了起来。"兔子可是红眼，也有性子。"富绅说完，揣了揣手，不再吭声了。三旺想再接着往下说，见一群人不吭声，自己一时也没词了。

这次，锤子是真红眼了。

九德媳妇茹荷花到街上磨面粉，碰见锤子。"他婶子，你也磨面呀！"锤子给茹荷花打招呼。"磨面！"茹荷花接腔时，表情很不自然。"哟嗬！你俩搭上桥了！"磨面的张国增开玩笑说。"扯哩！"锤子尴尬地呵呵二下。"你别说，一会儿让锤子给你送回去！"一旁的青枣又给茹荷花来了一句。"鳖样！让他给我送回去，除非天下的男人死完了。"本来有些不好意思的茹荷花被青枣这么一将，装作不屑地说。"嘿嘿！"锤子仍没有说什么。"听人说，九德和三姐在沧州生意红火得很。"青枣也不看人的脸色，又接一句。"红火，有一天非死在外面不行。"荷花开始上脸了。"球！别说那些没有用的了。干脆，你和锤子也合伙算了。他们两个在外面，你们在家里。"国增说着，手里的活没停。"呸！"荷花虽然这次没有说话，但让锤子有些受不了了，脸由红变黑，由黑又变白。

国增正感觉这个玩笑开得有些过火时，锤子憋出来一句："他俩在外面合伙做生意呢！"哄一下子，国增与青枣忍不住笑出来了。"没见过你这么死鳖的男人，媳妇给别人跑了，你还装得……"荷花被国增与青枣的笑声激垮了，压抑几年的愤怒找着锤子使出来了。"你！"因为这个事，锤子虽然被人涮过很多次，但没有如此当面羞辱的。"你啥你！你媳妇给别的男人跑了，你还装聋作哑，你是个男人不？"水冲开闸后，关都关不住。这时，荷花怒目圆睁，把一肚子委屈朝锤子倒来。"你不也没有管住！"锤子想说九德哩，有些不好意思提。"我是一个妇道人家。我要是男人，早就把他俩给收拾了。"荷花心里真有恨。"哪，哪，哪！"锤子有些结巴了。"哪啥哪！哪有男人指着自己女人的屁股挣钱的。"荷花的压抑爆发出来惊人，话像掷砖头一样，扔了出来。"你！"锤子像被雷击了一样，颤了一下。"你啥你，是男人，就把他俩弄回来。别丢人现眼。你不怕丢人，我还怕呢！"荷花流泪的眼充满了愤恨。"你，你，你等着。他们不回来，我把他们的头拎回来。"锤子忍无可忍的火蹿了上来，把架子车往地上一甩，车上的小麦袋滚了下来。锤子看也没有看一眼，甩手走了，弄得国增与青枣一脸尴尬。

锤子真的揣个斧子去沧州了，到汽车站被工作人员没收之后，就不想去了，怕村里人笑话，硬着头皮去了。离沧州还有一百多里，锤子的气已经全消了。最初，九德和媳妇三妞一起去沧州开饭馆时，锤子真接受不了——自己的媳妇和别的男人一起走了，面子没有地方搁。锤子去沧州找三妞时，九德正在租的店里忙活呢!"我可以回去!你爹的病还看不?女儿还上高中不?儿子还……"三妞很平静,很理性地说。"那你和九德!"锤子头皮发紧。"你也知道九德,在咱那儿是远近有名的厨子。他蒸的包子,那个香呀!在这儿一定好卖。"三妞确实和九德商量几次才出来的。"那荷花!"锤子想说荷花同意不?但说不出口。"就她那邋遢劲,别说卖包子,不要钱看有人吃不!"三妞这么一说,锤子不敢说什么了。锤子不但有疝气不能干重体力活,也不太会算账。三妞给①锤子生活十多年了,对锤子太了解了,平心静气地把锤子给打发回来了。

九德和三妞的生意做得很红火,两个人的账也分得很真。锤子就是靠三妞拿回来的钱把父亲伺候老了,把女儿送去上大学,儿子上高中了。这几年,茹荷花也去过沧州几趟,虽然有些风言风语,家里还是盖起了楼。

锤子觉得生活没有意思。有没有意思都得活。现在,锤子经常这样想,也这样安慰自己。锤子心里很清楚,九德和三妞这几年在外面,别人都认为他们是两口子,自己也早就习惯了这个事实。锤子赶到沧州时,天还没有黑。锤子不好意思大白天过去,一个人在沧州街上转,直到路灯亮了才进店。"锤子来了!"正在忙着和包子面的九德打招呼。"你来时,也不提前打个招呼。"三妞正在算账,看锤子有些落寞神情,责怪地说。"嘿,嘿。"锤子没有接话,憨笑了一下。"你等一会儿,我和好面,去买酒。"九德抡起胳膊,吧吧吧地甩面,那熟练的程度,像玩杂技一样,让锤子好生羡慕。

---

① 给:方言,跟。

酒是河北的衡水老白干，菜是有名的叫花子鸡。三妞知道锤子好吃蒜薹炒肉丝，亲自做了两个菜。"外面不好混……"锤子喝得舌头发硬说。"男人，男人，生下来就是作难的。"九德说话时，也前言不搭后语了。"我喝得差不多了。"锤子好久没有喝这么多酒了。"我也不能喝了，明天还得做生意。"九德摇一摇头，睁一睁眼说。"睡觉，明天您还要做生意。"锤子喝了最后一杯，不让九德给他倒了。"好，睡觉。明天还得做生意。"九德也抿了一口，把酒瓶盖拧上了。"你给我拿个铺盖，我今晚看店。"锤子醉醺醺地说。"不，你好久不来，今晚我看店。"九德谦让地说。"日子还要和往常的日子一样，该怎么过就怎么过。"锤子一句话说完，堆在那儿睡着了。

三妞看着锤子那喝得有些发呆的神情，高一声低一声像打雷一样的鼾声，叹了一口气。

歧视

存根和铁蛋、苇子一起竞聘村委会的会计主任，在前二轮的群众推荐、公开演讲环节还是略占上风的，第三轮被正好驻乡调研的市长助理给否决了。那个恼火，存根扭着肥胖的身子钻进乡长的办公室，看见一头花白头发的市长助理正在双臂抱膝地锻炼呢！

"市长助理，我的文凭、群众意见都遥遥领先，为什么被刷下来了。"存根不客气了……

"既然是全面考核，就要考虑综合素质。"市长助理抬眼看了看存根，慢条斯理地说。

"综合素质不就是受教育程度、人品、人缘吗？"存根理直气壮。

"还有一个最重要的条件，看是否适合这个岗位。"

"我除了比他俩胖点，什么条件不比他们强？"存根知道自己胖，也直言不讳。

"你知道就好。"市长助理淡然地说。

"胖怎么了，又不是选美。"

"有些岗位不适合太胖的人。"

"你这是歧视！"存根一听就明白，确实是自己的胖影响了竞聘，但觉得有些荒唐。

"你身高多少？"市长助理仍是慢条斯理。

"一米六八。"

"体重?"

"二百二。"存根不好意思说是二百三十多,故意把身高增了十公分,体重减了十多斤。

"按正常的体重应该是多少?"市长助理说着,拿纸巾擦了一把额头上的汗。

"一百四。"

"一百四,你吃到二百二?"市长助理说着,不由自主地笑了一下。

"胖和当会计主任有什么关联!"存根觉得这个理由有些可笑。

"会计主任天天和钱打交道,最需要什么?"市长助理仍是慢条斯理。

"最需要精打细算。"

市长助理摇摇头。

"分毫不差!"

市长助理又摇摇头。

"你说?"存根有些不耐烦了。

"最需要自律!"

"自律和胖有什么关系?"觉得受到莫大的羞辱,存根有些怒不可遏。

"胖说明意志薄弱,管不住自己的嘴。"市长助理讪讪一笑。

"我的胖是遗传。"

"遗传?"

"是呀!我父亲就胖。"

"你父亲胖,你爷爷胖不?"市长助理嫣然一笑说。

"我爷爷那时缺吃少穿的,怎么会胖?"存根发现中了圈套,仍争辩。

"这就对了。胖还是吃的多了,运动少了。"

"现在生活好了,油水大了,人人都胖了。"

"你胖得离谱。一个连自己的身体健康都不负责的人,能对群众负责吗?"

"你……"存根被激怒了,却无从辩驳。

"论吃,国家领导什么山珍海味的吃不到。你见哪个国家领导胖得像你?"见存根脸像紫茄子一样,市长助理给存根倒了一杯水,缓了缓口气说,"想一想,你对自己的胖也很不满意,但每次吃饭还是吃到撑得吃不下为止……"

"不说了!"听到这话,存根羞愧地站起来,走了。

正能量

闷子杀人了,连杀两人。这消息让村里人听得先是一乐,而后错愕不已!

闷子的儿子小健在城里打工时,在公交车上看见小偷正扒窃一个小姑娘的手机,上前按住了小偷的手。"你!"小偷狠狠地剜了他一眼。"你什么你?"小健激动地说。"我的手机。"这时,小姑娘发现手机丢了,在车厢里喊。"你的手机掉在地上了,我帮你捡起来了。"小偷面不红心不跳。"瞎说,我看见他从你背兜里掏了!"小健争辩说。"我看见是你偷别人的手机,怎么说别人。"旁边一个穿耳孔的男人这么一说,周围的目光齐刷刷地瞅了过来。"胡说,我明明看见他偷手机了?"小健面红耳赤。"贼喊捉贼!"那人说。"你们是贼!"小健大声嚷了起来。"司机,停车。我们揪他到派出所去。"有人一喊,司机停车了。三四个人扭住小健下来了。车还没有走,车上的人看见他们扭打起来。"我让你多管闲事,我让你多管闲事。"穿耳孔的那个家伙用脚踹小健的腰。"明明是你们偷的,冤枉我。"小健那个憋屈像发了疯一样,在地上滚了几个身,顺势捡起一块砖朝小偷头上拍去,血当即流了一脸。"呵!弄不死你。"一个瘦子从身上拔出一把刀,扎在了小健的腰上。"哎!"小健捂住腰蹲下来,小偷们一哄而散。

有人先打110,而后打120。小健被送往医院后,立即进了急救室。110的警察查看了公交车上的录像，清楚地看到三个人是扒窃团伙，带着新闻记者赶到医院采访见义勇为的小健。

"叔！我问一下，你是怎么教育出一个英雄儿子的？"闷子赶到医院时，小健被安排在重症监护室。记者采访不到小健，就问闷子。

"没怎么教育！他初中没毕业就出来打工了，没有想到遇到这种事。"闷子一脸愁苦地说。

"他是在一个什么样的环境下长大的？除了你对他的言传身教，母亲对他影响是什么？"记者没有得到自己想要的东西，继续发问。

"吭，他母亲？在他不到两岁时就撇下他跟别人跑了。"小健的母亲在儿子两岁时，进城打工后再也没有回来。闷子又当爹又当娘地把儿子拉扯大。

"他母亲为什么离开？"记者不解，一个英雄的母亲会是这样？

"嫌我没有本事，过不下去了呗！"闷子闷声闷气地说。

"在老太太倒了人们都不敢扶的当下，是什么精神让他面对三个歹徒临危不惧的呢？"《新快报》的记者宫志强想写一篇大文章，绕过小健母亲的话题不屈不挠地问。

"二蛋呗！城里那么多有头有脸的人，那么多住高楼大厦的人，那么多警察保安不管。一个进城打工的屁孩子这么冲动。"闷子这时，仍气咻咻的。

"叔，不是冲动，这是见义勇为。社会需要正能量。人人争当英雄，社会才充满正义。"宫志强引导闷子。

"见义勇为？他躺下不管了，这么多医疗费谁出？别人家里都盖三层楼了，我们还是三间老房子。再说，万一有个三长两短，将来怎么找媳妇呢！"闷子的怨气不是空穴来风，小健是左肾被扎破，病情很复杂。

"叔，你放心。这个社会不会让英雄流血又流泪。"宫志强安慰过闷子后，连夜回去写稿子。先是当地电视台报道了这件事，之后是网站。"小健是在民风淳朴的农村长大的，从小喜欢读《三侠五义》《说岳全传》……正义感让小健面对歹徒临危不惧……"宫志强《让无爱英雄感受到社会大爱》的整版报道出来之后，立即受到了县领导的关注。领导代表当地政府捐钱治病。见义勇为基金会给小健送来了匾额，社会各界纷纷拿着钱到医院看望小健。

小健住院二十多天，虽然医院给小健减免了手术费，仍需要交纳三万多元的医药费。"怎么这么多假钱！"一大早到医院，收费处的人大声地叱问闷子。"假钱？这是县领导送给我们的钱！怎么是假的？"闷子听得后背冒冷汗！"你看一看，这是验钞机，一张都过不去。"收费员杏眼圆睁。"假的！"昨晚闷子在地摊上喝了一瓶二窝头，揣着钱街上闲逛。"按摩不？保你满意。"离医院有三四里路的风铃街是著名的红灯区，闷子不由自主地逛到那儿了。闷子记得老板娘还找给自己一张五十的。闷子在打工时听别人说过有人的钱被调包过，做梦也没有想到，这事会发生在自己身上，急匆匆地跑到昨晚的那家按摩店。

店还没有开门，闷子咣咣地砸门。"怎么了？怎么了？"里面的人喊。"我的钱，我的钱！"闷子声嘶力竭地说。"谁见你的钱了？"里面出来一个光头男。"我那是救命的钱。"闷子冲进去后，从床上拉起来一个女的。"你干什么的？"那个男的上来推闷子。"我儿子救命的钱被你们调包了。"闷子愤怒地指着那个女的说。"谁见你的钱了，滚！"光头男发狠地说。"我们不认识你呀！"屋里的女人被吵醒了，围着闷子嗤嗤地笑。"那是我儿子救命的钱，今天不给我，我杀了你们。"闷子恼羞成怒。"杀了我？我整天还不知道想杀谁呢！"光头男这阵仗见多了，双手咯咯叭叭地压手指。"你们……"闷子急了，转脸看见有一个切西瓜的刀，拎起来砍了下去。

"一个缺失母爱的家庭环境，一个人格不健全的父亲，我们的英雄躺在病床上欲哭无泪……"案情复杂清晰。为了警钟长鸣，宫志强熬了两个通宵写的报道《英雄儿子的无赖老子》。尽管总编看后忍不住就哭了，临上版时又把稿子撤了下来。"总编，儿子是儿子，老子是老子。我是为弘扬社会正能量，在尊重事实的情况下采用两分法写的稿子。"宫志强义愤填膺地说。"读者未必用二分法的思维看问题。我也是为了弘扬社会正能量，才决定撤的。"总编纠结地说。

普通人

杰子觉得自己很普通，普通到很多人不在意他的存在。别人在意与否也就算了，关键是自己都无法在意。比如，一群人围在一起聊天，自己挤进了，人家没有反应。他们聊得热火朝天，想插一句，话到嘴边又咽了下去。

"是什么让自己活得没有存在感？"杰子在床上翻来覆去地想。

"钱！"

"不是。自己没有多少钱，但也不穷！"

"名！这个镇上的人都是平头老百姓。除了村长，人们为了眼前的利益见面打哈哈。村里的赤脚医生原来牛哄哄的，自从有了医保，大家也不太理乎他了。"

"叱！都是平头老百姓，非要显示出谁高谁低呢？"杰子百思不得其解！这头睡睡，那头睡睡，想尿时，在床上磨蹭好一会儿，才到院子里尿一泡。提裤子回来，想起乡长来村子里时，大家的谄媚相。"因为都是平头老百姓，谁不服谁！非要比一个能耐大小。省长，市长，还用比吗？"杰子渐渐地捋出头绪了。

"自己为什么在别人眼里没有存在感？"

"因为自己普通。"

"自己为什么普通呢？"

"因为没有过人的本领。"

"为什么没有过人的本领?"

"因为自己辍学早。"杰子捋得越来越清晰了!"辍学早,不能怪我呀!上学时,考上大学的张建领没我学习好呢!上师范的张存根的女儿张小花还抄我的作业。"杰子不可避免地想到了教地理课的老师傻和尚!一次,自己在课堂上正专心致志地看武侠小说,傻和尚突然从背后夺书,把自己吓得叫了出来,班上的学生哄堂大笑。一生气,辍学了。每每想到此,杰子心有余悸,肉蹦!

"说啥,啥晚了。其实,这一代人能考上学的凤毛麟角,考不上学也不至于这么没有存在感!"杰子不想想,但他知道自己根本绕不过去,自己没有娶到老婆。

"我没有娶到老婆,咋了?一人吃饱,全家不饿。谁有我自在,可以不打工,也不为孩子老婆的事发愁。况且,没有啥人不生啥气!"开始,杰子这样安慰自己,想着想着泄气了。在农村,没娶上老婆的人不算大人。杰子想到此,突然有一种怨气。"娶不到老婆,全怪我吗?我追求过刘菊花!她家人不愿意算了,她也不愿意。不愿意就不愿意吧,还故意气人地嫁给了建强。建强算什么东西?一个头大脖子粗的厨师,小时候鼻涕两桶,看了让人恶心!"杰子想着想着,忽一下子坐了起来。"谁不想干一番事业,我也想过,一圈子人打击我。"杰子想到二十年前第一次村主任换届选举,自己刚说参选,在场的人一下子都笑了。为此,杰子写了好几页的发展大计交了上去……"你们根本就不给我机会,怎么让我发挥才能?""我不行?不让我干怎么就知道我不行?"为这个事,杰子气得把小脚趾都砸烂了,一年多,三更半夜地在村子里转悠……"我官迷。你们才官迷。我只是想实现政治抱负。""我疯了，你们才疯了呢！我要是疯了，乡长会来慰问我吗？"杰子想到这儿，突然想哭。

"陆乡长是一个多好的人啊！那么大的领导来时，还给我拎苹果！乡长就是乡长，不像这一群鳖孙。我说选村主任，他们就问'凭啥？'。陆乡长多有水平，说只要是年满十八岁，没有被剥夺政治权利的人就可以当候选人。嫩！周瑜领兵时还没有我大呢！"杰子想着想着，想到陆乡长的话："好好地干！干出一番事业后，我亲自提名你为候选人。"

遗憾的是，二十多年过去了，自己不但没有干出一番事业，连老婆也没有娶上！

"不行！得干一番事业，不能辜负陆乡长！"杰子想到这儿，激动得又在床上翻来滚去。

"干什么呢？"虽然是夜里，杰子仍能听到自己的心跳。自己上学时就爱看武侠小说，也喜欢写作文。写一本长篇小说，把村里这一帮子势利小人的丑恶嘴脸都活灵活现地刻画出来。杰子想着想着又坐了起来，刚有下床找笔纸的冲动，想到写举报信，一页纸上被人家圈出来的十几个错别字，又慢慢地蜷缩在床上了。

"写小说，尤其是长篇小说也不是一朝一夕之功。自己多年没有摸过书、拎过笔了。"杰子想到此，心又冷了。"得干一番事业，否则不是白活一辈子？白活的人多了，问题是……锤子家喝酒，我去他家了，人家就是不说坐下来喝一杯。想借一下二流家的摩托车，二流怎么说？他的摩托是进口的，摔坏了不好修。这不是明着不借嘛！"杰子想得心沉。"得干一番事业，让这些鳖孙看一看。现在的牛肉特别贵。为什么？机械化了，用牛的少了，养牛的也少了。办个养牛厂，专养牛肉。"杰子想着想着又兴奋起来："发财了，我买辆汽车，喊二流到县城刘菊花家的饭店吃，让刘菊花倒酒。喝着她倒的酒，再骂他老公炒的菜难吃。说狠点，说炒的菜比屎都难吃……"

杰子海阔天空地想了一遍，听到鸡叫，打了一个冷战。这些事都想过一千遍了。"谁不愿干一番事业呢？干事业需要条件呀！"杰子看了看空荡荡的屋子，忽觉得嘴里发苦。

"条件？"杰子从屋里想到院子里，从院子里又想到了镇上。

"没有条件，创造条件！"杰子想着想着，突然惊呆了："祠堂的五马门楼。前一段时间省里来专家，电视台的记者报道说这座五马门楼有七八百年的历史，有很高的文物价值，古建筑价值。"

"你们不是说我屎嘛！我干一件不屎的，让你们看看。"杰子想到这儿，残酷地笑了笑，"只要我将这座几百年的五马门楼砸了，一下子都出名了。那时，全村子里的人都得对我刮目相看了。"杰子想着想着，一阵阵抑制不住的兴奋。

"干一件大事让他们瞧瞧，我不是吃素的。"杰子咬了咬嘴唇，提上鞋，拎着斧头出门了。

天，仍未亮！

事不成

"事不成"是大家给群才起的绰号,可不是瞎戴的。

东林、铁蛋和高中一伙子人去温州打工,群才也要去,东林不同意。"咋,大家都能去,我为啥就不能去。""你不是情况特殊嘛!""我哪儿特殊?比你们少胳膊缺腿!"群才有些愠怒。"你……"东林笑着看了看大伙。"新媳妇在家,你舍得?"铁蛋打圆场说。"啥新媳妇!结婚三四年了还新?"群才觉得东林看不起他。"二三年就不新了?"高中接茬说。"论媳妇新,你刚结婚几个月。"群才质疑。"鞋厂做鞋底高温压膜,怕你受不了!"铁蛋爱和稀泥。"你们受得了,我也受得了。"群才瞪了一眼铁蛋。"这都不懂了,大家怕你不是长把子瓢。"东林娘出来揭老底说。群才脸一红。"这个你放心吧,能挣到钱还不把命拼上。"群才半是自言自语,半是向大家保证。

"从小看大,三岁至老。"在鞋厂压膜成型车间三天的热度刚过,群才说自己肚子疼。大家信以为真,让群才歇了一天。又熬了一星期,群才又说肝疼。"撑不住了吧?"高中调侃群才。"真的肝疼,疼得晚上睡不着。"群才表情痛苦。"不到一个月,老板也不给钱呀!"东林一脸难色。"肝疼可不是小事。大家兑钱让群才看病。"铁蛋重义气。"在这儿看?太贵了吧!"高中诡秘地说。"怕是乙肝!估计得回老家!"群才说得气短。"噢!回家,回家。"东林一下子明白了。几个人把身上的钱凑一凑,给群才买了一张大巴票让他回来了。大巴车到县城是上午，群才磨蹭到下午四五点才坐上回家的班车。这时，村子里炊烟已起，天已擦黑。群才七拧八拐地从村后往家走时，正好碰上东林娘。"群才，咋回来了？""噢！"群才一惊。"我想我娘了！""呵！"东林娘干笑一声说。"真的，我想我娘，想得晚上睡不着，掉头发。"群才怕东林娘不相信，带着哭腔。"好好，想你娘了，赶紧回去看一看你那亲不溜溜的亲娘吧！"东林娘冷笑。

"想老娘了，回家后躲在媳妇屋里二天，没有出来。"村子当笑话传了好些年，群才再也没有出门打过工。

这些年，农村人能在家里盖房子买家具，多靠的是进城在建筑工地上洒汗珠子。群才不出去打工，就在家想法子，先是种果树，后养猪，再后来养鸡子……折腾了好几年，把老娘都折腾死了也没挣到钱。"我兄弟的同学从国外弄回来的红薯种，说是能治血糖低，产量也高。"群才媳妇知道丈夫的癖处，出主意说。"那好呀！产量高就多种一些。"群才眼里泛光。"种红薯不比种庄稼。"群才媳妇担心。"咋，种几十年庄稼了，我连个红薯都不会种了。"群才有些不满意。"我怕你到时……"群才媳妇也有情绪。"怕我啥！我现在不也是过得好好的，有吃有穿的！""有吃有穿，看人家住的啥房子，穿的啥衣服！"这几年，群才媳妇受够了。"住啥房子不也是放一张床！"群才见媳妇想发火，转而嬉皮笑脸起来。"买个猪娃没有毛，不嫌赖。一圈楼围着这三间老房子。在娘们场里，我就抬不起头。"群才媳妇越说越气。"咋，嫌我没本事了，跟有本事的过去！"群才知道媳妇抱怨起来没头，使出撒手锏。"哼！这次不好好弄，你等着！"群才媳妇甩出一句话，出门了。

你别说，国外的红薯种就是不一样，三亩地红薯一个个长得像小孩头一样，个大块多。群才媳妇望着这片红薯地，眼里充满了希望："今明两年这样干下去，就能盖新房了。""我看过一辆新摩托，才一万五！"群才割着红薯秧，展示自己的想法。"得了吧！"媳妇心里有自己的盘算，催促着群才干活。

红薯秧晒干后能打食料。养猪场的人来看过，只是嫌群才要价高。"一把红薯秧，别那么贪心！"群才媳妇怕养猪场里的人不来了，担心说。"我们是外国红薯种，秧子营养价值也高。"刨了一天半红薯累得像孙子一样的群才，仍装着有底气地说。"好了吧！放在家里不值一分。"群才媳妇说完，要去养猪场再谈谈。"你去，我一个人咋干活！"群才干活盼人。"离开我，你不活了。"群才媳妇恼火说。"好好，你去吧！女人好说话。"群才也怕养猪场不要了，哄媳妇。"我去一下，谈好了就回来。你别偷懒，耍歪心眼呀！"群才媳妇不放心，走老远又折回来叮咛群才。

中午，看着干到不足五分之一的红薯地，群才急了，回去找高中，要用拖拉机犁。"犁，把红薯犁烂了咋弄？"高中问。"犁烂了，就不是红薯了。"群才还打趣说。"我不去，你媳妇回来，不骂死人。""俺家，我做主。""你做主，我也不犁。""生产队时不都是犁的。""过去的红薯种辈①上。你家的红薯在平地。"高中解释说。"平地上犁深点。"群才有主意。"犁深点，我也不去。""你不去，拖拉机让我用一下。""你……""咋，不借？""好，好。媳妇骂你别怪我呀！""女人，翻天哩！"群才拍

---

① 方言，"垄"。

拍胸脯，开着高中的四轮车犁红薯去了！

养猪场在县城边上。群才媳妇到养猪场时，场长不在家。群才媳妇怕出事，想连夜回来。场长媳妇说场长晚上回来，并给群才媳妇推荐场里的黑皮猪。群才媳妇动心了，和场长媳妇称姐道妹地住了一晚上，第二天早早地回来直奔地里，一看被群才犁得一地白花花的红薯，蹲地上哇哇大哭起来……

我大学毕业在省城从事写作，群才已经单身好些年了，老见到他四处逛悠，倒也很安分！

"群才也想当作家！"最近一次回老家，村里的小孩子给我说。"当作家？"我知道群才初中没有毕业。"群才为了写作，功夫下深了，背《新华字典》。"铁蛋媳妇向我证实。"'事不成'背字典！看他装样子！"东林反唇相讥。我回去，大家都喜欢找我玩。"你呀！别门缝里看扁人！现在的群才不是以前的群才的，真的会背字典。"铁蛋真诚地说。"他要是真的能背字典，我能背《康熙字典》了。"东林仍不屑！"你这人，有本事你也上报纸呀！群才背字典已经上报纸了，还有假！"铁蛋媳妇的话得到大家的认可。

士别三日，应当刮目相看。我觉得有必要去见见这个能背字典的"高人"，晚上拎着酒找他。

"群才叔，报上说你能背字典。"我虔诚地说。

"那还有假，《新华字典》11200个字，我如数家珍。"果真，群才说话不一样了。

"背多久？"我惊诧不已。

"五六年吧！"群才说着，从床头上拿出来被他翻得少皮没毛的《新华字典》。

"呀!"

"怎么?"群才淡然地看我说。

"你怎么想起来背字典了?"我对这个外号"事不成"的人充满敬意。

"闲着没事呗!"群才轻描淡写地说着,给我倒水。

"闲着没事就背字典?"想到群才以前的种种,我觉得不可思议!

"日子太荒了,荒得一天天地毫无结果!"群才说时,撩起额头上刀刻般的抬头纹。

"日子荒得毫无结果……"这时,我突然感知到群才内心的寂寞,像一眼望不到边的荒原!

民间智慧

"得把那老东西给做了,否则就枉为人了。"刚子咬牙切齿地对着镜子说。

刚从监狱里回来的刚子,给人的感觉是变了,变得多了。没有了以前的张扬,也没有了以前的暴躁。不但沉默寡言多了,而且待人非常地有礼貌。周围的人都说,小黑屋就是能改造人呀!你看刚子,就因为光棍刘成在酒后骂刚子说"我日你媳妇小兰",刚子一听,没有还嘴,而是直接拎着铁锹一下子拍下去,刘成的脊椎拍断了。要不是酒桌上的人拦住,估计刘成就没命了。事情发生后,人们还指责刘成嘴贱,骂谁不行,非骂刚子的媳妇。可是没有想到的是,刚子那一锹下去,刘成被拍得再也没能站起来。农村本来就是爱管闲事的人多。可是这回刘成不干了,别说是用嘴日了刚子的媳妇,就是真让他日一回,刘成也不干了。一级一级地上告,最后司法机关以故意伤害罪判了刚子七年。

刚子在监狱里就听到消息说,媳妇和自己最要好的朋友连山好。开始还不相信。朋友妻,不可欺。想戏本上说,关羽挑袍带嫂子寻刘备好几年,那种义薄云天的气概,连山那么仗义的人,这一点常识就不懂吗?况且自己和连山从小长到大,不说过命,也是至交。有一次,小兰去探监,刚子故意诈小兰说:"小兰,我见父亲在信上说,连山把你和宝宝照顾得非常好。天下大雨的那天半夜宝宝发病,一墙之隔的父亲赶到时,连山已经在屋里了。"小兰听得手中的东西咣当掉在地上了。刚子的脸色唰地一下子变得铁青。小兰走后,刚子绝食了四五天,人一下子瘦下去了一圈。那几天无论教官、狱友怎么问,怎么劝,刚子就是一言不发。直到一星期后,接到他爹老蔑的一封"忍"字书信后,突然变得勤奋多了。

蹲过五年十一个月牢的刚子提前减刑回去了。很多人都以为只要刚子回来,连山一定不是少胳膊就是缺腿的。其实,小兰和连山的事,不仅是刚子知道,恐怕全村的人都知道了。自从刚子进去后不到半年,连山就和小兰好上了,开始还是遮遮掩掩,后来几乎光明正大了。连山不但农忙时泡在小兰家,而且三天两头地和小兰进城。为此,连山的媳妇在大街上指着小兰的鼻子骂几回了。

这一回可有戏看了。刘成用嘴日了小兰一下,刚子拍断了他的瘠椎。连山真日了小兰,刚子还不要了他的命。于是,人们都密切地关注着刚子,并且和连山交情不错的人,那几天都黏在连山家,生怕刚子拎着刀什么时候冲进来。奇怪的是,刚子回家后,一天没有什么事,二天没有什么事,三天仍没有什么事。难道真是政府小黑屋把刚子给改造好了,改造成了另一个人?正当人们纷纷猜疑时,连山扛不住了,主动拎着酒找刚子。两个人仍像以前在一起玩时一样,一瓶酒倒两碗,一根黄瓜一盘菜。脸对脸地喝。刚子越是平静,连山越是觉得刚子变了,变得阴冷,喝着喝着,扑通给刚子跪下了。一边打自己的脸,一边说出了事情的真相——他之所以和小兰好,都是刚子的爹——老蔑的主意。刚子进去没有几天,老蔑就拎着酒找连山，酒后非常恳切地说："连山呀！你看你和刚子好得像一个人一样，过命的哥们。刚子这回进去了，今后小兰你要多照顾。隔三岔五地到那儿坐一坐。无论发生什么，我都不介意。开始，我只是想帮一帮小兰的忙，没有想到最后自己也控制不住了。"连山边说，边打自己的脸。刚子听得怒目圆睁，啪的一声，把手中的碗摔了，声嘶力竭地吼道："滚，滚，滚……"

"得把这个老东西给做了，否则枉为人了。"刚子每想到他爹老蒉时，就想到了这句话。起了杀心的刚子，变得更阴冷了。虽然才从监狱里出来的刚子看到可爱的儿子，心一下子软多了，小兰的百般讨好，也让他平静了许多。可是杀他爹的念头，一直打消不了。

"这事不能光怪连山与小兰，如果不是老东西故意从中怂恿，连山与小兰也不敢。"印证了自己的这个推理之后，刚子决定杀了他爹老蒉，而且只杀他爹，用一种不显山不露水的杀法。

刚子从家里出来时，手里拿着几十张烧纸。他想趁他爹老蒉熟睡时，弄住他爹的手脚，一层一层地往他爹脸上糊湿纸，直到窒息而死。刚子想好后，趁着天不明就出来。尽管杀他爹的计划盘算了好几天，可是走到他爹的门前，仍是犹豫了一下。门没有插，刚子一推，进去了。没有什么动静，手心紧张得出汗的刚子三步并作两步地走到他爹的床前，见他爹直挺挺地躺在床上。一点反应都没有，正要动手时，突然很意外地闻到了一股药气。"不好，我爹喝药了。"刚子急忙掰他爹的嘴，一股子冲鼻子的药气。此时老蒉一身新衣，身边放一封遗书。刚子打开一看："刚子，连山和小兰相好是我的主意。你不要怪连山，也不要怪小兰。你一进去就是七年，再强的人也扛不住时间，况且都是精力旺盛的年轻人。我不希望将来等你回来时，媳妇没有媳妇，儿子没有儿子。我知道你回来不会善罢甘休，也不会原谅爹。子不教，父之过。这个世界上，除了神仙，没有谁活得真正的自在的。退一步海阔天空……"

刚子看完遗书，一下子蹲在了地上，扇着自己的脸声嘶力竭地喊："来人呀，我爹喝药了，来人呀，我爹喝药了……"

恶人，恶人

豆秧刚黄，红薯长到拳头大小，人们开始下手了。村长高棍掐着腰，望着被扒得窟窟窿窿的红薯地生气地说："谁要是能看住这片红薯，我就让谁当队长。""真的吗？"正用手在裤裆里搓灰的铁蛋忽地一下站起来说。"你看我不像在认真吗？"高棍不满地看了铁蛋一眼。"那好！不是一个人在场，你看我怎么给你看住这片红薯地吧！"铁蛋宣誓般朝着人们叫了一嗓子，拍拍屁股回去了。一袋烟的工夫，左手拎个麻绳织的软床，右手拎个打兔子猎枪，铁蛋兴冲冲地来了。把床往地上一放，抱着猎枪坐在软床上说："刀枪无眼。谁要是再偷公家的红薯，别怪我眼神不好呀！"在场的人哄一下子笑了。高棍也笑了，但没有接话，甩甩手走了。

一个秋天，果真没人敢偷红薯了。那年的红薯长得真好，一株七八个，像小西瓜一样。分红薯那天，村长高棍果真向大家郑重宣布："六队现在由铁蛋任队长，原来的连生任副队长。""铁蛋如果能当队长的话……"人群中有人喊。"铁蛋怎么就不能当队长？"高棍预料到会有人这样问，反将了一军。"铁蛋当队长，好呀！不过，连生的副队长……"连生高中毕业，能写会算的，有人给他抱屈。"队长我早就不想干了，别说副队长。"连成说得很平和，看不出来一点生气。"是这样……"高棍本来想解释什么，突然没词了，不由自主地抓住头上的帽子一拍：

"分红薯，分红薯。""分红薯。分红薯。"大家高高兴兴地领了红薯，一哄而散，没有把铁蛋当队长的事放在心上。没有想到，第二天铁蛋去敲生产队钟，领着大伙下地了。

连生一天都没有露头，太阳依旧落山了。

铁蛋第一次挨打是在公社里。公社书记说："为什么你连着三次报亩产都是全公社倒数第一。""俺队里的地亩产真的只有二三百斤，俺媳妇都饿死了。"铁蛋拧着头说。"为什么人家都能产二三千斤？"公社书记瞪着眼，扭头看着高棍说。铁蛋也不看谁的脸："那是他的本事大，我这个队长没有本事，让亩产二三千斤。""抓个典型，抓个典型！"公社书记一声令下，民兵给铁蛋架上飞机，在公社转了一圈。挨了一顿苦揍的铁蛋当晚并没有回家，从公社回来直接去何香家了。

"谁？"

"我！"

"你是谁？"

"铁蛋！"

"铁蛋队长呀！你这么晚干啥？"何香的老公是个瘫子，人不会动却很清楚。

"我找何香呢！"铁蛋没好气地说。

"三更半夜，你找她干啥？"

"三更半夜，你说我找她干啥！你瘫了，又不傻。"铁蛋有些不厌烦了。瘫子不吭声了，何香也不敢吭声。铁蛋使劲地拍门，啪啪的，惊醒了隔壁的连生。

"你干啥呢？"连生出来时拿个电筒，看着衣服带血的铁蛋，吃惊地问。

"找何香!"

"三更半夜,你找人家媳妇干吗?"连生义正辞严。

"我找人家媳妇,关你啥事!"铁生理直气壮。

"你……"

"我怎么了,我是个男人。瘫子还算个男人不?"铁蛋说着,仍不停地拍门。连生上去拉铁蛋,两个人厮打起来,半条街的人都被惊动了,有人去喊高棍。高棍知道铁蛋在公社里受气了,在铁蛋屁股上踹了两脚,让他回去了。

第二天起,铁蛋和何香的事,真真假假地传得三里五村都知道。铁蛋仍是队长,少报亩产就少交公粮。全队里的人都要求他当队长,一直干到集体解散。不过,铁蛋从此落了一个坏名声——恶人。

恢复高考后,连生三十五岁考上了一所中专,毕业后留县城在工商局上班。单身多年的铁蛋终于在瘫子死后和何香修成正果。

尽管连生吃上商品粮后,很多人都巴结他,但铁蛋从来没有找过他一次。直到连生退休后回来,当着何香的面,三个人又论起了那晚打架的事。

"那晚,我本来是怕你这恶人欺负何香!事实证明,我是多管闲事!"连生谈起二十多年前的事,一脸苦笑。

"呸!那时,他连边都没沾着哩!"何香现在仍有些不好意思。

"算球!瘫子没有本事了,我为社员在公社里刚挨过打,再不让我的老二快乐快乐,活着对不起自己。"铁蛋老了老了,仍是这德性。

"别老不要脸了!别老不要脸了!"何香斜了铁蛋一眼说。

"咋,我哪儿说错了。人生苦短!"铁蛋拧着脖子说。

"是呀!人生苦短。"连生说着说着,突然哭了起来,让何香与铁蛋吓了一大跳。

"人生苦短……"连生老大一会儿才擦擦泪说原委,得了气管癌,动几次手术了。这次回来就是想在家住一段时间,和老少爷们念个情,道个别!

"不会吧?"何香有些不相信。

"不信,你看!"连生像个孩子似的撩起衣服,抽嗒嗒地让何香看刀疤。

"算球!想当年,一拳把我的门牙打掉一颗的连生,这么不经病!"铁蛋没有去看连生的刀疤,拧着脖子不屑地说。

"唉,病不在谁身上,谁感觉不到!"连生也觉得不好意思,感慨地说。

"算球!该死屌朝上。我要是得该死的病,一天罪都不会多受!"铁蛋说这话的神情,和年轻时无二般。

"呸,呸!乌鸦嘴!"何香连在一旁吐吐沫说。

"是,以前我也是这样想。不就是个死嘛!但轮到自己身上后就不一样了。"连生悲怆地看了看天,一脸的无奈。

"小心说嘴憋嘴!"何香侍候瘫子一二十年,知道人求生的劲。本来一是有点生铁蛋说话狂妄的气,二是想安慰一下时日不多的连生,没有想到自己会一语成谶。

一个月后,铁蛋死了。

人们找到铁蛋时,他手里还拎着酒瓶,坐在当年那块曾经英雄过的红薯地头。起初,大家认为是喝酒死的,把他搬起来才发现他屁股底下坐的是医院的诊断书——肝癌。何香哭天抢地地直打自己的嘴——他前几天吐得站不起来,自己去医院,回来后说是冻着(感冒)了。

消息传到连生耳朵里,他刚在医院里化疗出来。

二 坤

夜

早上，苇子媳妇与存根媳妇因为一只丢蛋的老母鸡吵的嘴，咯咯楞楞你来我往地吵到晚上，苇子回家拿了一把菜刀，存根从猪圈里拎了一把抓钩，对上了。中午，老本就听说了，冷笑了一声，该干吗该干。"要出人命了！"建国来叫老本时，他刚丢下碗。"真想打，还用吵一天！"老本说。"许多大麻烦，都是话赶话的赶到那儿了。"建国焦急地说。"嗯！"干了多年村支书的老本清楚不能再说别的了，披上衬衫出去了。"打不出人脑汁了，就早点回来！"莲枝冲着老本半开玩笑说。"噢！"夫妻二十年了，从莲枝温润戏谑的关切中，老本清楚媳妇的意思，含混地应了一声，跟着建国去了吵架的现场。

果真如建国说的，苇子要和存根拼命，是话赶话的赶到那儿了。

昨天晚上鸡上窝时，苇子媳妇用手抠了抠梨花鸡子的屁眼，有蛋。早上一起来先去鸡窝里看，没蛋，也没鸡了，苇子媳妇饭顾不上做，找鸡子把蛋丢哪儿了，刚出门，见梨花鸡咯嗒咯嗒地叫着从存根家出来。"咦！是不是又下你家鸡窝里了！"苇子媳妇火烧火燎地冲着正在做早饭的存根媳妇嚷。"那谁说得准！"存根媳妇双手沾着面，出来应。"你看这不，鸡蛋还热着呢！"苇子媳妇三步二步跨到存根窗台上的鸡窝前，伸手拿起鸡蛋说。"恐怕早上鸡下的蛋，都还热着的吧！"存根媳妇笑着说。

"刚才,俺的梨花鸡子咯嗒咯嗒地出你家门,鸡蛋还热着呢!"苇子媳妇见对方不想承认,争辩说。"俺鸡窝里又不是一个鸡蛋。你能分得清哪个是梨花鸡下的?""昨晚,我还抠了梨花鸡屁眼。"苇子媳妇急眼说。"你看俺家鸡窝里有梨花色的鸡蛋不?"存根媳妇眼珠一转,说。"鸡,蛋……梨花色……"苇子媳妇脸憋得通红。"你不是想要蛋不?我这儿还有俩!"存根从屋里出来,故意用手指了指一泡尿憋着挑得老高的裤裆,一脸坏笑地对苇子媳妇说。"你个王八蛋……"苇子媳妇鸡蛋没找着,又见存根给自己媳妇帮腔,恼了。"你这娘们,怎么不吃个玩笑。"存根一听,也上火了。"你的蛋让你媳妇要去,我不要。"其实,苇子媳妇也觉得自己失言了,想解释,但在气头上,声调低不下来。"大早晨,因为一个屌鸡蛋,叫得让人睡不好!你要鸡蛋,俺家鸡蛋罐里多着呢,拿去。"存根也高腔说。"你家鸡蛋罐里再多,是恁的。我只要俺家的梨花鸡下的。""两个鸡蛋值个啥球,值当骂人不?""鸡蛋不值啥,你扯上人蛋干吗?"苇子媳妇见存根得理不饶人,也扯开嗓子了。

苇子在自家院子里越听越气,又不好掺嘴,一生气,用个网子逮住梨花鸡,手起刀落把鸡头剁了。大家听到鸡子的惨叫,跑出来一看,一只没头的鸡在院子里扑啦扑啦地挣扎,血溅得到处都是。

老本到场听五分钟就明白来龙去脉了,几个人还是你一句我一句车轱辘话地又争论了三四个小时。"去球吧!因为一只丢蛋老母鸡,两家还要打头喝脑子。""这不是鸡不鸡的问题,存根不该给我媳妇扯到蛋上!"苇子说。"不就是一句玩笑话吗?"建国也在一旁劝解。"是呀!不就一句玩笑话嘛!牛哄哄地把鸡头剁了,血糊淋拉的想吓谁呢?"存根不服。"别扯蛋了,没头的鸡子我拎走了。明天,你们都到我家吃鸡肉。"老本各打五十大板地训斥了一顿,急着回去了。

人到中年,果真不一样了。老本半个多月没有和媳妇热乎了,去东乡治腰痛,扎针先生给老本说,他的针不但治腰痛,还壮阳。两天,针眼疼消下去,老本真的感觉不一样!要不是因为扯蛋的事……老本想着想着,到院子里了。

莲枝怕蚊子,躺在外面也支个蚊帐子。老本三下五除二地脱下衣服,扯开蚊帐子钻进去,扑了上去。

"噫!你今天疯了!"莲枝睡意正浓,推开老本说。

"咋!"出门时,媳妇还温柔有加,怎么说变脸就变脸,老本不满地说。

"刚才,你不是干过一盘了?咋恁大劲!"莲枝好长时间不干,感觉累!

"刚才!"老本激灵灵地打个一个冷战。

"嗯,像一下子年轻了二十岁!"莲枝温柔地说。

"他们吵了半夜,弄得我头昏脑涨的,才回来呀!"老本眼睁得大大的。

"啥!刚才不是你!"莲枝像被踩住了一样,一下子坐了起来。

"刚才,谁来过!"老本直视着莲枝,说。

"谁!钻进来就拱。我以为是你!"莲枝知道玩笑开大了,急得要哭出来。

"是我不是我,你感觉不出来!"老本懊恼地说。

"大半夜,我睡得迷迷糊糊的。黑灯瞎火的,你又说东乡那个扎针的能壮阳,感觉自己年轻了二十岁!"莲枝说着说着,哽咽了。

"生活二十年了,闻气也闻出来了呀!"老本感觉喉咙有什么堵住了。

"大半夜,我又睡的……再说,走时让你早点回来,早点回来。"莲枝说着说着,突然扬起手朝自己脸啪地扇了一巴掌。

"你这是干啥哩!"老本一把抓住莲枝的手。

"窝囊!活了几十年,让人这样耍了!"莲枝气得浑身抖了起来。

"唉!"老本从来没有见过莲枝这么委屈过,抱住不吭声了。

"窝囊!谁个王八蛋这么贼!"莲枝羞愧得想找个地缝钻进去。

"好了,好了!再抱怨也无济于事了。"老本想到苇子与存根话赶话吵架剁鸡头的事,反过来劝莲枝说。

"我咋就……"莲枝真的受不了,用手擂床沿说。

"唉!大半夜的,值当做个梦。"

"梦!问题是后来你回来了,不是梦!"

"是梦不是梦,又咋着!今后咱们小心点,不睡外面就是了。"尽管老本感觉比莲枝还窝囊,却不想火上浇油。

"谁个王八蛋,大半夜的干这么种死绝户的事!"莲枝越想越气,咬牙低声骂!

"唉……"

"叱……"莲枝仍不忿!老本心很乱。

两个人在这大半夜里,像两只受伤的动物,眼对眼地熬到凉意下来,心里发困,老本实在熬不住了,又把莲枝扶躺下,疲惫地说:"睡吧!睡一觉什么事都没了。"莲枝没有接腔,黯然地偎依在老本身边淌泪。

"睡吧!天明了什么事都没有了。明天,还吃鸡肉呢!"老本倦怠地说着,也合上了眼。

瓦解

压弯老村长的最后一根稻草，是一纸判决书。

水生起诉老村长之前，多次放出风。如果老村长张德北不公开给他道歉，就到法院告他。张德北说："水生，你去吧！左脸皮揭了贴在右脸上。一半不要脸，一半脸皮厚。"开始，水生不想起诉老村长，老村长的儿子是省城的作家，水生爹活着时和老村长关系也比较铁。老村长的这一句话激得水生下不了台了，第二天到城里找个律师，起诉了老村长。

老村长知道后，心里像打开了五味瓶，表面上装着什么事也没有。"六七十岁的老头子了，还多嘴多舌地管那么多闲事干啥哩！"花腿娘一辈子没有埋怨过丈夫，这次真忍不住了。"不是管的多，是实在看不下去了。"张德北气哼哼地说。"有什么看不下去的。你抓住了，还是看见了。这下可好了，水生到城里把你告下了，舒坦了。"花腿娘有些哀怨地说。"什么我抓住了，看见了。大街上的人谁不知道水生媳妇和小戴好上了。小戴把村里的沙坑承包给了水生。""大街上的人都知道，没有一个人当着水生面说的。你倒好，找来水生骂了一顿。"其实，花腿娘从省城回来第二天，就知道水生媳妇和村委会主任小戴相好了。这事是她告诉张德北的。她没有想到，不到一个月，张德北二球似的找来水生骂了一顿。"他们不当面说，就是好人了。"张德北脖子一梗，斜眼看着花腿娘说。"现在，哪是让好人活的世道。你认为是你当村长的年代。"花腿娘说完,叹了一口气。"无论人活到什么年代,也不能不顾礼义廉耻。"张德北说完,转身出去了。

老村长离开村子近十年了。临走时,村子里正举行第一届村主任换届选举!小戴先挑起头,背着一筐烟四处活动着要当村委会主任。"不能让这鳖犊子当,不是一个正经人。"村里的好多人找张德北说。"为什么?小戴不是挺能折腾的吗?城里开有大饭店,村里先盖了三层楼。再说,民主选举嘛,群众说了算。"张德北对来人说。"什么大饭店,就是'鸡窝'。听回来的后生说,他的饭店里全靠小姐拉生意哩!再说……"张德北不想听下去了,赶紧拿烟制止住了对方。干了二十多年村长了,张德北真不想干。等乡长来找张德北参与村主任竞选时,他和老伴躲到省城儿子那儿去了。开始,张德北只是想躲几天,没有想到花腿娘刚到就生病了。等病好了,孙子又出生了。等老村长把孙子带大到不用接送的时候,老村长在城里已经住到腻得受不了了。

阔别数年,老村长回到村子里第一个不适应的是,现在村里人吃饭也是在家关着门,各吃各的。老村长试着端着碗到街上蹲着吃了几次,没有几个人响应。其次,现在一个村子里定亲的成风了。以前,人们说"张王李赵不是人,一家还娶一家人",老祖先在村子定了一个规矩,同村同姓的不能通婚。"怎么连这一点规矩都守不住了。"最让老村长受不了的是,现在村里的人谁找谁帮忙干个活,要付钱的。一天八十块钱,现拔现。以前,人穷得连吃的都没有,人情也没有薄到这样呀!本来在城里就把烟戒了的张德北,又开始抽上了。

法院的传票送来两次了，张德北捂揉捂揉扔进煤炉子里了。三垛娘找老村长诉苦时，张德北正为这事烦心呢！"你说三垛，不是个东西呀！乡里每个月六十块钱的老人补贴。我攒了半年，他骑车带着我领回来之后，一下子揣在他兜里了。我要了几次，十块钱他都不给。说我有吃有喝的，要钱干啥！你说，人老了，有时嘴里没味，想吃个什么东西都没有一分钱。"三垛娘说着说着，擦起泪了。"他认为老人就是他们养的猪，只要不饿死就行。"张德北义愤填膺地说。"唉，现在的年轻人呀！"花腿娘叹了一口气，连忙给张德北使眼色。"三梅每次来了之后，三垛就让小宝小灵到我屋里，像鬼子扫荡一样，你什么也放不住。"三垛娘越说越伤心。"这个鳖犊子，哪天我非狠狠地批他一顿。"张德北听不下去了，丢下手中的铁锹，吸起了烟。"老嫂子，别生气了。我这儿有三十块钱，你先拿着花吧！"花腿娘看情形不对，一边从身上掏钱，一边瞅张德北，生怕他去找三垛了。"我不要，国家给我的钱，亲儿子还不让花一分呢！我哪能要你们的钱。"三垛娘意识到花腿娘不想让张德北管这事，在搪塞她，站起来走了。

几天晚上，张德北都烦躁得不行，几次要出门都被花腿娘拦住了。"你认为三垛是省油的灯呀！""不省油又咋了，没有见过这号东西。以前，什么东西不吃也先紧着老人。现在倒好！"张德北有些凄然地说。"以前是以前，现在是现在。"花腿娘说不过张德北，就是死拦住不让他出门。许多事都出乎人的意料。正当这二天张德北为水生到法院告他的事忧郁，给省城的儿子说不说时，德法急匆匆地找着他说："三垛娘昨晚喝药死了。""这！"张德北的头嗡一下子，像炸了一样，手中的瓷缸子啪地掉在了地上……张德北在院子里转一圈又是一圈的,像一头受伤的狮子。花腿娘锁住院子大门,把压箱底的好酒拿出来,让德法陪着他唠嗑。三梅听说娘喝药死了,来灵前哭她屈死的娘时,被三垛抽了一个耳光说:"咱娘咋屈了!"兄妹二个在家里吵了半天,没有一个劝架的。村里的好多人都在看三垛的笑话,看他怎么收场。

张德北在三垛用架子车拉着埋他娘的路上,拦住了他。"德北叔!"三垛开始很客气地说。"三垛,你是不是就这样,像埋一条死狗一样把你娘埋了。"张德北睁着布满血丝的眼说。"德北叔,你也知道国家的政策。土葬不是现在管得严吗!""那就火葬!""火葬最后,还得这样埋了。再说,我娘生前说过不让火葬。""你娘说的话!你什么时候听过。"张德北不屑地说。"德北叔,你说这话是什么意思?"三垛语气有些生硬地说。"没什么意思,你不能这样偷偷地把你娘埋了。"张德北也生硬地说。"是我娘,我想怎么埋就怎么埋。"三垛脖子上的青筋蹦起来了,拧着头说。"你娘也不行,没有个王法了。"张德北猛睁大眼,大吼一声。"吼个鬼,管好你自己的事就行了。"三垛说着,拉着车子又往前走。

听到张德北吼声的人都出来了,路上一下子多了几十口子。"你娘活着的时候,领回来的国家给的老人补贴,十块钱你都不给。死了,就这样偷偷地埋了?"张德北想到三垛娘找他时那神情,怒不可遏。"还管别人的事呢!把自己的屁股先擦干净再说。"人群中有人嘲笑着说。张德北扭头一看,水生领着一个法院的人正洋洋自得。"你是张德北吧!"法院的人说。"是。"张德北有些轻蔑地说。"你二次没有到庭,我们按缺席判决了张水生起诉你诽谤一案。这是判决书,请你签收。"法院的人很客气。"不收。"张德北顿时面红耳赤。"不收,我算给你留置送达了。"法院的人说完,放下判决书。"张德北,在没有事实证据的情况下,诽谤水生及其爱人。给他人造成了一定程度的精神伤害。在被告缺席的情况下,本庭判决此案成立。张德北须向水生公开赔礼道歉,并赔偿精神损失费六千元。"水生拿着法院的判决书,阴阳怪气地念着。围观的人一阵子哄笑,包括三垛。

老村长张德北是在三垛娘被偷埋后的第三天死的,也是喝的农药。按着张德北的遗愿,从省城回来的儿子经过多方协商,请县长特批老村长最后一个风风光光的土葬。埋葬那天,村里的年轻人都出去打工了,抬架都请的外村人帮忙。

爷们

"全山从砖桥街领回来一个女人。"

"全山从砖桥街领回来一个寡妇。"

"全山从砖桥街领回来一个带着小孩,丈夫不知死活的女人。"

有关全山的消息,很快传遍了整个村子并得到确认——全山确实又领回来了一个女人。村里人来看热闹时,老秀才正在屋内教训全山哩!"'贫贱朋友不能忘,糟糠夫妻不下堂。'全山,你仗着镇长的权势,有点面子就不要内人了。这与我华夏千年的传统相悖呀!"老秀才用拐棍戳着地,掷地有声地说。"全山,你想清楚。如果你和这个女人过,加林的娘怎么办?亲生的儿子不要了养别人的孩子。"全山的父母不在得早,他婶一旁苦口婆心地说。"要不,你和加林娘商量商量,一个住堂屋,一个住偏房……"村里主持红白喜事的老董李震说。虽然中华民国的婚姻法颁布好些年了,男人三妻四妾思想仍根深蒂固。"想瞎他的眼。一个狗腿子想三妻四妾,也不撒泡尿照照。"全山的媳妇张王氏不屑地说。"她到底是怎么回事?你这么不清不楚地把这个女人领了回来。她丈夫是死了,还是在外面没有回来?"全山婶把他拉到一边问。"三年前被拉壮丁的拉走了,一直没有消息。"全山有些垂头丧气地说。

"将来如果他回来了,咋办?"全山婶是真的关切,睁大眼睛问。

"将来，再说将来吧！"全山脑子被这几个人和这个他不愿意想的事绞成一盆酱了，却执拗地说。

"你是怎么想的。这茬口你也看了，你看全山家那倔犟劲，能一个锅吃饭不？"全山婶看全山是王八吃秤砣——铁了心地要和领回来的女人过，转过头来问她。

"我，我……"不吭一声的这个女人被问急了，小声抽噎起来。

"把这个院子从中间拉一道墙。我和秀、林一起过。人不死，债不烂。我活一天，就睁着眼看呢！"张王氏这一表态，大家都觉得无话可说了。全山抬头翻了翻眼张王氏，不由自主地又扭脸看了看领回来的女人。

"这……"老秀才脸色变了。

"真的要在这个院子拉一道墙？"全山婶觉得有些不可思议。

"拉一道墙是小事。先生、老董，婶都在。当着这么多人的面，他给我一个保证。他既然选择了那个女人，就别想再回头。"张王氏说得铿锵有力，把老董、李震惊得一脸的错愕。全山听后，抿了抿嘴唇，一声没吭。

张王氏的硬气是有渊源的。张王氏原名王白灵。民国初期，全国兴办新学堂时，王白灵进过学堂。那时，中原土匪以白狼最为狂獗。王家大户被抢时，全山正在王家护院。白狼一伙以马快枪快闻名。全山从小学过武术，拎着朴刀不顾一切地砍伤两个土匪，将王白灵从着火的后院里背出来后，就娶了她。

镇长托人请全山时，女儿秀刚出生没多久。嫁汉嫁汉，穿衣吃饭。为了不让王白灵受穷，全山从此在砖桥街跟着镇长办差,整天拎个木把子枪在镇上晃悠。谁也不承想,全山会和砖桥街的女人混上了。

"人不死,债不烂。活一天,我在看着呢!"张王氏的傲气不是从言语上,而是从表情中显出来。日子还和以前差不多。全山和领回来的这个女人及这个女人带过来的两个孩子过。张王氏和一双儿女就在隔壁。全山和平常一样,跟着镇长办差,地里打的粮食一家一半。不同的是,院子中间很快拉了一道墙。

女人的话,有时就是另一种形式的咒语。全山和领回来的女人刚生了一个女儿,东北已经解放了,我们那儿的土改开始了。变天了,一切都变了。全山不再跟镇长办差了,在家喂几头牛。那天。刚从地里割草回来,见院子里有一个男人,戴着草帽,穿着白衬衣。正坐在院子里的长凳子上喝茶。

"你是?"全山问。

"我找人呢"那人平静地问。

"你找谁?"全山有一种不祥的感觉。

"我找媳妇!"那人说话一字一斑,透过一种沧桑的平静与隐忍的力道。

"天杀的!你一走五六年,连个音信都没有。我一个人带着两个孩子,怎么活呀?!"全山领回来的女人在屋内呼天抢地地吼。全山一下子明白了。

"唉!"那人什么也没再说,叹了一口气。

"那好,你先坐,我去灌酒!"全山冷静了一下,转身出去了。等他回来时,家门口围了好几个人。"全山领回来的那女人的男人找来了。""这个人不简单,在国民党的部队里成俘虏后,掉转枪口参加了解放军。""命哪!听说在解放大西南时又被土匪虏了，几生几死才逃回来。"拎过枪的全山什么都明白，抬头看了看墙头上一脸冷笑的张王氏，面无表情地拎着肉，进屋了……

全村人都没有想到，第二天一大早，那个男人领着自己的两个孩子和女人走时，故意先走了一会儿。全山将怀里的女儿又递给她，让这个女人喂了最后一次奶。女人的泪扑嗒扑嗒地滴在孩子的脸上，孩子却吃得一脸笑意。

后记

全山一个人带着这个女儿，把她养活大，送她出嫁。等我长大成人听到这个故事，才知道秀和加林是全山的孩子。这时，全山已经须发皆白。"青竹竿，十二节。不知道谁过到那一节。"从奶奶的感慨中，我了解了事情的全貌。"你别说，全山真的很硬气。那个女人走后，多少人劝他给王白灵服个软，认个错，他就是不去，硬是一个人把孩带大后，又单身过了这几十年。"村里邢先生的评价，激发了我创作的念头，写了一篇小小说《汉子》，发在了《漯河日报》上。

又过了十几年，我娶妻生子，经历了生活的种种，见识了许多婚姻的离离合合，经常想起全山的故事。一次读书，看到一句话："婚姻的吊诡是，有些人过了一辈子，仍感觉是陌路人。有些人只相识一天，就成了知音。"我像触电了一样，感慨万千……

开荤腥

张德怀撞坏腿属于见义勇为。不过,那时还没有这个词。

开肉锅的胡三收了一头小母驴,本来是要剥驴皮卖驴肉的。马上收秋了,没舍得杀。胡三女人袖儿牵着小母驴刚出家门,迎面碰上二陀从亲戚家借一头公马回来。公马是从部队退役下来的,一见小母驴,马鬃呼一下子竖了起来,扬起蹄子往小母驴身上扑。牲口交配是分时候的。不到发情季节的小母驴一惊,尥蹄子跑。袖儿牵小母驴时把缰绳缠在了手腕上,跟着跑二步就被拉倒了。受了惊的小母驴拖着袖儿,公马垂着涎,在后面咴咴叫地追。

袖儿在地上被拖得撕心裂肺地叫,几个人围上来,见发情的公马扬头嘶鸣,不敢近身。德怀回家拉架子车哩,远远地听见袖儿的哭喊,立马蹲裆往路中间一站,双手一拉裤腿一个展身冲上去抱住了小母驴的脖子。小母驴一仰头,停了下来。这时,后面的大公马上来了,噗一下子爬在了小母驴的身上。小母驴一惊,双腿一屈,卧了。这空隙袖儿身子一滚,松开了缰绳。但是,只听见啪的一声,德怀的腿被压断在了小母驴的身下。

公马尽兴,人们才将德怀从小母驴的身下拖出来。德怀是肱股骨折,乡卫生院的大夫用竹板夹子给德怀治好,却落了一个后遗症——走路有点跛。人们在饭场上经常议论德怀的跛腿谁的责任大："袖儿家的小母驴是受了二陀借的公马的强暴才惊的。"二陀说："牲口那事谁管得了，况且公马也是他借人家的。"

那些年，好胳膊好腿的人找媳妇都发愁，别说腿有点毛病的德怀了。一晃，德怀三十岁过了。不过，那年月打工已经深入内地。全村的年轻壮力都跑外面挣钱去了，胡三连肉锅的生意都不做，去屠宰厂了。德怀趔着腿子也是东一头，西一脑地今年去深圳，明年下温州的，不沾家。这时，人们关心最多的是谁挣了多少钱，谁家又盖新房子。"因为日驴的事，坏了一条腿。"德怀的事，仅是酒桌上的一个略带涩味的玩笑。

人活在这个世上什么都能欠，就是不能欠人情。孩子长得快和自己一般高的袖儿，一直为德怀没娶上媳妇欷疚，终于打听到了自己娘家兄弟媳妇的娘家兄弟媳妇——丈夫得了肝癌，刚去世不久，带个小姑娘。袖儿一边拎着东西去赶着说媒，一边四处让人给德怀捎信，让他回来。

"工钱还没有结，怎么回来！"接到袖儿的电话，德怀有些意外。

"工钱该几个钱呀！你想一辈子打光棍！"

"打光棍也不错嘛！自己挣钱自己花，想去哪儿，抬腿就走了。"德怀听出来是袖儿，有些不以为然。

"你要是想一辈子光棍，我就不说了。没有过女人，不知道女人的好。"到了这个年纪的袖儿，说话自然随意多了。

"呵呵，没吃过猪肉，还不知道猪咋走的。"德怀在工地听过见过的这事多了，感觉没什么稀奇的。

"别那么贫了。现在，小后婚比大姑娘都抢手，赶紧回来吧！"袖儿火烧火燎地说。

"那中!"

德怀嘴上答应了,还是等到一个月后拿到工钱才回来。袖儿见了德怀那吊儿郎当的样,有些气不打一处来地说:"你呀!想让别人以为你是多大的款。""呵呵!"德怀虽然有些不好意思,还是第二天和袖儿一块去女方家了。

"都不是小孩了。如果中,那就赶紧办了。"袖儿问女方的意见。"人挺老实的,估计可靠。我就是担心对孩子。"女方说得很实际。"人嘛,一般化。熟悉熟悉再说吧!"德怀有些扭捏。"去你那个去吧!你认为是二十来壮岁,再谈谈恋爱。"袖儿一听,气不打一处来。左劝劝,右哄哄,终于把两个人撮合在了一起。

成就姻缘是天下最美的事,也是最麻烦的事。全村的人都觉袖儿成就了一桩美事时,那个女人突然领着女儿不见了。

德怀开始以为是走娘家了,等了几天,她娘家,前夫家,七大姑八大姨家都找了个遍,仍不见人影。"都是亲戚连亲戚的,她不会这样吧!"袖儿也急得嘴上长泡。"你说,钱拿走了吧,还能挣回来!人,咋说不见就不见了呢!"德怀说着,拍着大腿哭了起来。"咋,你的钱都给她了?"从来没有见过德怀尿成这样的袖儿,担心起来。"如果连亲戚都骗,找着她,一刀宰了。"胡三两眼一瞪,发狠地说。"先不说宰不宰,弄清楚再说!"袖儿撒开两腿跑着打听,弄清楚了——那个女人未出嫁时就和同村的一个男人好,出嫁后,一直没有断了联系。现在,她相好的那个男人撇下一窝子,也不见了。据传言,两个人拿着德怀的钱去外地做生意了。

"跑到天边,我也得找到她。"德怀流着鼻涕,跺着脚说。

"咦！这个骚货。坑人也要坑个远地方的呀！"袖儿这个懊恼。

"找他们去，找着直接办了他。"整天白刀子进去红刀子出来的胡三，说话就能闻出腥味来。

"找着她了，我非把脸给她扇得鳖肉一样不！"袖儿赌着一口气，四处找那个女人。德怀没心思打工了，今天听说这有信，就跑到这儿。明天听说那有个影，就跑到那儿……胡三给袖儿贴钱，让她和德怀一起找人。

令人没有想到的是，那个女人没有找到，袖儿和德怀出事了。

那天，他们打听到那个女人在酒泉，两个人坐着车赶去了。为了省钱，住在一间四十块的小旅店。奔波了一天的袖儿，来不及洗漱就躺下了。被窝还没有暖热，德怀扑了上来。"德怀，德怀。你不能这样……"袖儿双手使劲地往外推德怀的脖子。"我真的忍不住，真的忍不住了。"德怀喃喃地说。"几十年都忍了，这一会儿就忍不住。"袖儿有些气恼。"几十年没有沾过女人，不知道女人的好。"德怀吭哧吭哧地说。"唉，你知道胡三那劲儿，他要是知道了……""他知道了，杀了我也值了。现在，我真是憋不住了……"德怀说着，发疯一样压了下去。

家教

农民的狡黠在语言上表现得一览无余，比如未婚先孕的叫作"先上船后买票"。

文涛要和小九处对象，文涛爹巴掌知道后，第一个反对。"小九哪点不好？"文涛质问他爹。"哪点都不好！"巴掌眼眉一挑，说。"你这人，就没法给你说话。"文涛悚他爹，从小就悚。"别以为上两天学什么都知道。眼窝浅着哩！"巴掌之所以叫巴掌，是教书三十多年来一茬一茬的学生给他起的外号。尽管现在不体罚学生了，巴掌仍不喜欢给孩子们讲理。"我的事我做主！"文涛说完，摔门出去了。"你俩就不能好好说话？"文涛娘拽着文涛进来说。"读万卷书，不如行万里路。行万里路，不如阅人无数！"巴掌斜眼看着拧巴的儿子说。"阅人无数，你阅的都是啥人呀！"有母亲在，文涛鼓起勇气顶撞巴掌说。"阅的啥！我教过的孩子几百上千。看不出来哪个行，哪个不行？"巴掌对儿了的不服很是火大，尽量压着。"好好说理！"文涛娘也知道儿子和小九谈恋爱，帮腔说。"理，在他巴掌上呢！"文涛对他爹刚才的话耿耿于怀。"从小像个'桑扑棱子'一样，缺教少管的！"如果以前，巴掌早就抡上去了。"缺教少管，不也一样考上学了嘛！不是和你一样教书育人嘛！"文涛和小九是一前一后考上大专的。毕业后，小九回乡里教书。文涛进县农机局，没两年还混到乡农机站副站长的小官。"同样是教书，有的人是真爱这一行，有的人就是当作一个谋生的职业。"巴掌对现在的年轻教师意见颇大。"唉，不说人家，就说小九。虽然比较泼辣……"文涛娘也是教书的，知道儿子喜欢小九的模样，衬搭着替儿子圆。"什么算缺教少管？西方人讲的是敬业精神。干什么只要做好！工作上有纪律，犯法了有法律。"文涛执拗地说。"西方，你去过西方？你知道西方人一半以上每周还去教堂呢！"巴掌瞪眼说。"唉，越扯越远了，说咱们自家的事。小九是从小娇生惯养，但是比较聪明呀！"文涛娘怕两个人再杠上了，循循诱导。"人活一辈子，最不需要的是聪明！""那，我到精神病院去找个傻子！"文涛被爹的歪理激怒了，又拧着要走。"你……"文涛娘给巴掌使眼色，巴掌装着没看见。"'儿大不由爷'。现在说这，不是二八月里说庄稼，说啥啥晚了。"见丈夫没有反应，文涛娘只能戳破。"鳖犊子……"巴掌这时候恍然大悟，忽一下子站了起来，"啥年代了，还……"文涛本能的身子一扭，跑出去了。"唉，小九不就是缺少点家教嘛！这年代了，值当你……"文涛娘堵住门不让丈夫出去，劝解丈夫说。"缺少家教是小事。这种孩子受不了一点委屈。人活一辈子，那能事事由着自己。"巴掌像挨了一拳，颓然蹲下了。

文涛和小九是典型的"先上船后买票"，结婚时，小九已经有六个月的身孕了，尽管用束腰紧了又紧，明眼的人一看便知。"兴啥啥不丑"，文涛娘劝气得吭吭叽叽的巴掌。"现在年轻人，流行把头发染成黄毛绿毛的，你咋不染呀！"巴掌瞄了一眼媳妇说。"唉，你这人，今天是啥日子呀！当老公公了，能有个量不？"文涛娘连哄再诈的劝巴掌，总算把婚礼平平安安地应付过去了。

小九知道文涛的父母不喜欢自己，也不在意。县城里有一套房子，两个人早早就搬进去了，基本上不回老家。巴掌也不想让他们回来，相安无事到孩子出生，积蓄半年的矛盾爆发出来了。

男孩女孩对巴掌多多少少有点影响，但并不减少他当爷爷的热情。文涛娘这时像个老丫环一样，把小九当国宝一样侍候着。"坐月子不能洗澡""坐月子不能长时间看电视""坐月子不能很玩手机""坐月子不能吃太辣太油腻的"……虽然自己说的话小九基本上当耳旁风，文涛娘仍是忍了再忍，一遍一遍地说。"哪有当娘的不喂孩子吃奶？"文涛开始还为媳妇帮腔，直到小九决定让女儿吃奶粉那刻起，也转风向了。"现在，很多小孩都是吃奶粉长大的。"小九第一次遇到一对三的情况，有些急躁。"吃奶粉是因为大人的奶不够吃，你的奶水那么足，作什么怪？"文涛娘抱着饿得哇哇哭的小孙女，抹眼泪说。"我工作忙，如果母乳喂养，将来总不能上课时还奶孩子吧！"小九眼珠子一转，又找理由。"忙啥？你的产假可以休半年。再不行，我代你的课。"巴掌在一旁冷冷地说。"母乳喂养，多么不文明。小孩子饿了，有人没人都得揭开胸……"小九虽然有气，仍是压着。"胡说个啥，你看把孩子饿的。"文涛越听火越大，瞪着小九说。"胡说，我是胡说。如果我一直喂孩子，身材变形了怎么办？"小九见三个人都对自己虎视眈眈，恼了。"喂孩子的身材都变形了？"文涛娘眼睛睁的铃铛一样。"咋，明星们为了身材，都不母乳喂孩子。""问题是，你不是明星。"巴掌终于找到小九的漏洞，阴阳怪气地说。"我确实不是明星，可如果身材变形了，你儿子找其他女人了，怎么办？你负得起这个责吗？"小九对巴掌的语调有些歇斯底里。"我……"巴掌正要说,被文涛娘捂住嘴,拉了出去。巴掌脸憋得通红,临出门时狠狠地剜了文涛几眼。"你说,你喂不喂吧?"文涛被父亲的目光给伤着了,瞪着眼质问小九。"不喂,打死也不喂。"小九胸一挺,倔强地说。"我不打死你,我……"文涛说着,摆出要打人的样子。"你敢摸我一下,就离婚。"小九见文涛弯腰找东西,本能地把枕头甩了过去。文涛一躲,砸在了电脑桌上,显示器呼呼啦啦地掉了下来。"离婚就离婚,像你这么任性的人,过不到老!"文涛忍无可忍,握着拳头咬着牙说。"好,谁不离谁是乌龟生的,谁不离谁是王八下的!"小九第一次见文涛穷凶极恶的样子,发疯地大喊大叫起来。

"好!谁不离婚,谁不是他娘生的。"文涛怕吵下去邻居听了不好,摔门出去了。到楼下,见母亲抱着孙女抹泪,巴掌一脸的冷笑,陪着。

打抱不平

付子换好运动服,跑出门没多远,就看见打架的。
一个女的穿着很是时尚,手里拎一个小坤包,指着一个光头骂:"不要脸,你来不是一次两次了。你认为我不知道。""我什么时候来过。"男的面红耳赤,捏着嗓子压低声音说。"你敢说你没有来过,你敢说。"女人说着,扬起手去挠男人的脸。"你……"男的一只手捂着自己的脸,一只手伸开挡。"你这个不要脸的,真不要脸。"女的越说越气,双手抡起包往男的头上砸。"别闹了,别闹了。"光头用双手封,说话的空当,女的抡起包一下子砸在了光头的脸上,"吱……"一道子血印。光头火了,抓住这个女的包顺势一带,把这个女的带一个跟头。"哇!"女的一声惊叫,跌倒了。光头一看,赶紧上前去拉。女的一翻手给光头一个耳光:"你这个王八蛋。我十七岁就跟着你。跟你吃苦受累,到处受罪。你吃里爬外……""你!"光头先是被打得一愣,摸了一下脸,听见女的连珠炮似的诅咒,抡起巴掌给了女人一耳光。"王八蛋,你敢打我。"女人说着,两只手像猫爪一样挠了起来,双腿也乱踢腾。"你不要脸,抽个时间就出来找小姐,你以为我不知道。""你胡说吧!"光头火冒三丈,去捂女人的嘴。女人用嘴咬住光头的手指了。"你个死八婆。"光头怒了,扬起左手朝女人脸上扇。女人仍不松口。"你不想活了。"光头男双目怒睁,一翻腿坐在女人身上,控制住女人乱踢腾的双腿,呼一耳光。"哇!"女人松开口了。用手一摸脸,鼻子出血了。"你个不要脸的,你找小姐还有理了。打老婆。"女人扯开喉咙叫了起来。"你再叫一声。"光头怒喝一声。"我就叫了,我就叫了。"女人扯着嗓子尖叫。"你……"光头一个字没有说完,巴掌像雨点一样朝女人的脸上扇去……

几个早晨起来锻炼身体的老人,远远地围在一起指指点点。付子远远地听着,知道女人不是瓢苴。本想绕过去,转念一想,见一个打架的就不去公园了,太可笑了。等他走到跟前时,光头打得正凶。付子身子就错过去了,用眼乜了一下,见女的一脸是血,身子又斜了回来。"同志,你有手机不?报个警。这个王八蛋嫖娼。"女的像看见救星一样恳切地看着付子。"你再说吧!"光头扬起手又要去扇满脸是血的女人。"兄弟!"付子出生的村子栗门张尚武,付子学得不精,却也练了好几年,本能反应一个曲步,一翻手抓住了光头的手。

"你……"光头一看付子抓住了他的手,有些吃惊。

"兄弟,在大街上打女人,算什么本事。"别看是从农村出来的。付子最看不惯打女人的男人,冷着脸说。

"我打我的女人了,跟你有什么关系。"光头一脸不屑地说。

"你的女人,你就随便打了?"付子皱了皱眉。

"咋,我打我女人,跟你有屁的关系。"光头说着挣脱了一下,付子随即也松开了。

"他不要脸,瞅个机会就出来找小姐,瞅个机会就出来找小姐。"女人这时从地上站了起来,一边抹着脸上的血,一边用手指着骂。

"你再胡说一句,我撕烂你的嘴。"光头说完,去撕女人的嘴。

"你……"付子实在看不下去了,从光头的肋下游了过去,一个小擒打托住了光头的手。

"你敢说你不是找小姐。昨晚我说去看我外甥女。大早晨回来你就不在家。我就知道你又来这儿了。"女人不依不饶。

"松开。"光头感觉到付子的力量,右臂一发力,荡开了付子的手。

"找没找小姐是你家的事,但不能在大街上打人。"付子不想惹事,后退了一步。

"我打我媳妇,跟你有屁的关系。狗拿耗子,多管闲事。"

"咋,这个闲事我管定了。"付子看着光头那鄙视的眼神,火上来了。

"人家哪是管闲事,看不惯你这种不要脸的男人。"女人见有人帮腔,拉高了声调。

"哟!还有管打媳妇的,你跟我媳妇啥关系。"光头被逼得词亏理穷,反咬一口。

"啥关系,看不惯你这种人的关系。"付子最讨厌人耍无赖,一脸的冷静。

"看不惯?你看不惯的多了。"光头说完握了握双手,十指关节咯叭咯叭响。

"哼,我就看不惯你了。"

"老子还看不惯你呢!"光头说着,猛一拳向付子的前胸袭去。付子一侧身,一只手托住光头的拳,一只手托住光头的肘,下面腿一拐,绊住光头的腿一拉,光头身子失去了平衡。

"我操。"光头跌倒后一滚,在地上捡起一块砖,扬起来要向付子的头上砸。

"咦!"围观的人一声惊叫。

"操!"付子也被激怒了,一个滑步转到光头的侧身,双手推住光头的肩膀一使劲,光头又跌倒了,手里的砖还没丢,正好咯住自己手,血流了出来。

"你打我老公……"女的一看光头手流血了,赶紧上去扶。

"我打他?"付子没有想到这女的弯转这么快。

"是谁在打架?"这时,巡警接到围观人的报警,赶了过来。

"这个货打他媳妇,我劝架。"付子淡然地说。

"俺两口子吵架。他过来,把我老公打了一顿。手都打出血了。"女人一边用纸擦着自己鼻子上的血,一边给巡警说。

"你,打死你都不屈。"付子被这女人的话激得想发疯。

"打死我,我活该!"女人说着,去看他老公的伤。

"逼良为娼"

张建强刚当上总经理助理，工地就出人命了。

好家园的新楼盘在市中心，紧挨着邮政局的老楼挖一个三米多深的地坑。老楼是苏联援华时期专家主持建的，地下一层的防空洞异常坚固。长长的钢筋网在好家园施工挖地坑时，露出一米多长，像一根根长橛子。"能砸弯的砸弯，不能砸弯的用电锯割下来。"张建强对项目经理发布命令说。"那中！"项目经理叫来几个民工，开始下地坑里清理这些露头的钢筋。"经理，这些钢筋头弄下来了咋处置？"民工指着砸下来的一堆钢筋头狡黠地说。"咋处置，咋处置？"项目经理看了看这几个干活拖拖沓沓的民工，脑筋一转说。"谁弄下来是谁的。""好咧！"几个民工像领到圣旨一样，叮叮当当地大干起来。"现在的铁是八毛吧？"一个抡锤的人说。"有那么贵，这一堆得有好几十斤。""拉出去一卖，晚上就能找个小姐了。"几个人说着，哄堂大笑起来。项目经理理解这些长期性压抑的民工，笑着扭脸走了。

时间就是金钱。为了赶施工进度，张建强每天比施工人员来得都早，到工地转一圈检查一下施工的情况，给各个项目经理交代几句后，再去公司。

"怎么塌方了？"昨晚做了一夜噩梦的张建强，来的路上眼皮就跳得心惊胆战。

"是呀！咋塌了？"项目经理怕张建强批评他，也装着刚发现的样子。

"赶紧找人清理。人吃马喂的,耽误一天多少钱?"张建强当上总经理助理后,才知道老总的不容易。

"好,好!"项目经理连忙找几个人,清理地坑里塌方的土。

"谁的衣服埋在里面了。"有些工种不是计件,而是论天。几个民工笑嘻嘻地往上扔土时,有人这样叫。

"衣服?是个人!"

"两个人!"有人的声音听起来有些变调。

"啥?是两个人?"张建强跑到跟前时,两个埋在土里的人已经被挖出来。一个被埋的手里还紧握着锹呢!另一个双手抱着一根长钢筋,钢筋直戳进了胸膛里。

"天哪!"张建强的头嗡一声炸了,赶紧给老总打电话。之后公安局、建设局、医院的人陆陆续续赶到了。

事件很快查清了。这两个被埋的民工夜里趁项目经理和工友们不在,又下地坑挖钢筋。为了多挖钢筋头,他们往深处挖,深度到一定的程度,地坑壁支撑不住坍了下来,严严实实把两个人盖住,捂死了。

工地上死人是最倒霉的事,影响楼价。民工的家属来时,人已经被送到火葬场了。张建强为了安抚家属的情绪,给他们订了四星级的宾馆,让宾馆按高标准招待,承诺每一个人补偿五万块钱。张建强希望这件事快点平复,一是想事情赶紧有个了结,二是火葬场的停尸费一天好几百。从哭天抹泪地诉苦到要求赔偿金,带他们来工地的工头及项目经理被骂得面都不敢露。半个月过去了,家属就是不同意火葬。

"我们一条人命就值五万元?"一个家属声音嘶哑地说。

"这不是多少钱的问题。"张建强也觉得有些惭愧。

"那是为什么?"

"是因为不符合工伤条件!"

"咋不符合?"家属像被踩着脚一样。

"一是地坑里严禁私自下去,他们夜里趁人不在下去了。二是,他们下地坑不是为了干活,而是为了挖钢筋卖。"为这个事,张建强纠结地说。

"你们如果不让挖,他们怎么知道挖钢筋?"一个女家属拍着大腿声嘶力竭地说。

"我们没有让他们挖。我们是让他们用电锯割下来。谁知道他们贪那点小便宜,深夜偷挖,把地坑都挖塌方了。"张建强一方面觉得这两个被砸死的民工可怜,一方面又觉得可气。

"谁知道他们是不是夜里下去的。"另一个家属说。

"不是夜里,白天塌方了,那么多人在工地上,会不把他们救出来?"张建强苦笑着说。

"我们不管是夜里还是白天。来干活时,我们是活蹦乱跳的。现在,人却没有了。"一个家属这样一说,另几个一起哭了起来。

"事情已经这样了,你们看怎么合适。"张建强看他们情绪稳定下来了,一脸真诚地说。

"五十万,少一分都不行。"拍大腿的那个家属一说,其他人也一起口气坚定地说。

"五十万?"张建强的头再一次嗡了一下,尴尬地苦笑了一下,一声不吭地回公司了。出了门还听见家属哭着骂着:"这些没有良心的。我们人都不见了,他们还心疼钱。上有老,下有小。让我们咋活呀!"

"他们要五十万!"张建强见老总,面红耳赤地说。

"五十万?他们去抢劫吧!"老总一拍桌子说。

"那给多少?"

"一分没有。"

"不是说每一个死者给五万的赔偿吗?"张建强有情绪地说。

"谁给你赔偿的权利?"老总突然一拍桌子说。

"五万,我说的是他们愿意尽快解决了,体恤他们,每一个死者补偿五万。现在拖多长时间,造成多坏的影响了?给我们造成多大的损失了?"

"哪。"张建强这时发现老总的老到。

"上工之前不是有严格安全培训,他们不但不听,还夜里偷挖,把地坑给我挖塌方。"

"哪。"张建强吭哧了一声,在等老总的话。

"一、把宾馆的账结了。他们想住哪住哪。二、五万块钱一分也不给了。他们爱去哪儿闹去哪儿闹。三、如果他们再在工地上纠缠,马上报警。死者是因为偷卖工地上的钢筋,夜里挖塌地坑,是因为搞破坏才被砸死的。"

"这样呀!我也是从农民考学出来的!"张建强想到父亲为了自己上大学在工地的建筑队上干多年活,第一次觉得老总为富不仁,有些顶撞地说。

"从农村考出来的!我当了二十年的农民。我们兄弟,亲戚现在还在家种地呢!"

"那你?"张建强想说,你是农民还这样做?但有点怵,没敢说出来。

"我比你了解农民。"老总眼一瞪,拂袖而去。

死者家属一听张建强的转述,一个个跳了起来,哭着喊着要去上访,要抬着死者的尸体去找市长。张建强没阻拦,趁机把房退了。事情果真像老总预料的那样,没有两天,家属找了几个部门左听听右听听,从张建强手里接着五万元钱后,提出火葬费由工地出。

无论如何进行安全教育,工地上仍有意外发生。

一个民工在开打浆机时,为省二步路,竟然从打浆机的传送带上跳。高速运转的传输带裹着裤腿,切去了一只脚。张建强送去医院五万元的医疗费后,把律师叫来问:"这官司能打不?"

"能打!"律师说。

"能打就打。"

"如果真的按《劳动法》与《劳动合同》,恐怕他们的补偿金……"律师经验丰富,知道这事如果按法律条例,民工违反操作程序,要吃大亏。

"打了官司,补偿就好谈了。"已经成为经理的张建强不屑地说。

上面来了两个记者

瘸子终于等到好消息了，省法制报社派了两个记者来调查他举报的情况。

"你们等着瞧吧！他的村长不但干不成了，坐班房也躲不过去！"瘸子知道消息后，满大街地吆喝！

"国成厉害，全村这么多好胳膊好腿的都没办法，你将村长告下去了！"花腿娘夸瘸子时，一脸假笑。

"人心坏了，好胳膊好腿有啥用？"瘸子听出来花腿娘的话外音，杠着脸拄着拐，一悠一悠地过去了。

瘸子告村长小宝六七年了，从乡里到县里市里直至省里，隔三岔五地拄着拐去"巡视"一遍。开始，乡干部吓唬瘸子别乱说，瘸子到县里说官官相护。县里派人来几次，也不了了之。瘸子到市里。市里迎接检查之前，要求各县各乡务必解决人民内部矛盾，乡干部改变策略，给瘸子送钱送米说好话。瘸子一看有门，风声过去又去省里。省信访办门前天天都是一长龙。县里派人将他接走，他等手里钱花得差不多了再来。

村委会主任换届选举前，有人给瘸子出主意，要想把小宝告下来，得换个法子。"啥法子都行，只要把那个没良心的鳖孙告下来。"瘸子咬牙切齿地说。"自古以来，官官相护，你找他们不如找媒体记者。""媒体记者来过，只报喜不报忧！"市里日报以前确实有记者来过。"记者和官一样，有好有坏。"给瘸子出主意的人连举报信都写好了。瘸子一瞧，信心大增，第二天坐着车就到省法制报社，哭着喊着要见社长。

法制报社的记者和其他媒体果真不一样。来之前无声无息，既没有按照小宝提供的联系人去问，也没有让县里乡里宣传部门的人陪着，而是一男一女背个包，带个录音机在村里找赤脚医生、小卖部的老板以及杀猪的牛二逐个谈话。悄悄地采访了二天之后，找小宝落实瘸子提供的线索："有人说你强奸了女学生，花钱摆平了。""何年何月？女学生姓甚名谁？他们怎么不给你说，国成家的那头老母猪外号叫'女学生'。"小宝知道国成在告他，这次换届前，还纠结多人合力，习以为常地避重就轻了。"有人说，你和白寡妇有染后，将国家拨下来的救济款都给了白寡妇！""他们见白寡妇吃救济款了！你问国成告我这几年，国家的救济款他少领了一分不？""举报人又检举你……"记者掏出举报信又看了一眼，有些犹豫地问。"记者同志，瘸子告小宝贪污受贿、作风问题，我听得耳朵都生茧子了，也知道有些事是'无风不起浪'。但是，我最忍受不了他说小宝酒后非礼她媳妇。"小宝媳妇端着自己拿手的酱牛肉进来，一脸不满地说。"这事你也知道？"记者有些诧异。"唉，国成说我这些，还不如说我强奸他家的那头叫'女学生'的老母猪呢！"小宝苦笑了一下，给记者敬酒说。"记者同志，你吃过饭后找瘸子，问一问他为什么告小宝？"小宝媳妇柳叶眉一竖，不忿地说。"你……"小宝轻叱了一声，一脸肃杀地瞪了媳妇一眼。"瞪我有啥用，有本事瞪国成去。"小宝媳妇忍无可忍，眼里呛泪说。"女人家，头发长见识短，知道个啥！"小宝想要媳妇闭嘴，碍于记者在场，憋得脸通红。"是的，你该感谢他。你们一起在山西挖煤时，他因救了你一命被砸断了一条腿。"小宝媳妇不管不顾地喝下一杯酒,拖着哭腔说:"这么多年了,你少照顾他们吗?'富贵在天,生死由命!'哪能因为这一件事,让人觉得一辈子真的欠他一条命似的!""混账!"小宝啪一声把酒杯摔了,呼地站了起来。

雷声大,雨点小。瘸子一天天地感觉到联名告小宝的人们的眼神不对劲了,生气地到省城法制报社找那两个记者理论:"为什么不将小宝贪污受贿与'乱搞破鞋'的事报道出来。"

"你们将真相、谎言与情绪掺在一起后,我们也分辨不出哪是真话,哪是假话。"那两个记者说完,像被打败的兵一样。

三 ———— 良

弑母

许多恶行不是源于愚昧，而是过激。

许多过激不是源于冲动，而是偏执。

张高成阅案卷，手都是抖的：李存良，男，33岁。婚姻状况：未婚。职业：保险公司员工。罪名：过失杀人罪。案情经过：李存良的女朋友要求其母改嫁，才同意与其交往。李存良劝母亲郭素花改嫁。郭不同意，二人争吵。郭骂儿子是白眼狼。李指责母亲不应该生他。郭素花恼了，操起扫帚打李。李恼羞成怒夺扫帚，不得，拎起板凳砸向郭素花。郭大叫一声："儿呀！"李未理会，摔门而去。第二天，李存良回到家发现郭头破血流，已死多时……

"该死！"张高成一拍桌子，啪的一下，桌子上的茶杯跳到地上摔个稀里哗啦！"张检，张检！"隔壁办公室的小陈、小刘听见动静，赶紧过来看个究竟，张高成的虎口裂了，鲜血直流。

张高成的震怒不仅出自义愤，还有自责。

李存良，他认识。十二年前，张高成在部队里任连长，处理过一起新兵逃跑事件。逃兵在部队是大事，全连吹哨集合找了半夜，在部队的一个废仓库找到了这个逃跑的新兵——李存良。问明原因，几个老兵不仅打了这货，还往他脸上撒尿。由于废仓库是部队地界，这个事最后不了了之。但是从此，李存良认上了张高成这个老乡——都是来自增城卫河区。当然，那些老兵再也不敢打李存良了，直到李存良成了老兵，当上士官，有资格打新兵。

李存良士官转业时去找过老连长。张高成已由部队的营级干部转业到增城卫河区任副检察长。李存良不是军官，不符合军转办的安置条件！张高成觉得爱莫能助，好在部队转业军官的关系网庞大，最后，李存良七转八转地去了保险公司，算是一个不错的落脚点。

增城不大，三十多万人。李存良弑母的事，一夜间传遍了大街小巷。开始，张高成不相信，以为是重名重姓的弄错了，直到看到报纸、电视台的轮番报道才不得不信。李存良原姓张，出生在农村。二岁时，亲生父亲死了，母亲郭素花带着一个孩子在农村待不住，投奔增城的表姐。巧的是，表姐搬运工家属院的邻居是单身汉李占标。一来二去，被表姐捏合成一家了。不巧的是，李占标和郭素花生活不到二年，在一次车祸中死了。这次，郭素花相信自己克夫了，就一手把儿子带大。李存良高中毕业去部队时，仅发现母亲的脸一边黑，等他从部队回来已经成面瘫了，脸像抹了锅灰，半边嘴唇长，半边嘴唇短……李存良心里别扭了很长时间，直至上班后才缓过神来。

男大当婚。何况已经三十岁的李存良哩！朋友介绍，亲戚推荐，交友网站钓鱼……世上人潮汹涌，适合结婚的不多。李存良折腾了两年，女朋友见了好几个，开始很热络，去家里见了母亲后就冷了下来。有两个直奔婚姻的大龄女提出来，结婚可以，得和李存良的母亲分开。

"我家就一套房子，分开，母亲住哪？"李存良挠头。

"那我不管，如果和她一起住。晚上，我做噩梦。"大龄女说完，头也不回地走了。

"没有房子，可以找一个有房子的老伴！"另一个大龄女多吃几年盐，主意多。

"找个老伴？"李存良听得头一炸，心想：当娘你都嫌弃，当老伴，人家就不嫌弃？

"老伴，老伴。老了就是一个伴，哪管美丑。"这个脑瓜活的大龄女游说有方。

"这……"李存良纠结了好几天，还是挠着头皮给母亲说了。

"孩子，有劝母亲守节的，哪有劝母亲改嫁的？"郭素花一听，哭了起来。"改嫁怎么了？什么年代了还有这老观念！"李存良也觉得自己理亏，搪塞母亲说。"娘不离开家，你真的娶不上媳妇吗？"其实，郭素花知道是自己的原因，儿子的女朋友吹了好几个了，僵持了好久给儿子说："现在的女孩子……"李存良也叹了一口气。"不过，现在这个不错。她不但长相学历都合适，办事能力也强，已经替你物色到一个了。""咦！"郭素花半是羞愧半是怜悯地思想斗争了好几天，答应了。

李存良不好意思去，让女朋友陪着母亲去那家看一看。一晌的工夫，母亲气呼呼地回来了。"一个七十多岁的瘫子，屎尿都不知道了……"郭素花说完，号啕大哭起来。李存良心也软了，甚至烦起那个女的来了，但架不住那个女的以绝交相威胁，又软磨硬泡地做母亲的思想工作……

一审法院判决下来，李存良过失杀人罪，十五年有期徒刑。检察院里分二派意见，一派认为一审法院量刑准确，服从判决。另一派认为事实不清，量刑不准，提起抗诉！吵来吵去，最后提交到检察院抗诉委员会。

"一个正常人会对母亲动手不?"张高成冷着脸问。

"不会。"

"如果一个人动手打人了,后果不清楚,他会什么反应!"张高成又问。

"忐忑不安!"检察官们说。

"一个儿子动手打母亲后,应该是什么反应?"张高成扫了一眼大家,继续问。

"过激后,立即后悔,痛哭流涕地求母亲的原谅!"检察委员会的成员被问得一身汗。

"一个儿子打了母亲,且听到母亲惨叫时喊'儿呀',却一夜不归,任其死去。属于过激行为吗?"

"不完全是……"

"如果动机又不纯呢?"张高成的连番追问,让检察院抗诉委员会统一了意见:抗诉。

人的感情是很复杂的。无论是什么职业的人。张高成本来不想去,犹豫再三后悄悄地去了审判大厅。

李存良和以前没有差别,仅是换了一身囚服。抗诉如同张高成预料的一样,检察官在法庭上义正辞严,逻辑严密,驳得辩护律师张口结舌,词不达意。李存良的神情由愧疚到紧张,由紧张又转向茫然,一脸灰暗地向旁听席看,突然眼光一亮,冲着张高成喊:"老连长救我!"

"为什么救你?"张高成也很意外。

"因为你曾是我的连长呀!"李存良像抓到一根救命稻草一样。

"连长?！生你养你几十年的亲娘，你都下得了手去杀，连长算个屁！"张高成愤怒地站起来离开审判大厅时，又想到老兵打新兵的事。

致命

秀莲是在后坡地里打猪草小解时，被保长看到的。秀莲刚蹲下来，抬头一看，保长那一双鹰隼一样的眼像盯着一只小鸡一样正色眯眯地盯着她。秀莲吓得三扭两扭提上裤子，兔子一样地逃离现场，慌得连草篮子都顾不得要跑了回去。保长看着秀莲渐渐远去的背影，啧啧地发出一声感叹："真白，半条街的女人也没有这个女人的屁股白！"

酒壮英雄胆。保长敲秀莲家的窗子时月暗星稀，偶尔会有一两只饿狗发出呻吟般的狂吠，夜显得越发地静谧与恐惧。保长趁着酒劲，蹑手蹑脚地走到秀莲家的窗台下，啪啪地拍窗子。

"谁？"

"我！"

"你是谁？"

"我是保长！"

秀莲听到是保长，顿时在床上哆嗦起来，停了好长时间才缓过劲来，战战兢兢带着哭腔对保长说："这么深的夜了有事吗？淘儿他爹被拉壮丁走后，一年多了都没有信。淘儿又小，家里没其他的人。有什么事能明天再说吧？"保长有些愠怒地拍着窗子，正要发火，听到隔壁家的门吱呀一下开了。有人大声责问："谁？""我！"保长不情愿地说了一声。"你是谁？深更半夜地跑到这干吗？""我是保长，连我的声音都听不出来。喝多了，走错门了。"保长说这话时，极不耐烦。不过，他知道是秀莲邻居麻婆的儿子狗儿后，悻悻而去。

保长自从见到秀莲的屁股后，被折磨得好多个夜晚都失眠。特别是被狗儿责问后，越发地寝食难安，就连平时最爱喝的西凤烧酒就着老柴炖的狗肉都觉得索然无味。也就是在老柴的小酒馆里喝过西凤烧酒吃过狗肉，保长骂骂咧咧地对着老柴臭骂一顿后，才眉开眼笑地找打更的二驴去了，再三叮咛二驴，入秋山上的土匪最容易进寨，要二驴一定看好寨门，并要求让麻婆的儿子狗儿和秀莲的儿子淘儿也到寨上看寨门去。

狗儿看寨的第二天晚上，保长又到了秀莲的窗下，啪啪地拍窗子。秀莲惊魂未定地问："谁？""我！"秀莲听出是保长的声音了，小心翼翼地说："淘儿和狗儿不是一块到寨上看寨门去了吗？""我知道，不过，听县上的人说，停几天又要抽丁呢！凡是十四岁以上的男丁，两个抽走一个。我拿捏不准，是让淘儿去，还是让狗儿去。"秀莲听到又拉壮丁，顿时在床上哭了起来，哭着说着："淘儿爹被拉走一年多了，活不见人，死不见尸。淘儿再被拉走，我活着还有啥意思！""淘儿拉不拉走，就看你了！"保长说这话时，拖着恶狠狠的尾音。也就是在鸡叫二遍时，秀莲家的门吱呀一声开了……

秀莲一个春天都没有出门。夏天临近时，突然哭着叫着喊肚子疼。麻婆听到秀莲的惨叫，踮着小脚跑过去一看，秀莲下身满是血，知道怎么回事了，边让秀莲解裤子，边慌着烧水。也就是在水烧开后不大一会儿，孩子呱呱落地。麻婆看到孩子，"呀！"的一声蹲在地上了，孩子也掉在地上。秀莲再三追问下才知道不足月的婴儿没有成人，不但是兔唇，而且长了一根小尾巴。秀莲一听，哭得泪人一样。

在侍候秀莲的这几天，麻婆一直没见到狗儿，开始她一直认为是和淘儿在寨上疯玩，没有回来。待她抽出身子到寨上找时，才知道狗儿在寨上被拉丁的拉走了。麻婆哭着叫着找保长说："狗儿爹，大哥二哥都被抽丁的抽走了，一走几年连个信儿都没有。如果狗儿再被拉走，刘家的香火都保不住了。我死之后，哪有脸去见他爹。"保长从桌子上拿起帽子，在手上甩了甩说："这些拉丁的，他娘的也不长眼，撑着瘸子用棍敲。"说着和麻婆一块要到镇上看一看。走到寨门外，麻婆突然一只手拉着保长，一只手撕开衣襟，对保长说："保长，我知道你看不上我，但是，狗儿一定给我弄回来，那是刘家唯一的香火呀！"保长看着麻婆风干一样的奶子，恼怒地喝叫一声，穿上。一人去镇里了。

麻婆知道淘儿这几天并没有和狗儿在一起，而是躲到山上后，什么都明白了。她知道，保长不可能也根本不会把狗儿弄回来了。果真，保长从镇里回来后，叹着气说，狗儿被保安团的弄到县上后，人没停就被弄到一个谁也不知道的地方集训去了，好像很快就要上前线，追都追不回来了。麻婆听后冷笑一声说："我知道，狗儿是回不来了，压根你就不会让他回来。"保长一脸愕然地看麻婆时，麻婆一脸的狰狞，突然又对着保长诡秘一笑说："保长，你知道秀莲为啥生一个兔唇的长有猪尾巴的儿子吗？实话告诉你吧，你爹也是一个骚胡蛋子，秀莲娘就是被你爹在镇里看上后强占了才有了秀莲。没有想到，你连秀莲也不放过。哈哈！"麻婆说后，又残酷地对着保长笑笑，走了。

保长人一下子瘦了一圈，整日被秀莲生的那个兔唇的长有一根猪尾巴的儿子的事折磨得心神不安，大脑里一直是他爹与秀莲娘交媾的场面和那个长有猪尾巴的怪胎。一个风高月暗的长夜，保长终于承受不住了。

那一夜，夜黑得出奇，打更的二驴不但不敢打更了，连街上的饿狗也被夜吓得不叫了。保长从箱底里拿出驳壳枪，把六颗子弹都推上，摸到麻婆家，一脚把麻婆家的门踹开，没有等麻婆反应过来，六颗子弹全打在了麻婆身上，麻婆吭也没有吭一声。第二天，早起的老柴发现保长是从寨墙上跳下去摔死的，死的姿势异常地难看，弓着身子，和冬天冻死的饿狗一样。老柴看四下无人，对着保长虾米一样的身子踢了一脚说，他娘的，欠老子五斤多狗肉钱，不还就死了。

牲口屋里的篝火燃得噼噼啪啪地响，烤得喂牲口的瘸鸽脸通红。我被一颗蹦起来的火星烫着手后才从故事中回过神来，迟疑了好一阵子，才问讲故事的瘸鸽，秀莲娘真和保长的爹有那事后有的秀莲吗？"胡说的，保长爹一辈子四处惹事，却连个一男半女都没有，保长也不知道，他根本就不是他爹的亲儿子。人呀，别看多么地张扬，有时，一句话就说死了。"

牲口屋外的夜黑得伸手不见五指，时不时传来几只狗温情怪异的叫声……

拼死

"你要是不让我娶她,我死给你看。"启蒙歇斯底里地说。

"你要是敢娶她,我也死给你看。"张富德也火了,吼了起来。

"俩爷,别吵了。你们再吵,我死给你俩看。"启蒙娘真的受不了,坐在地上呼天抢地。

"我娶媳妇哩!又不是你娶媳妇。你为啥非要跟我过不去。"启蒙从来没发现爹这么强硬过,一个大小伙子委屈得泪都出来了。

"你要不是我儿子,你娶个猴子我都管不着。问题是人家要是听说张富德的儿子娶了个二婚,还带个孩子,不笑死才怪呢!"张富德说完,不解气,又用手使劲地拍沙发扶手。

"二婚!二婚怎么了?带个孩子!带个孩子怎么了?美国开国总统华盛顿娶的也是二婚,还带三个孩子呢!"

"呸!你咋不生在美国。这么一个破事和华盛顿比呢!不嫌丢人!传出去了,你让我这张老脸往哪儿搁!"一直引以为豪的张富德,听说儿子找了个二婚,还带个儿子,肺都气炸了!

"爱往哪搁往哪搁!一个小学校长,有什么了不起的。"启蒙见老子没有妥协的余地,砰的一声,甩门出去了。

"你个鳖犊子!"见儿子这么使气,张富德更气了。在屋内转了一圈,也没找到一个能打儿子的家伙,嗷嗷直叫。

"我的小祖爷,你去哪去?"启蒙娘见儿子铁青着脸出去了,慌忙去追赶。"回来!想死哪死哪,省得丢栗门张的人!"无处使气的张富德对着媳妇吼。"你个老物㞎,要是儿子有个三长两短了,我也不活了。"启蒙娘第一次见儿子这么死倔,慌慌张张地赶了出去。"你……"气归气,张富德见儿子这么出去了,也怕出点什么事,就不再往下说了。"咋让你俩犟驴托生一家呀!"启蒙娘一路小跑去撵儿子。

张富德之所以这么气,是怕一直引以为豪的儿子一下变成全村的笑柄。启蒙考上大学时,张富德在家里请了三天客,连学区主任都请来了。毕业后,人们出主意说,现在的工作不好找,要么给领导说说,教学算了。"宁吃千顿糠,不当孩子王。"启蒙背着包去广州打工时,张富德嘴上说:"在那混不下去了,回来老子给你想办法。"心里还是暗暗称赞儿子有志气。

启蒙当上小组长了,启蒙升为主任了。听到儿子的好消息,张富德经常会在酒桌上不经意地给同事漏出来。"那算啥!比俺俩大的小的,都抱着孙子啦!启蒙连女朋友都没有呢!""大丈夫何患无妻!你家启蒙那条件,挑着找!""说是那样说,看到别人抱孙子,心里急呀!"启蒙娘的话也代表了张富德的心声。"等着吧!说不定启蒙将来给你们找个金发碧眼的洋媳妇!有个洛阳学武术的小伙子找了一个美国人,电视上都报道了。何况,启蒙学外贸的,天天给洋人打交道哩!"来人的话对张富德两口子多多少少是个安慰,接着抽干了杯中酒。

儿子说找着对象了,张富德与老伴就想去广州看一看。启蒙坚决不同意,说过春节他领回去。张富德问:"女方什么情况?""名牌大学毕业,我们一个单位。"启蒙在电话中自豪地说。"把照片寄回来。我们看看长啥样!"两口子乐得合不拢嘴,再三催促。"不对呀!小姑娘,哪有这么成熟的!"小学校长张富德阅人无数,从照片中就看出端倪,让老伴问启蒙。"就我爹心思多!在这儿,工作压力多大呀!"启蒙搪塞他娘,这更加重了张富德的疑心。

"离婚的,还带一个男孩。"春节前,启蒙领着女朋友回家的第一天晚上,就被张富德连夜审出事件的真相。"丢人呀丢人!丢张家祖宗十八代的人。"张富德气得啪地把茶杯摔了。在里屋的女方一听,明白了,收拾东西连夜要走。"你……"启蒙也没有经历过这阵势,连忙追人。两个人好不容易拗了一夜,第二天一大早返回了广州。

僵持了几个月,启蒙仍要娶这个女的。"丢人!丢死八辈子人了!"张富德见儿子这次回来,非要和这个女人结婚,气得肺都炸了。"天哪……"启蒙娘一面怕儿子怎么着,一面又怕老伴气出病来,左右为难。"别理他,不吃饿死他。我就不信为了一个二婚,他连老子都不要了。"张富德手一挥,不让老伴理儿子。"三天没吃没喝了,一直躺在床上睡,谁喊也不开门。"启蒙娘被儿子的绝食吓着了,"咋!他三天不愿意吃喝,怪我呀?"张富德怒目圆睁。"你呀!死倔,要是儿子有个三长两短,我们咋活呀?"启蒙娘一把鼻涕一把泪,让张富德心酸得不行,甩手出去了。"你呀!是不是不想让儿子活了?蒙儿又两天没吃没喝了。"满嘴火泡的启蒙娘正做饭时,急躁得拎起来的碗又掉地上了。"我……"看着老伴的头发仅这几天,一下子白了许多,心软了。"他想怎么着就怎么着吧,只当他没有爹了。"张富德说完没忍住,像个孩子一样抱着头在院子里大哭一场。

启蒙回来前做好了一切准备，包括绝食，就是等他爹点头，答应定在"五一"结婚。张富德的妥协让启蒙兴奋得立即给女方打电话，让她赶紧订机票回来，一切都按原计划进行。启蒙娘知道这事指望不上张富德了，忙上忙下地找人收拾新房，做宴席的各种准备，没太注意老伴的变化。"五一"前三天，儿子说女朋友已经坐上飞机了，二个小时后就到郑州。"儿媳妇马上进家了。不管怎么样，这是儿子的人生大事，你要……"启蒙娘小心翼翼地说。"噢！"张富德心灰意冷地应了一声。启蒙娘见张富德没有以前那么焦虑了，放心地叫车和儿子一起接儿媳妇去了。

　　"我爸怎么样了？"快到家时，女方惴惴不安地问。

　　"唉，树是苗长的。老猴永远斗不过小猴了。"三个人有说有笑进家时，见黑灯瞎火的，一种不祥的感觉让启蒙娘的头发梢都竖了起来。等他们拉开灯，见张富德用领带吊在房顶的电风扇上，断气了。

口造业

九林想跟着国增、存根、锤子去石家庄打工，大家笑他说："先回去给媳妇上奏，秋菊准了，再来商量。"农村人爱从戏文上学。国增用"上奏"，而不是"请示"，足见九林的怕老婆程度。"出去挣钱哩！她有啥不同意的！"九林抢白。"有啥不同意？小磨油房里放臭屁，大家都知道！"农村人存不住话，大家都知道秋菊的弟弟秋收盖房子娶媳妇哩！国增说话爱"玩坎子"①，借机逗九林说。"你们把我算上吧！哪怕不过了，我也得去！"看着一群人坏笑，九林脸通红地说着。"别激动，别激动！回去和秋菊好好商量商量。老板是个熟人，工钱高，也有保障。"存根打圆场说。"咳！"锤子一叹气，九林听得心里更不是滋味，扭脸回家了。

"你们相信不？九林肉包子砸狗，有去无回！"国增给大家打赌说。"不见得吧！他又不会盖房子，秋菊把他拦在家里干啥！"存根有点不理解。"干啥？秋菊要的是使唤人的那种感觉！"锤子有些不屑。"感觉能当钱用？在外面一季子②挣的钱，能在家里雇二三个人！"存根慢条斯理地说。"有些感觉不是钱能买来的！"锤子这么一解释，大家都不知道该咋接话了，站了

---

① 说歇后语。
② 一次庄稼的种收周期。

一会儿，又七嘴八舌地议论带谁去不带谁去！

九林怕媳妇不仅出名，还是"胎里带①"。九林个子偏低，从小受欺侮。娶媳妇时，整个家族憋足劲要找一个大个子女人，改变一下血统。三里五村摸了遍，终于打听出来高个的秋菊刚被退婚——定亲时男方正读高中，考上大学后就解除了婚约。九林父母托媒人提心吊胆地去提亲，谁知道秋菊一口答应了。全村的人都感觉意外时，九林三下五除二地把秋菊娶到了家！

"我去石家庄建筑队打工去了。"想了一路对策的九林，虎着脸对院子里浇花的秋菊说。

"你脑子进水了？"秋菊眉毛一拧，看也不看九林一眼。

"什么脑子进水了，我出去打个工和脑子进水不进水有什么关系？"九林鼓了鼓肚子说。

"秋收盖房子你不去帮忙，去石家庄跟别人盖房了，不是脑子进水是什么？"秋菊说着，把水瓢扔在桶里，溅了一地。

"秋收盖房子，请的有建筑队，我去能干什么？"九林应对说。

"建筑队的人是自己人吗？"

"那不还有爹、秋收、秋种吗？"九林说完，见秋菊没有反应，又补了一句："再说，二个庄子几里地远，我天天跑来跑去的！"

"跑来跑去也得跑！"秋菊火了，嗓门一下子提高了。

"要跑，我这次跑远点！"九林想到锤子的眼神，咬着牙说。

"你敢，上天了不成！"秋菊扭脸剜了九林一眼，出门了。

---

① 娘胎里都有的毛病。

存根说熟人老板是邻县西华的包工头，雇的中巴车在村西头等着呢。九林见秋菊出门了，进屋挑了一条被子，连同换洗的衣服鞋子裹着装进鱼鳞袋子里后，翻箱倒柜地找了好长时间钱，连个钱毛也没有找到，气呼呼扛着袋子到村西头的中巴车集合了。

"九林，太阳从西边出来了！"国增看见一脸严肃的九林，戏弄他说。"嗯！"九林故作轻松强挤出了笑。"秋菊不在家，你偷跑出来的吧！"锤子抽了抽嘴角，皮笑肉不笑。"我一个大男人，还用得着偷跑出来。"九林像被踩着尾巴一样叫。"上来吧，上来吧！到大城市见见世面。"存根给大家使了个眼色，接过九林的袋子扔在了车上后，又给大家撒了一轮烟，等最后的两个人。

秋菊出门打听铝合金门窗的事，回来见灶是冷的，到屋里转了一圈，被子少了一条，火冒三丈，骑自车行就往外撵。到村西头时，中巴车正要发动。"九林，你给我下来！"秋菊用手指着，大喊。"我说对了吧，是偷跑出来的吧！"锤子一脸奸笑。"下什么下，我一个大男人，去哪还管不了自己的腿了！"九林怔着脸说。"什么管不管的，你走吧！你走了试试！"秋菊把自行车往地上一推，掐着腰说。"咋了，大不了不过了。你能咋地！"九林孤注一掷。"对，大不了不过了，也得当一回男人！"国增讪笑着给九林打气说。"你走吧，你走吧！"秋菊根本没有想到九林会说出这句话，恼羞成怒得找不到词。"要么，你们再商量商量！"存根怕影响大家，说。"走，别理这个疯婆娘！"九林咬咬牙说。"九林，你个王八蛋，敢走试试！"秋菊见大家都不向着她，更火了。"咋！走！懒得理你！"九林催着司机开车！

"九林，你个王八蛋走吧！这次，你敢走，非死在外面不行！"秋菊拍着大腿叫。"咦！"全车的人听得大咳！司机掐灭烟，发动车一溜烟地走了。

一语成谶。九林在石家庄建筑队夜里酒后撒尿，一脚踏空掉下来摔死了。看到尸体，秋菊一下子傻眼了。这么多年过去了，不仅是她自己，全村的人都不能原谅她。明明中巴车走了，她还指着影子骂半天：九林，你个王八蛋走吧！走了，非死在外面不行！

饶舌

许多悲剧，都是打着喜剧的幌子。

多多和春玲、秋叶、二花、香草几个人在胡同里织毛衣时，开始聊的是月香在广东打工的事。月香她们几个都熟悉，从小在一起玩。月香母亲经常有病，父亲的腿又瘸，因家里穷小学毕业就辍学了，不久跟着邻村的一个人去广州了。月香开始是在一家针织厂，后到玩具厂。好像没有过多久，月香就遇到一个对她非常好的老板当上了领班，后提升为主任和公关部经理。现在，月香每年往家寄好几万块，家中盖起了楼房，他的小弟弟高中毕业后，也被弄到广东省的一个警察学校。

议论的话题是什么时间不知不觉地转移到多多身上的，她们几个根本不是很清楚，最先好像是香草说了一句，月香去年夏天回来，穿的白底黑点的连衣裙，非常地漂亮。二花也接着说，是不错。春玲好像很不以为然，说这种裙子在南方早就不流行了，月香是臭美呢！多多这时插了一句说，别吃不到葡萄，反说葡萄酸。然而，就是这一句话，使整个谈话的局势发生了逆转，不仅春玲反驳说，月香是为了回来显摆，刚称赞过话音还没有落地的二花也话锋一转："最初猛一看，白裙黑点，比较素雅，但仔细看，就不好看了。"香草接着二花的话头说，"裙子我看是不错，只是穿在了月香身上显不出来素雅。月香在外面混的时间长了，好像没有了出门前的清纯，一脸的俗气，甚至有些妖艳。"

从议论裙子的好不好到议论月香的气质清纯与否,多多根本就没有意识到。她最感兴趣的是月香的裙子,而不是月香是不是在广州当二奶了或者是做别人的情人了,并一再地说,月香穿上那一身白底黑点的裙子,就是漂亮。漂亮本来就是天生的,她没有发现月香和以前有什么不一样,只是长大了,更漂亮了。二花看着多多一对四那争论的神情,有些戏谑地说:"多多,你敢不敢脱光衣服在这个胡同里转一圈。如果你敢,我们几个兑钱给你买身月香穿的那一款裙子。""那有什么不敢的,咱们这个死胡同,人在胡同换衣服,像在家里一样。再一点,多多的光屁股,咱们几个谁没见过。"一向不善言辞的秋叶在一边看似是帮多多一样地说。"多多不敢,别看她说起什么都很不在乎的样子。其实,她没有这个勇气。"春玲说罢,故意用眼角的余光扫了一眼多多。"有什么不敢的,你认为我在乎着那裙子,我在乎的是你们的心态。"多多说着,显然有些激动得动心了。"是,我们的心态不好,你的心态好,你脱下衣服试一试。你真敢脱,我们真服了你。"春玲紧咬着不放。

"脱就脱,我还怕你们几个不成。二花,你坐在胡同口外一点,看有没有人经过。有人了,提前干咳一声。"多多说这话时,大家反而发现她没有以前激动了。二花屁颠颠地拎着小板凳坐在胡同口外沿,向外看着。多多先把上衣脱了,露出乳罩,而后将裙子一撩,将裤头从裙子下面拉了下来,又把裙子放下了。"这算什么?"春玲说,也把自己的裙子解开了,给多多做一个示范地说。要像在洗澡时那样,一丝不挂,那才是脱。"是呀!你光脱裤头,有什么意思,什么也看不见,跟没脱有什么两样。"秋叶说着，笑得前仰后合。"你就当我们几个是河里的鱼，是岸上的树，什么都看不见。你在河里洗澡。"香草说时，已经笑着上气不接下气了。"脱就脱，只当你们几个是河里的乌龟、王八，而不是鱼。"多多说过，把乳罩解了下来，裙子也解了下来。一丝不挂，洁白的身体，一个斑点都没有地呈现在她们的面前。一旁笑得有些疯癫的秋叶看着多多的身体，还不住地赞叹，怪不得多多敢脱，她的身体真的漂亮，凸凹有致，肤色细腻，哪个男人娶上多多，真是祖上积阴德了。

事情过去几天了，秋叶、香草、多多早已把裙子的事给忘了。多多的母亲却意外地给多多说了一句，那么大的姑娘了，做什么事也不考虑考虑，开玩笑也不是那个开法。多多的爹从那以后，整日铁青着脸，时不时在吃饭时故意将碗重重地放在桌子，发出嘭的声响，让多多听了心里一颤。这时，多多才意识到问题的严重性。议论好像开了锅的油一样在村子里炸开了。"一个大姑娘家，真不要个脸，为了一条裙子在村子里光着屁股跑了一圈子。""现在的人真是，在南方学坏你就学坏呗，回来一趟把家里的孩子也带坏了。""多多，给五元就能摸一下，二十元就给你脱光，五十元就可以亲一下……"多多听到影影绰绰传到自己耳朵里的议论，吓傻了，整日坐在家里，门也不敢出了。

进入四伏的头一天，天热得像疯了一样，太阳一出来就烤得人头皮发烫。逃学的狗剩十一点就从学校溜出来悄悄地下河了。狗剩一个猛子扎进水里，憋着气在河里游了十米之远，伸出头换口气后又钻进水里。先是摸到多多的衣服，而后是多多的鼻子、脸、头、身子，狗剩吓得"娘呀、大呀"屁滚尿流地爬上岸，号啕大哭。人们围了上来，一起下水将多多的尸体从河里捞上来。

正是日当中午，闷热的天突然黑云压城。随后一声霹雳闪电，雨如柱一下倒了下来。河边，狗剩的奶奶把狗剩的衣服绑在竹笆上，一下一下从河里捞着，并且不停地对着大雨如注的河面喊着：狗剩，回来吧，回来吧。狗剩，回来了，回来了……

无赖

国臣捂着肚子到高中的诊所时,他媳妇贺珍也在。

"咋了国臣?"高中见国臣龇牙咧嘴的样,有些好笑地问。

"肚子疼!"

"肚子疼?好好的,肚子疼啥哩!"

"喝酒喝的了!"国臣捂着肚子说。

"喝酒会肚子疼,又偷吃人家的鸡了吧!"贺珍不只听一个人说,无论谁家的鸡子跑到国臣家院子里,他都逮住杀了吃。弄得左邻右舍敲着脸盆,在大街上骂几次了。

"哪呀!"国臣知道贺珍心直口快,有些躲闪。

"喝酒会肚子疼,喝到假酒了吧!"高中让国臣坐在床上,用手按了按肚子说。

"假酒?不会呀!是公安局领导送的酒,怎么会是假酒呢!"国臣强忍住痛,一脸自豪地说。

"公安局领导给你送酒喝?"贺珍在一旁听着,笑出声来。

"咋!你不信?"国臣听见贺珍的笑,咕噜坐了起来。

"不管谁的酒,喝了也不能肚子痛!"高中说着,又把国臣给按在床上了。

"文臣的考上大学的凤娇,找一个公安局领导的儿子。昨天定亲哩!非喊我去,多喝了几杯!"凤娇师范毕业,在镇中心小学教学。国臣明明知道,但每一次提起来,故意说凤娇是大学毕业。

"噢！从今以后，你就是公安局领导的亲家了，只剩吃香的喝辣的了。"贺珍戏谑地说。

"唉，谁说得准呢！要是我儿子……"国臣强忍着自己内心的自豪，装着惋惜的样子。"啥肚子疼，你这是胃疼。"高中打断国臣的话，使劲又按了按说。

"胃……"

"胃，得输水！"高中让国臣坐起来，洗了洗手。转身时，贺珍给他挤眉弄眼，见没有反应，故意踢了他一下。

"输水就输吧！不能为这两个钱，遭这个罪！"国臣说这话时，底气十足的样子。

"你好几年的药钱，都没有给了。"贺珍见高中没有反应，直接说了。

"嗯。"高中看了贺珍一眼。

"怕啥？我家的客是公安局的，今后我不管干个啥，挣钱不是拾钱的一样。"国臣激动得脸红脖子粗的。

"撸起你的袖子，输水吧！"高中剜了贺珍一眼，配药打针。贺珍知道高中的脾气，借口儿子马上放学回来，站起来回家了。

国臣母亲嫁过来时，国臣已经三四岁了。国臣爹开始待国臣挺好的。七岁那年，国臣爹卖了一头猪，二百一十块钱。钱还没有暖热，国臣就偷出来了。一个一个给小朋友们发工资。国臣爹知道后，那顿猛揍，国臣学会逃学、打架、偷鸡子摸狗的毛病，直到结婚也没有改过来。

国臣的儿子三岁时，国臣因在公路上设卡收过路车的钱，被劳教了半年。媳妇带着儿子跑了。国臣从此更加肆无忌惮。

国臣爹生病，让国臣拿钱。国臣说："他不是我爹，为什么让我拿钱。""不是你爹，养你了不？"文臣问。"养我的是我娘！"国臣娘去世得早，国臣理直气壮地说。"那中！"从此，文臣再也没有给国臣说过话。

凤娇定亲那天，文臣根本就没有打算叫国臣。酒筵摆上了，国臣觍着脸去，没话找话说："文臣，咱舅腰疼，捎信让咱俩去一趟。""嗯！"文臣冷淡地应了一声。"坐，坐。"村长海方场面应付的多，赶紧拉着国臣坐。国臣也就讪讪地坐下，喝了起来。

国臣酒后出来，凤娇给国臣一箱火腿肠。"还是闺女待我好！"国臣讪笑着，又摸了两瓶酒，才从文臣家出来。出了门，迎面碰上百更媳妇桂枝抱着儿子家宝。"家宝，吃火腿肠不？"国臣殷勤地说。"不吃，不吃。"桂枝拧着身子说。"妈，我想吃！"家宝在娘怀里，伸着手要。"你这孩子，这么好吃！"桂枝冷着脸说。"啥是小孩哩！"国臣说着，放下手里两瓶酒，撕开箱子，拿出二根火腿肠，塞给了家宝。桂枝再想推辞，家宝已经用嘴咬开了。国臣两眼放光地看着百更媳妇远去的身影，直到感觉到肚子有些疼痛。

"桂枝，凤娇找了一个公安局的领导！"第二天，从高中小诊所输水出来后，国臣就火急火燎地拿两根火腿肠去了桂枝的家。

"噢，你今后就是公安局领导的亲戚了。"正在做晚饭的桂枝，不热不冷地说。

"当然。"国臣说着，又去逗家宝。

"家宝，我不是给你买苹果了吗？"桂枝见家宝又想要，瞪眼说。

"苹果是苹果味，火腿肠是火腿肠味。"国臣表情复杂地说着，找着刀，把火腿肠外包装割开，递给了家宝。家宝拿着，一蹦一跳地出去了。

"百更的事……"百更在工地上打工时，因河南帮与东北人打群架，失手打死一个人。百更被判七年，刚服刑二年多一点了。

"百更的事，百更自己受。"桂枝没有好气地说。

"有人好办事。要不，将来让凤娇他们一家活动活动？"国臣说着，一脸的谄媚。

"哪敢……我们和你家，八竿子打不着的。"桂枝说着，忙着下面汤。

"都是爷们，我和百更小时候还一起偷过人家的瓜哩！"国臣说着，自己先笑了。桂枝忙着手里的活，不再接腔。

"我可没有烧你的汤。"桂枝见国臣磨磨蹭蹭不走，故意这样说。

"我不喝，刚输过水。不饿。"国臣尴尬地说完，恋恋不舍地离开了桂枝的家。

"天下没有不偷腥的猫。"国臣撕桂枝的裤子时，是大早晨。桂枝刚打开门，国臣从墙角里钻出来，冲进了屋里，看着头发蓬松的桂枝，上去一把抱住了。"你想干啥哩？""我想你！"国臣讪讪说着，往她脸上凑。"想你娘的脚。"桂枝气恼了。"百更不在家，你不想？"家臣说着，动手撕桂枝的裤子。"来人呀！国臣耍流氓了。"桂枝扯开喉咙一喊，隔墙的邻居锤子听见了，拎个铁锨过来了。

"我女婿是公安局的，你们敢……"国臣见锤子手里有家伙,声嘶力竭地说。

"管你什么局的。敢要流氓,我就敢拍你。"锤子皮笑肉不笑地说。

"什么公安局的,派出所的合同工。吹着什么公安局的领导!"听见动静过来的马婶,鄙夷地说,惹得围观的人一阵子哄笑……

压床

"这是哪一个天杀的在胡说八道，损俺的名声。新过门的媳妇招谁惹谁了，这样往俺头上扣屎盆子……"长生娘哭天抢地地号叫。大脚婶一时手足无措像犯了什么大罪一样。其实谣言从新媳妇麦粒进门三天就开始在我们村子里悄悄地传，谣言的源头是我们那儿的一个风俗——压床。

我们那儿有一个风俗，新媳妇进门头三天是不分男女老少、辈分高低，来人戏耍不能气也不能恼，尤其是人缘越好的人家娶媳妇，来闹的人越多越好。新媳妇来的头三晚要有人压床，代表将来多生贵子。因此，谁家娶新媳妇都希望找几个长得帅又有出息的后生来压床，吉利吉利。

农村娶媳妇一般都是在年前，寓意着新人过新年。由于长生是厨师，春节忙。娶麦粒时不是春节前那几天，而是八月十五。村里的后生外出打工的打工，上学的上学。长生娘怕没有人压床，晦气，就给大脚婶说："你看这不临春节，压床的都不好找。"大脚婶说："是。"长生娘说："不好找也得找呀！传了几百年的风俗在咱们这儿断了，岂不晦气。"大脚婶说："是，要不，我给文祥说一声，让他晚上来坐一会儿，意思意思。"长生娘说："行，那就这么定了。文祥那孩子从小就有出息，不但人模样好，他们一茬的孩子就他考上大学了。他来压床，将来好让我的孙子也出息出息。"于是，大脚婶有说有笑地找文祥说这事去了。文祥听后死活不肯,说什么年代了还有这种不合时宜的老封建。长生娘说:"小文,管他合时宜不合时宜,算婶求你了,讨个吉利。"话说到这份上了,文祥只得答应了。

长生和文祥从小学就是同学。文祥学习好,顺利地考上师范,毕业后又回到村子里教小学。长生初中未毕业就学厨师去了。长生找麦粒是大脚婶做的媒人,当时人们都传大脚婶的娘家——湖里底出美女。文祥第一天晚上压床,带两个他们班上的小孩子,见到麦粒觉得湖里底的美女名不虚传。人们闹腾了半夜早早地睡去了,文祥同他的学生、长生、麦粒挤在一张大床上。第二天晚上,和长生一起学手艺的外地师兄来了。厨师见厨师,借着喜事喝得昏天黑地,直到天光大亮压床的文祥叫起他。第三天晚上,长生酒没喝多,麻将瘾犯了,打到天明才回家。

这三天就这样风平浪静地过去了。文祥仍旧是每天教书,长生到城里饭店干活。不平静的是有人开始私底下说:"文祥和麦粒压床的头三天就好上了。"有人说:"胡扯,压床的不仅是文祥自己,还有两个小学生。"有人说:"这消息就是从学生嘴里传出来的。一个学生孩子天将明时起来撒尿,发现文祥和麦粒已经裹在一起了,还听见麦粒嘴里轻声地哼叽。"另外一个版本是,第二天晚上有人扯麦粒的衣服,麦粒开始以为是长生呢!等一切完事,拉开灯一看是文祥,惊叫了一声,随后又不吭声了。

这事传到大脚婶耳朵时,已经隆冬了。越是人闲的季节越能传出各式各样的流言蜚语。大脚婶曾想私下里问一问麦粒,想来想去还是忍住。不给长生娘说吧,怕对不起人。说吧,又怕事情万一是真的，长生娘受不了。大脚婶权衡再三，还是给长生娘说了。长生娘听后，先是一阵子诅咒，说这些人的良心都他娘的被狗叼了，这样编派我们，而后三番五次地给大脚婶说："你看麦粒那么好，别说文祥是个教师，就算是县长俺也不会愿意。"大脚婶接腔说："那是，那是！俺湖里底的孩子，家风都好着哩，怎么会有这样荒唐的事！那是有些人妒忌长生找一个漂亮的媳妇，胡咧咧呢！"

谣言像见了风一样在村子里传来传去，最后传到了长生的耳朵里。长生和麦粒闹了几次，斗了几架，谁也没有说清楚那三个晚上到底是怎么回事。长生娘看到儿子和儿媳妇斗得像乌脸鸡一样，想说不敢说，不说哩，憋得受不了，三番五次地又找大脚婶问是谁在谣杠他们。大脚婶也说不清楚："这些人真是闲得发骚，没有事专门嚼舌头根子。"大脚婶说后有一种意犹未尽的味，嘴张了几张。长生娘说："他婶，你有啥就直接说吧，咱们自己人。"大脚婶犹豫了一下才说："我看现在长生和文祥好像有些生分了。""是，我也感觉到了，以前长生只要回来都找文祥喝酒。现在，好像不怎么见面。""越是这样，假的也传成真的了。你给长生说一声，要像以前一样该怎么着就怎么着，气死那些说闲话的鳖孙。"长生娘也说："是，是。这样谣传不攻自破。"渐渐地，随着春节一天天临近，逐渐忙碌起来的人们就把这事给淡忘了。

文祥娶师范的同学小丫是第二年的腊月二十六。那天的婚礼举行得非常隆重，不但在我们村是少有的全鸡子全鱼，文祥师范的同学、学校的同事、乡里村里的干部就摆了二十多桌。喜事二天前，负责文祥娶亲管事的老总（方言：主事的人）就让人叫长生。长生先是不去，长生娘长劝短劝去了。那天，长生还专门刮了刮胡子，换上了新西装，让帮忙的人笑长生说："看你，一个油腻腻的大厨打扮得像新郎官一样。怎么，你娶媳妇时文祥给你压床，今晚你还准备给文祥压床。"说得长生的脸红一阵，白一阵。

人多桌多，厨子就累。白天晚上忙了一个连轴转的长生，直到凌晨三点才收拾完毕。那天晚上，压床的都是文祥班里的小学生。那天，文祥真的喝多了，喝得他自己都没有找着床，连睡在哪儿都不知道。文祥睡得正香，梦见自己和长生划拳时，有人浇了文祥一头冷水。他激灵灵地打了个冷战，睁开眼一看，小丫在一旁不停地哭。被几个人五花大绑鼻子流着血的长生还醉蒙蒙地在不停地叫："咋了。你们打我干吗？我娶媳妇时文祥给我压床。他娶媳妇时我给他压床。有错吗？靠，你们打我干吗，你们打我干吗？"

远处，传来长生娘高一声低一声的哭喊……

盖棺定论

三强揣着刀从背后欺过来时，海方虽然心里有些发毛，并没有想到三强真的敢在光天化日之下用刀戳他，用杀猪刀戳他这个村长，这个村民用票选出来的村长。

海方一开始就知道事做得有点过了，但已是箭在弦上，不得不发了。三强的爹快不行的时候，有人就问三强："你爹什么心愿？""埋了呗！到火葬场里烧烧，多花一轮钱不说，还得埋。""那你？"人们知道三强的脾气，虽然是一个杀猪的，在三里五村也算个人物，不会像一般的老百姓一样，爹娘死了像死狗一样悄悄地拉出去偷埋。"这个事，你得打点好呀！"人们在提醒三强时，有一种幸灾乐祸的心态。大家都知道因为这个事，三强与海方会有一战。

自从国家实行火葬制度以后，村里许多老人都避谈这个话题。乡干部也知道真正的火葬实行不起来，逐渐变通成了除了国家公职人员外，农民死了，交点钱就可以土葬，只是不能像以前那样大操大办了。开始头二年，海方还装模作样地在喇叭上宣传一下国家的火葬政策，不要死人和活人争地之类云云的。时间长了，也就不说了。偷埋之前，只要给他打个招呼，送二千块钱，他满口答应和上级通融通融。海方这套办法，也不是他凭空想出来的。二十年前，计划生育最厉害的时候。乡干部到处宣传，"宁可添坟头，不可添人头"，"该扎不扎，房倒屋塌。该流不流，牵猪牵牛"，"上吊紧绳，喝药扶瓶"。老村长百里仍游刃有余地让十几户只有女孩的村民生出来了男孩。有人说老村长百里隐瞒一户收五百，有人说收八百。总之，老百里因为计划生育政策发大财了。最初，海方有当官的想法时，并不是为了发财。海方第一胎是个男孩，觉得一个孩子少，想生二胎，找到村长百里。老百里话说得含含糊糊的。海方是个要强的人，不生了。第一届村主任选举，海方跳得最高，成功地当选了村主任。这时，计划生育政策已经深入人心，海方正懊恼没有办法对付老百里时，火葬制度来了。

三强爹是在初春去世的。春天很少下大雨。这次不仅下大雨，而且电闪雷鸣，像什么催着似的。村里人还没有听到三强家的哭声，三强爹在半夜就咽气了。看到发丧的白幡，看热闹的人都出来了。尽管没有百分之百的把握，海方仍一直在家等着，等三强来找他。从中午等到下午，从晚上等到半夜，海方有些焦躁了，躺在床上，翻来覆去到天明，仍不见三强。黎明前，心生一计。

人们有些失望。因为三强没有像村民想象的那样，像以前一样请二班乐器，亡人停三天，宴请亲朋好友，行三拜九叩大礼……第二天下午，三强只在大街上搭了一个灵棚子，租来埋人的花架，按着老规矩对着父亲的棺材行了三拜九叩大礼后，让家属哭了一会儿，天不黑就送到地里，埋了。送葬的路上，人们还在瞅海方的影子。这时候，村民断定海方不敢惹三强。三强杀生太多，杀气镇住了海方。

"风起青萍之末。"正当人们嘀咕今后如何以三强这个借口堵海方时，令他们震惊的事发生了。在三强的爹埋葬后的第二十三天，县民政局的领导带着乡里的干部，在海方的带领下把三强爹的坟给挖了。村里的人虽然听说过有的地方因为偷埋，被挖出来用汽油烧了的，事实发生在眼前，感受还是不一样。"那天，三强不在家，到东乡收猪去了。海方带着人把三强爹从坟里挖出来之后，用汽油泼泼，点着了。"人们的议论越来越激烈。"海方派人观察了好久，就等三强不在家时动的手。三强家人赶到时，'人'已经烧了。""三强呀！回来之后把汽油烧过的'爹'又埋了。穷不给富斗，民不给官斗。""这件事肯定没完，你没看，三强的眼一直红着呢……"议论归议论，三强把扒过的坟重新埋过之后，一直静悄悄的，连猪也不杀了。

　　人活一口气。海方自从带人扒了三强爹的坟之后，感觉自己出了一口恶气，但晚上睡觉一直做噩梦。开始几天，他天天请派出所的小陈来。后来，他特意到王灵寺大庙里住了二天，烧香许个愿。人犯浑，多是在气头上。渐渐地，海方感觉三强真的没什么动静，放松了警惕。"虽然我这个村主任不算个什么官，也不自由呀！这个事乡长知道后把我臭骂了一顿。说，无论是谁，都不能和国家的政策对着干。""我也不想这样做，都是乡里乡亲的爷们，许多叔叔伯伯看着我长大的。但是，人情大不过国法呀！""政策面前，人人平等。邻县的有因为偷埋就法办了几个人的。为此，县公安局特意备了案。一有什么风吹草动，就采用强制措施。"海方开始放出话来，希望有人把话传给三强。

　　三强是把该要的账要完，该还的钱还上之后，才决意"动"海方。那天，他老早起来，把磨得锋利的杀猪刀揣在怀里。妻子小路看见三强往怀里揣刀，怕出大乱子，犹豫是不是该让人给海方带个信时,三强已在大街的小卖部前撞上了海方。"三强呀!"海方看见一脸狰狞的三强,声音都是空的。"哼。"三强没有接话。鼻子吭了一声。"唉,你看那个事。确实对不住,但是县民政局逼着我,乡长又……"海方说着,四处瞅人,他这时多么渴望有个人过来,缓解一下凝固的气氛。"是,人活着都不容易。像我……"三强仍是很平静,像是很理解海方一样。"是,事后我一直觉得对不起你。想找你……"海方确实紧张,因为三强的话看似平静,语气却带着冰碴。"对得起我对不起我是小事,关键是得对得起钱。"三强一字一句,话像扔出来的一样。"哪?国家的政策是不是?"海方本来想说,不是那回事,或者这时能让三强给他吵起来,但又觉得自己被逼到墙角,转不过弯来。他多少有些手足无措,想要把手伸进怀里掏烟时,三强先把手伸进了怀里。说时迟,那时快,三强像平时杀猪一样,把刀从后向前捅了过去,正好顶着海方的肺。

  有的,没有的。真的,假的。村民的议论,渐渐地把三强说成了"英雄"。海方的妻子与父母在县政府披麻戴孝坐了二天,主管民政的副县长仍坚持海方火葬后县领导再出面给海方一个说法。海方的葬礼是村里办过的最隆重的葬礼。追悼会那天,三强已经很从容地待在拘留所里了。"优秀村干部、杰出青年代表、一心为公的基层卫士。"副县长献过白花,字正腔圆地念追悼词,老村长百里站在人群中,脸上流露出了丝丝让人不易觉察的冷笑。

四

离

贼

"队长，俺老公公的脖子肿得老粗。"

"唉，村子里大脖子的十几个呢！"刘能心不在焉地说。

"为什么这么多人的脖子肿这么粗？"梅枝知道是吃苇根子吃的了，明知故问。

"唉，没有吃的呗！"刘能的"唉"声不是口头语，而是真的发愁。上次在公社开会，让报亩产。"亩产八百斤！"刘能第一个报。"九百。"后面的人接着报。"三千五百斤……"最后一个生产队长报数后，公社书记把小白旗插在了刘能的脖子上，回来后才发现衬衣领子上都是血。

"俺老公公的脚也肿了。"梅枝忧心地说。

"脚也肿了！"刘能听得一紧张。

"是，脚也肿了，肿得透亮。"

"男怕穿鞋，女怕戴帽，不会快了吧！"饿死的人太多了，刘能怕提"饿死"这两个字。

"说不准。他最近几天一直把在食堂上打来的稀饭喂哭得嗷嗷叫的小毛，自己喝榆树叶子水。"梅枝真的心疼老公公，抽噎地说。

"唉，你老公公是个好人！"刘能又唉了一声。

"队里真的一点吃的都没有了吗？"梅枝靠在草垛边，鼓起勇气说。

"没……真的没了。"刘能迟疑了一下。

"我不信,一个生产队二百多号人,你把半年的粮食上交得一点不剩。"梅枝说着,勉强地撇了撇嘴。

"这……"刘能知道梅枝想什么了,仍吃不准。

"我不能眼看着俺老公公,为孙子把自己饿死呀!"梅枝说着,下意识地两只手抠衣服角。

"是,不能眼睁睁地看着饿死人。"刘能瞅着梅枝,有意无意地往她身边偎了偎。

"可是,没有吃的呀!"梅枝见刘能偎了过来,抬头直视着他,没有躲的意思。明晃晃的月亮底下,梅枝看清了队长的眼神。

"不是一点没有!"刘能又往梅枝身边偎了偎。

"有?"梅枝沉闷地惊一下。

"有!"

"在哪?"梅枝的眼神闪出了火苗。

"在这儿?"刘能说着,拿起梅枝的手摸了一下自己的腰。

"钥匙?"

"仓库的钥匙!"刘能说完,仍没放开梅枝的手,也没解钥匙。

"仓库里有粮食!"梅枝有些惊喜了。

"有,交公粮时,我专门剩下七八袋子,埋在了仓库夹墙的糠窝里!"

"真的?"

"真的!"

"天无绝人之路!真有吃的了。"梅枝刚高兴半截,突然想起了什么，没等刘能反应过来，又来一句。"咋弄出来？"

"我有办法！"刘能说。

"你有啥办法？仓库保管员锤子白天黑夜地守在哪儿！"梅枝知道现在的社员眼都饿绿了，都盯着仓库呢！

"嘿嘿，这样弄！"刘能憨笑了一下，拿着桂枝的手放进了自己的裤裆里！

"噢……"

"现在，我就把钥匙给你！"刘能见梅枝没反抗，另一只手解自己的裤腰带。

"打开锁进了仓库，里面还是有人呀！"梅枝没有扭捏，一边认真地配合着队长解自己的裤腰带，一边不停地问。

"不会。等我先把锤子支走，你再去仓库！"刘能说完趴在梅枝的身上……

梅枝在队长刘能完事，爬起来提裤子时，顺手把刘能腰上的钥匙取了下来。"我一会儿就去了。"梅枝先把钥匙揣在身上，才提裤子。"你去吧！我这就去叫锤子，说逮住了个大老鼠，请他喝老鼠汤。"刘能说完又亲昵地摸了一下梅枝的脸。"那中，我去了。"梅枝现在满脑子都是白腾腾的馒头，说完扭身走了。

月亮偏西了，斜照在仓库的房檐上，白皑皑的凄凉。鸡子、狗早被饥饿的人杀完了。夜，静得能听到人们的肠鸣。梅枝拿着钥匙，麻利地打开仓库的门，钻了进去。仓库里空空当当的。借着月光，梅枝能看见锤子的床铺，孤零零的。"夹墙。"梅枝用手摸了摸仓库的后墙，没看见门。"夹墙的糠窝里。"梅枝又从后墙摸到前墙，仍没有发现夹墙。"夹墙夹在哪儿了？"梅枝四墙转了一圈，仍没有找到夹墙的门。"不是骗我吧！"梅枝想起队长刘能刚才吭哧吭哧的声音,又转到了后墙。在锤子的床铺边,梅枝发现了糠窝。"在这儿。"顺着墙缝,梅枝发现了粮食,一粒一粒地撒在了地上。

"谁?"正当梅枝兴奋时,有人在门口叫。

"我!"梅枝听出来是锤子的声音,怯怯地说。

"你想干什么呀?"锤子也听出来是梅枝的声音,问。

"没干什么,饿得睡不着,出来转悠,见门没有锁,就溜进来了。"这句话梅枝在来的路上就想好了,以防万一。

"胡说,我走时,明明是锁了门,你怎么能溜进来。"锤子提高了嗓门。

"我……"梅枝这一下子反应不过来。

"对了,你是不是偷粮食的?"锤子一步步地向梅枝走来。

"没,队长不早就说没有粮食了吗?"梅枝冷静了一下,机智反问。

"我天天守在这儿,比他清楚有没有粮食。"锤子眼光发狠,欺到了梅枝的跟前。

"你……"梅枝一紧张,想小便。

"好呀,你偷粮食!走,到大队里。"锤子说着,拉住梅枝的手往外扯。

"我……锤子哥!"梅枝见锤子说翻脸就翻脸,紧张得不知所措。

"叫什么呢,锤子?"仓库外有人喊。

"有人偷粮食!"锤子兴冲冲的。

"队长,你不是说早就没有粮食了吗?"梅枝听出来是刘能的声音,长出了一口气。

111

"锤子,是我让她来装点糠,回去炒炒吃。"刘能说着,进来了。

"噢!"锤子明白了,没再吱声。

"仓库里空荡荡的,什么也没有。"梅枝见刘能进来,像见到救星一样,说着话就急匆匆地往外走。"锤子,什么事也没有,你休息吧!"队长跟锤子说完,也跟了出来。

一路小跑的梅枝走到来时的草垛前,刘能追上了。"你怎么搞的?我眼见找到粮食了,锤子回来了。"梅枝懊恼地说。"你见到粮食了?"刘能反问。"见到了,我亲手摸了!糠窝里地上都是麦子。""唉,傻女人!"刘能用手摸着梅枝的奶子,感慨地说。"真的,我摸到麦子了。"梅枝急了。"我知道。傻女人!天亮前,我把粮食送到你家门口。"队长刘能说着,又压在了梅枝的身上。

大师

大师是张占标的外号，小学校长张立本给他起的。

1975年驻马店板桥水库垮堤，大水冲到我们老家时一人高，许多村子水泡了。只上二年初中的张占标心血来潮写了一篇新闻稿，送到县广播站，播了。一个月后，又写了一篇恢复大生产的稿子，也播了。那时，人们的口头传播也是广播。张占标有文采三里五村传得非常响，弄得说媒的踢烂了门槛子。张占标的娘精挑细选相中人高马大的宋柿花，全村人都觉得是"郎才女貌"。

"才是什么？见识、胸怀，立德立言。但农村人眼里的才是什么？盖的是不是楼房，有没有四轮车，存款多少？非要加个贝和钱扯上关系！"过去，农村没有多少书。张占标有《三侠五义》《杨家将》《岳飞传》。上初中时我就爱看书，去借时他喜欢讲这些道理，惹得我母亲说："跟着好人学好人，跟着筮婆子下假神！""怎么是下假神呢？欧阳修写字时无笔纸，用树枝练成书法家。蒲松龄写《聊斋志异》时，摆了一个茶摊。""什么欧阳修欧阳不修的。你占标婶一个人带三个孩子做饭洗衣就够忙的了，还得去地里干活。七八亩地的庄稼，种哩、收哩、拔草除药哩！占标像商品粮一样天天坐家里看书，怕借力得要死！"其实，这话母亲说，街坊邻居也说。但说占标怕借力，我不信。我们村到省城郑州三百多里，占标叔半个月骑着自行车送一次稿子，风雨无阻多年。尤其是自行车上的"日行千里，夜行八百"每次都像新贴上的。"他不是为了写书嘛！将来成为大文豪了，我占标婶受的苦就成名人事迹了！"我为占标辩驳说。"成为大文豪，成为大耗子哩！初中二年级毕业，除了比着戳牛股的文盲多识两字，和农民有什么区别！"占标来俺家借小孩学费，母亲一概说没有。宋柿花来借，母亲没有钱向别人借，也给她。"占标叔写的诗发表了，报纸上也有！"占标在《拉萨杂志》上发表过五行诗，《农民故事》上发表过一千多字的文章。我看后羡慕得不行，也悄悄地投过稿，可惜，没有发表。"哼！挡吃，挡喝，不如把地种好，多喂几头猪！"母亲说着，斜我一眼。"将来……"我本想说将来占标叔写一部轰动世界的长篇小说了，省领导都会来看他，转念一想，占标叔四十多了，将来真的不多了，又咽了回去。

很多人都是从写诗开始的。我的第一首诗叫《不辜负生命》，发表在东北的一家杂志上。那时，张立本已经是中学校长了，让我办学校的黑板报。介于张占标的影响，我在黑板报上写了一首二行诗"《我们》想当一个好人/结果成了帮凶！"张立本看后，问我从哪儿抄的。我说："我自己脑子里想出来的。"他拍了拍我的肩。中招报志愿，我想当老师报师范。张立本和我父亲嘀咕几天后，改成高中。我那个火！高中三年，回家没有理过他。大学毕业分到报社，不想写新闻稿被领导排挤到档案局。在档案局，因为我不想给领导写讲话稿，被排挤到老干部科。那时，我觉得无所谓：一是不用昧着良心说假话了，二是有时间读书写作了。在国内发表了好几个中篇，省里派人来调查时，我还在档案局的老干部科写长篇小说呢！

其实，有人的地方就有江湖。省城的文化单位一样争名夺利：先是因为职称，年年评年年有人告状。其次是文化项目基金，党校毕业的领导非要在所有人的项目前面署名。再次是提拔！"你上面有什么人，我知道。我上面有什么人，你不知道。"有人在酒桌上把这话抛出来后，被好事者在网上公布了！我不想让领导在我的文章前面署名，上面也没有人，卯足劲写的长篇小说《沉默无处安放》又无法写出《百年孤独》的那种味道。为了弄明白天文学，我又钻研了数学史与基督教史。为了让主人公懂佛，我写了一本《佛陀传》，仍无法写出令我自己满意的文字意境。那种沮丧，尤其是人过四十岁之后真是觉得日月如梭光阴似箭，晚上做梦就有疯狗在后面追……

抑郁症表面上看来是心理疾病，其实能要命。病休回到老家时，领导无挽留，我也落得自在。张立本听说后，拄着拐棍来找我，聊我小时候，聊我们村子的过去，聊村子里的谁谁谁！"占标叔怎么样了？他那个时代的人有那样的创作劲头，不简单了！"我在报社时，他送给我二个中篇小说，写得太乱，没能发表。

"他呀！"张立本嘴角抽了一下。

"他呀，立本老师以前嘲笑着叫他大师，现在真成了大师了！胡子留得一拃长，穿着老式褂子，整天跑着给人看风水、算卦！"母亲在一旁插话。

"何止看风水、算卦。听他们说，还懂'引力波''消磁水'治癌症！"张立本表情丰富地说。

我们村，地邪！正说着，张占标过来了。果真是一拃长的花白胡子，手里转着佛珠。"小寒呀，听说你得抑郁症了！"现在，张占标变得爽朗多了。"唉，想得多了呗，就想不开了！"我连忙给他让坐。"不坐了，不坐了。站在这儿喷一会儿就行了！我这整天忙的，说不准哪会儿又有人找！"张占标说着，手里仍转着佛珠。"占标叔，听说你会看风水，什么时候学的?"我随便问一句。"在书上看的呗！对了，听说你抑郁症挺厉害的，班都不上了？来，让我给你瞧瞧！"说罢，他将佛珠递到左手，右手放在我头上。"占标叔，现在还写东西不?"我想起了过去。"不写了，早就不写了。"占标叔说罢，嘴里念念有声地嘟囔几句后，突然惊奇道："你写个文章，脑子里怎么有那么多意念性的东西。""写文章，脑子里没有意念有什么？"我反问。"写文章，是为了把生活过好！想那么多文章的意义干吗？"占标叔说着，吃惊得一脸真诚。

刁民

老富绅与月亮斗架时，村里的人并不太上心。

初春，老富绅要盖三层楼，月亮拦住不让。"我盖三层楼，跟你有什么关系。""你盖三层楼，挡住我家院子的阳光了。""挡住你家阳光了，你也盖三层不就行了。"老富绅有些炫耀地说。"我不盖。"月亮执拗地说。"你不盖，也不让我盖?"老富绅生气时，脖子上的青筋突起。"你盖可以，得留三尺滴水。""留三尺滴水，你做梦吧!"富绅嚼着牙说。"哪，你盖一盖试试。"月亮也激动了，坐在了老富绅的墙根角前。农村的建筑队大多是一个村的，见两家吵架，看是一时盖不成了，一哄而散。老富绅一看建筑队的人走了，更气了，立即给刚当上乡长的儿子贺强打电话，要他在城市找一班建筑工人，非要硬盖不行。贺强听了老富绅的电话，也很生气。"什么年代了，盖房子还留三尺的滴水。"但贺强毕竟当官多年，知道月亮也不是纯粹的无理取闹，想了想，就给村主任百林与小学校长国增打了个电话，让他们从中周旋一下。

百林见月亮说："月亮，现在盖房子入深长了，哪还有三尺滴水的道理。""不留三尺也行，得留二尺吧！他们盖三层楼，我家院子一年四季都见不到阳光了。"国增和贺强一年考上的师范，虽然现在两个人一个是乡长，一个是小学校长，私交一直很好。国增找月亮说："月亮，你们前后邻居，为这事生气划算不?且不说贺强现在是乡长,就是平头老百姓,现在盖房子也不会留三尺滴水了。""那就留一尺半吧!他们的三层楼一盖,我算是一年四季见不到阳光了。"月亮还是那句话。百林与国增觉得也不无道理,就找老富绅说到底留几尺滴水的事。"别说三尺,三寸也不会留。一厘一毫也不会留。"老富绅毫不客气地说。"是哪?"百林干咳了两声。"你们不用管了,我就不相信盖不起来。""都是爷们,为这事生气不划算。"国增说着还给老富绅递烟。"都是爷们!运动时,数他们一家蹦得高。月亮爹老驴子一脚把我爹踢个狗啃屎,门牙都掉了。当着我的面还骂,俺是蟹子窝里没好人。"富绅家是地主,前些年运动时没少挨批斗。"啊呵!"百林和国增见老富绅没有商量的余地,回来了。他俩本想找贺强说说这个事,贺强出差了,就搁下了。

　　为了争口气,老富绅一天也没有闲着,先是从城里找来正规的建筑队,后到乡里派出所提前打个招呼。"穷不给富斗,富不给官斗。我就不信月亮能挡住我盖三层楼。"老富绅四处放话,让村里既好笑,又好气。又算好日子,老富绅雄赳赳气昂昂地又要盖时,月亮仍是一屁股坐在墙根角上,不让盖。老富绅上前去拉月亮,月亮往地上一坐,不起来了。老富绅老了,拉不动。城里的建筑工人轰一下子,笑了起来。老富绅恼羞成怒,上前去扇月亮的脸。月亮双手抱着头,坐在地上不起来。月亮七岁的儿子不干了,看到父亲挨打,上去一个猛冲,把老富绅撞倒了。"哎哟"一声,老富绅跌倒后,一摸,头上有血了。"打死人了,打死人了!"老富绅声嘶力竭地这么一叫,场面顿时乱了。

　　老富绅从医院里出来后,做了一个伤残鉴定:轻伤。村里的好多人都觉得这是老富绅采用的一个策略，无非是镇着月亮，要把三层楼盖起来了。老富绅果真一点也没有停，继续盖房子，一点滴水不留地把三层楼盖起来了。正当村里人看着豪华气派的三层楼，啧啧称赞时，派出所的人把月亮带走了。百林与国增到乡里找贺强，说月亮不是故意的。"无论是不是故意的，俺家老爷子摔伤了。"贺强牵强地说。"不仅不是故意的，也不是月亮推的。"国增想起来人们的议论，以老同学的口气说。"这样吧，让有关部门做个调查吧！咱们毕竟都不在现场。"贺强说着有些嗯呀了。"这……"百林啧啧了一下嘴。国增刚要说什么，贺强的手机响了。"县里有个会，我先走了。"贺强说完匆忙地走了，弄得百林与国增一脸尴尬。

　　月亮的媳妇领着两个孩子哭了个呼天抢地的，一天跑乡里几趟，也没有见到贺强。百林知道其中的原委，几次给贺强打电话，贺强都不吞不出的。"山不亲水亲，都是爷们。"百林跑上跑下，支付了老富绅四千多的医疗费，又交了六百多元的伙食费，把被拘留了半个月的月亮弄出来了。月亮出来后，开始没什么反应，大家都以为这事过去了时，月亮生病了。月亮媳妇满村子跑着给月亮借钱看病，好多人都来看月亮，看着高耸的三层楼，不以为然地冷笑了一下。国增也来看月亮，并且来得越来越勤，说得也越来越晚。

　　去年麦收时，市里连着发生几起因农民烧麦秸引发的大火，省电视台点名批评，市长震怒。今天麦泛黄时，市电视、广播、报纸一起报道麦秸的危害性，市长办公室连开次会议，让各县、各乡麦收时间二十四小时到田间地头值班，严防死守。"玩忽职守者就地免职。"市长以副书记的身份说这话时，纪检书记也在场点头。

　　现在的农村都用上联合收割机了,老富绅把刚丰收的麦子运到三层新楼房后,还给忙得一塌糊涂的在地里值班的乡长儿子打个电话。月亮也用的联合收割机收的庄稼,国增家的庄稼熟得晚,等他收完麦子时,地里差不多干净了。贺强主动回本乡任职,不仅是考虑好照顾家人,更是因为对乡情了解——民风淳朴,好管理。市里三令五申的防火工作,贺强根本不太当回事。但他意想不到的是,去年没有一起点麦秸火的河洼乡,今年突然四处着火。开始是荒地里被点了,贺强被县长骂个狗血喷头。小坡地着火时,市长就知道了,点名批评河洼乡工作不力。贺强压力陡增,熬了二天二夜刚睡下不一会儿,通信员说地里又着火了。人开着车刚到这儿,那儿又着了;人到那儿,另一个地方的麦秸又被人点了……

　　直到被市长就地免职,贺强也没弄明白从哪里发的这么邪的火。

老百姓

"自古以来，朝里有人好做官。"正当大家感慨游手好闲的刘能摇身一变成为警察时，刘能被拘留了。

"这家伙不是一步登天地成为警察了吗？"

"咳，初中没有毕业能成为警察？"教师文斗不屑。

"不是警察，戴着有国徽的帽子，穿着制服。"

"城管！"

"城管？牛哄哄地坐着公家的车回来一趟，回来一趟。"大家七嘴八舌。

"他媳妇的表哥好像是城管的一个头。在城里那种工作名声赖，有素质的人不愿意干，把他以临时工的身份招进去了。"

"一个临时工值得那么张扬，在家摆了好几桌，连乡长都请来了。"

"呵呵！"文斗没再说什么。

"请客时，你的学生没有请你吧？"锤子这么一说，大家哄一下笑了起来。

市局刑警队来到村子调查情况，大家才清楚，刘能在城管队没两个月，和四川的一个卖菜的女的好上了。她老公知道后，双方打了起来。刘能将对方的手砍了下来。

"多好的一个机会不但浪费了，还惹上官司，家里剩下孤儿寡母的……"有人惋惜。

"怕啥？一个萝卜一个坑。"闲篇议论常常不着边际又意味深长。

"家里有媳妇有孩子的，招惹外面的女人干什么？"百胜不解。

"你是没有机会。有机会你也想那个。"锤子讥笑他说。

"刘能从小就那德行，身前有时想伸手，身后没有想回头。我要是有机会，铁定能管住自己。"百胜和刘能同班过，不服气地说。

"遇到机会能管住自己的人，就不是老百姓了。"教了几十年书的文斗冷冷的这一句话，窘得大家哑然无言。

凌迟

"三刀，怎么样了？"张三刀从医院回来的路上碰见教学的树生。"嗯，怎么样？该死屌朝上，不死屌晃荡！"三刀仍是那种表情，一脸的不在乎。"这个病得治一治！现在医学发达了，听说美国人已经做换头手术了。"树生喜欢看新闻，有了手机之后知道的更多了。"换头？换心也不行！要是人不死，地球早就装不下了！""你这人，好像病不是害在你身上一样！"树生苦笑了一下，从内心里佩服三刀的豁达。"他这个人呀，儿子说去北京找最好的医生会诊一下，他死活不同意，说早晚就是一死，麻烦人干啥！儿子不知道就从医院偷跑回来了！"三刀的儿子铁军在省军区是个军官，找关系把三刀住进了省肿瘤医院。三刀媳妇说着，抹起泪来。"唉，你这个人呀！这不还没有死哩吗，你哭个啥球哩！"三刀瞪了媳妇一眼，"生死，我想的都开。这一辈子，我杀过的生灵上千头。认识的人死掉的几万，习以为常了！"三刀说着，哲人似的抬头看了看天。"喊，该治也得治，是病都有方！"树生突然觉得辩不过三刀了，只能安慰。"医生治病不治命！人要是得的不是病，就不要浪费有限的医疗资源了，中国人这么多！"三刀说着，往家走着。"你这思想境界，县长也抵不上！张百生和你得的一样的病，动过几次手术了。"树生陪着三刀走到家门口。"他呀！"三刀鄙夷不屑地应了一下，向树生摆了摆手，回去了。

三刀原名张秋生。小时候家里穷，吃不上肉，就发誓让爹娘一辈子吃肉，当上了屠夫。从小学的手艺，谁到他肉铺买肉，无论是多少斤，一刀切下去基本不用称。秋生总是在秤上称一下后，顺手再切一点肥的让秤翘起来说：用肥肉炼的油炒，香。秋生杀猪，一刀毙命。所以大家给他起一个外号"三刀"。别看三刀是一个杀猪的，十里八村叫得响着呢！前些年，计划生育非常厉害，乡里组织的联防队员像鬼子进村一样，横行八道。锤子说一句，你们像土匪，被几个人围住打个半死，关在大队院子里。当时，张百生是村长。锤子娘哭着去找百生。百生头都不敢露。"去他妈啦个巴子！"三刀看不下去，从肉架子上拎个砍刀去了大队院，刀背敲开锁，背着满身是血的锤子去村卫生所，联防队员面面相觑，没有一个人敢拦。

张百生得淋巴癌之前，胃已经做过切除手术了。那时，他已经是乡文化站站长了，一次酒后大吐血，诊断出胃癌。淋巴癌是几年后的事了。每年乡干部体检，张百生比谁都积极。"你的脖子肿得异常！"县医院的大夫一句话把张百生吓得来找三刀，问铁军的联系方式，要去省城大医院看。"咳，我脖子里的疙瘩摸着顶手，不挡吃不挡喝，碍啥哩！"三刀让百生摸一摸自己的脖子时，一脸坦然。"人年龄大了，就容易出这病那病。日子越来越好了，还是小心为妙。"百生也觉得自己脖子上的疙瘩没有三刀的严重，仍不放心。省肿瘤医院的大夫水平就是不一样，摸一摸百生的脖子胳肢窝说："淋巴癌的可能性极大，住院，活检！""哪！"百生惊出了一身汗！他在省医院报销的比例较小，权衡再三后回市第一人民医院！

乡政府号召给张百生捐款时，已经是第四次手术——从腿弯里把病变的淋巴切除了。新任的村主任加林一家一户地收钱说:"自愿呀!捐钱嘛,全凭情义。""哪能!百生赖好干过多年村长,和尚不亲帽子亲!"村里人十块二十地拿。"乡干部报销的多呀,怎么还需要这么多钱!"树生掏出来五十元问。"几次手术了,人弱得不成样子了。况且有些进口药根本不报销。"加林不是做给百生看的,而是做给乡长看的,一直跑前跑后。"哼!"轮到三刀时,他掏一百元。"还是三刀叔大方!"加林笑着说。"大方,我们是同病相怜,我的比他的病发现的都早!""你咋不去看一看。铁军哥在省里门路多呀!"加林有些吃惊地说。"门路多?狗屁,就他那芝麻大的小官门路多的话。他上面那么多领导的爹,不是都能活成千年王八万年鳖了!"三刀说着,没停下手中的活。

其实,三刀从省肿瘤医院悄悄地回来后,铁军急得不行,非要开车赶回来。"回来个屁!癌症是啥?治不好的病。治不好的病治个啥?""有治好的呀,手术后活了好几年!"铁军辩解说。"我们这年纪活好几年跟活几天有啥区别?别回来了,你妈什么时候打电话,你再回来!"这时候了,三刀说话余威仍在,吓得铁军和他娘商量半天也没敢回来。除了杀猪卖肉,三刀比平日里多了一项工作,用酒洗淋巴肿大处。其他一切如常:喝酒,吸烟,到地里转悠。直至百生的尸体从医院里拉回来那天,三刀停喝了一天酒!

火葬制度国家提倡了多年,农村里土葬依旧,只是多了一道向民政局交钱的手续。百生死在文化站站长的岗位上,自然办得隆重一点。送葬那天,县文化局的领导来了,乡长来了,各村的村长也来了。树生没有想到的是,三刀也来了。

"三刀，你怎么来了！"树生吃惊地说。"我怎么不能来了？"三刀表情动了一下。"大家不是想着你和他一样的病，怕你难受！"树生说话也不转弯抹角。"一样的病未必一样的命！"三刀一直不温不火。

　　"有道理！"树生皱了一下眉，回忆起百生这一辈子来，足足半根烟的工夫又冒出一句："百生这病，百生这一辈子！"树生主持的丧事，感触更深些。"啥人害啥病！百生这一辈子和他这病叫做躲了初一躲不过十五！"三刀不屑地说。"不会吧？"树生吃惊地看着三刀。"不会？百生一辈子胆小。临死前却挨那么多刀。正应了人老几辈子那句话，挨千刀的，挨千刀的！""咦，我怎么没有想到这一层！"这时，树生眼睛睁得老大地看着三刀，下巴快掉下来了，像见到神人一样。

多活二十年

最初，张德北以为是来看病的，进去之后才知道是一个讲座。大横幅上黄灿灿的字："热烈欢迎著名北大健康教授上里高人莅临讲学。""不是?"张德北有些吃惊地看着儿媳妇何娟。"是中医，但不老!"何娟对着老公公莞尔一笑。

比在农村种麦子打场的场面都大的会议厅坐满了人。男的女的花花绿绿一个挨一个地坐着，花甲白发却一个个像小学生一样虔诚肃静。

"健康是一个大事业。一切财富，荣誉都是零，身体才是零前的那个一。没有一，零就毫无意义!"尽管健康教授年纪轻轻，果真是北大的教授，出口不凡。语音未落，下面掌声一片。

"现在的中国，从空气到食物，从物质到精神，从文化到伦理……几乎被急功近利的国人给污染遍了。我们如何保持健康呢?"教授说完，故意停顿了一下朝台下看。二百多人的大厅，一个个像雏鸟一样伸着脖子等答案。

"我们要从传统文化里寻找答案。"教授说完，从桌子上拿起一本书，问："大家知道这本是什么书不?"

"不知道!"听课的人异口同声。

"晕。我兜里装多少钱，你能猜出来不?"张德北心里嘀咕了一下，没出声。

"《朱丹溪祖传尿疗法》。说起朱丹溪，这可是一个了不起的人物。宋理程学大家都知道吧！理学大家朱熹的第二十三代孙。过去有一个传统，'不为良相，即为良医'，朱丹溪出生文化世家，成为良医也不在话下。"

"嘘！"有些人表示惊讶，大部分人没有吭声。

"无独有偶。同为四大文明古国的印度用尿来治病的历史也有五千年了。根深蒂固到印度前总理德赛，在其任职期间公开宣传尿疗法，以总理身份带头饮尿。"教授话音未落，下面响起一阵热烈掌声。

"咦！"当兵上过战场，在村里任多年的村支书的张德北听得胃里一阵痉挛，站起来要走。何娟知道老公公张德北的秉性，拦住说："爸，这张票三百多，不听也不退了。"

"三百多？"张德北吃了一惊，又坐下了。

"有些人害怕喝尿，主要是把尿视为污秽的排泄物，与粪便混为一谈，这是认识上的误区。"教授说着，拿出一个小瓶子，示范着给大家讲："粪便是人将咀嚼后的食物营养物质和水分吸收后剩下的残渣。尿液是将食物咀嚼后的营养成分（包括部分水）吸收进入血液，经过血管在体内各个部位循环，机体按需要吸取营养后，多余部分经肾小球过滤，肾小管吸收后生成的。真正的代谢产物，经输尿管储于膀胱中，积到一定量后排出体外。尿血同源，血液是尿的生身父母，尿是血液的分身，其化学成分来源于血液，相同于血液。医学化验人员都知道，健康人的尿是无菌的。由此可见，认为尿是脏物，饮尿有害是一种误解。

"中国朱熹二十三代孙朱锦富遵守祖传'回龙汤'秘方饮尿数十年。为什么？因为它能治很多病！比如，呼吸系统疾病：

哮喘、支气管炎；消化系统疾病如：胃溃疡、肠炎、溃疡性大肠炎等；循环系统疾病如：心脏病、心肌梗塞、高血压、低血压、心绞痛、心律不齐等；肝脏疾病如：各型肝炎、肝硬化等。西方文明大家都崇拜吧！欧美医学发达，然而，欧洲人四千年前已经开始饮尿治病了，比中国的童子尿鸡蛋、小便药引子还早！"

"这么神奇，大家都天天喝尿就行了，还要医院干什么？"张德北小声嘀咕了一下。旁边的人斜眼看了他一眼，弄得张德北心里很不爽。本想来一句："你喝给我看看。"想到后果，又忍住了。

"如果大家坚持尿疗，预防了上面所说的病，你的生命可以延长二十年。"

"哗！"有几个老头老太太率先站起来，颤巍巍地喝彩起来。

"二十年，什么概念。该活八十岁的，活一百岁。该过九十岁的，活一百零一岁。"看到听众的热情，教授说得越发流光溢彩。

"多活二十年，多大的一个胜利呀！"教授继续推高会场的情绪。这时，工作人员清楚火候差不多了，将一摞摞定价不菲的书搬到台上，像往常一样准备来一场火爆签售。

"活八十岁了，再多活二十年，干什么呢？"会场里，冷不丁有一个穿红衣服背摄影包的人站起来问。

"喝尿呗！"忍无可忍的张德北，终于忍不住了。

"嗤！"会场里一片愕然之声……

生如鸿毛，死如泰山

雷子是看着他爹一点点倒下的。

雷子爹张立本打麻将到十二点，站起来去吃饭，突然感觉头晕眼黑，强扶着桌子，手渐渐地失去了知觉。雷子正好从地里回来，眼看着一点点倒下的爹，丢下自行车跑过来抱着喊："爹，爹，爹……"此时，立本听到的声音已经很远了，远得脸上只有一丝笑意，很快又消失了。"哥，哥。"雷子见爹没有回音，喊谷子。"你哥没回来呢！"嫂子玉香听到是雷子的声音，有点不相信自己的耳朵，出来看是爹出事了，忙上去扯雷子，示意他放手。"叱……"雷子有些愠怒。"有可能是脑溢血，越晃越厉害。"玉香苦着脸解释说。"噢！"玉香学过医，雷子明白嫂子的意思不是针对自己，把自己的衣服铺在地上后，让爹躺上。

谷子赶到县医院已是后半夜了，其他的人都熬得趴在床沿睡了，立本还没有醒。谷子看见只有雷子直挺挺地坐在椅子上，感动得眼眶一热，拍了拍肩，示意让他出来。

"雷子，还恨爹不？"兄弟俩近二十年没有说过话了，谷子喊着有些生分。

"哼！"雷子没有接话。

"当年也怨哥，不应该给你争！"谷子回来后听说雷子在爹生病时的表现，很是感动，主动示好。

"唉,过去这么多年了,说这还有啥用?"雷子苦笑了一下。

"咋没有用呀!当年,我上高中时爹就给我说过,考不上大学去当兵。我也答应了。谁承想……"谷子回忆起过去,又用衣角擦了擦眼镜。

"唉,我也没有觉得顶替父亲的工作是一个多么了不起的事,只是觉得……"尽管雷子尽力想说得轻描淡写,从语调中仍能听到情绪。

"没曾想到我近视,更没有想到我晕血。"谷子说着,借着医院走廊里的灯光观察雷子的表情,见他没有反应,加码说:"晕血也就晕血了。那年,我听同学们说,上一届去参军的学生中有训死在部队里,就不敢去了。"谷子说得语调低沉。

"噢!"雷子第一次听谷子这个解释。那年,国家最后一批接班制。立本为了让儿子顶替自己,提前好几年退了。是让大儿子或是二儿子接班的事,立本一直拿不定主意。立本在邮政所上班,雷子虽然年纪小,却看不上风里来雨里去的工作,不想去。谷子故意给雷子说,他根本就不是娘亲生的。惹得雷子坚决不接了。事后很多年,雷子才知道谷子是骗他的。骗就骗吧!雷子走上社会后,理解谷子的自私:眼近视,个子低,心眼小……最主要是爹立本也和不是亲的一样。雷子生性豪爽,在外地打工时为了维护老乡,打伤了被拘留起来几个月,没有一个人去看他。在外地领一个媳妇回来,让他爹看。一句话:"不行。"雷子问他爹为什么不行。"不行就是不行,哪有什么为什么!"那个女的一看阵势不对,走了再也没有回来。

人的关系越来越远,亲情也是一样。雷子和他爹越来越生分后,就自力更生地干了很多事,渐渐地习惯了一人独自决策。

随着自己娶妻生子，雷子一点点理解他爹时，张立本和雷子商量，要雷子把他和雷子老岳母撮合时，雷子恼了。"我娘才去世几天，你就打这歪主意！"雷子不但坚决不同意，从此再也没有和爹说过一句话。

"雷子，还恼咱爹不？"谷子又问。

"恼啥？人都那样了！"雷子苦笑了一下。

"咱爹也不容易，一辈子靠挨门挨户地送信将咱兄弟俩养大……"谷子先感慨。

"是，我记得小时候，咱爹每次回来，不是千方百计捎个糖葫芦，就是捎个芝麻饼。"雷子这两天，一直在回忆过去的事。

"你从小好吃香的，咱爹有时故意绕很远给你买麻婆饼。"谷子帮助雷子回忆。

"对，我记得那个麻婆饼，外面是红纸包的。"雷子在哥哥的启发下，记得越来越清晰了。

"其实，不只这些。"谷子说着，故意停顿了一下。

"嗯哼？"雷子有点不解。

"你在外地打人被拘留时，咱爹为了找关系，去省城邮局，就差没有给领导跪下了，人家才答应帮忙。"

"我咋一直不知道呢？"这么多年了，雷子从来没有听说过。

"男人嘛，脸面重！你在外面干什么事，尤其是没面子的事，回来给别人说？"谷子循循诱导。

"咱爹也没有……"雷子仍心有疑问。

"咱爹，你还不了解。你盖房子时，开始借钱如何？咱们私下里给别人打招呼，雷子不还了，他还。你借钱才顺利吧？"

"呀！"雷子真的没有想到他爹私下里还有这一手，眼泪顿时流出来了。"血浓于水呀！咱爹其实很疼你，但是又气你的犟。"谷子说着也动情了，抱着雷子呜咽起来。

"哥，今后我再也不犟了。这次咱爹好后，我一定好好地待他。给他介绍个老伴，带着他去风景好的地方旅游。"

"亲兄弟，打着骨头连着筋。今后，我也要有个哥的样。和你一起让爹的余生快乐。"兄弟俩好像回到了二十多年前。

事与愿违，张立本没有看到兄弟俩和好，抢救几天，没有一点苏醒的迹象。直到医生催他们交款时，雷子才发现谷子几天没有来了。"嫂子，我哥呢？"雷子问玉香。"你哥熬得血压低，头晕得不行，在家休息呢！""这……"雷子没有多想。"我一个女人家，什么也不懂。医生让你咋办，你就先咋办。等你哥来了，一并解决。"这时，玉香成了一个毫无主见的女人，一切由这个小叔子做主的样。"中！"经过上次的深谈，雷子觉得和谷子亲多了，爽爽利利地把钱交上了。

医院治病不治命。连交好几次钱后，张立本还是停止了心跳。雷子在医院哭爹喊哥半天，谷子仍没有露面。"雷子，你哥也在医院急救着呢！"玉香匆忙过来，哭着爹喊着雷子说。"他咋会？"雷子觉得有点不可思议。"你还不了解你哥，心眼小，身子弱。咱爹这一那个，他悲伤过度就……"玉香帮谷子打圆场说。

"咱爹临终……"雷子想说爹临终他不在场，却没有说出来。

"咱爹临终没说什么吧？"玉香顿时来精神了，一脸狐疑地问雷子。

"没。就我们亲兄弟俩，咱爹临终他不在场。"雷子把眉毛拧了拧说。

"你该咋办咋办吧！反正，咱爹生前没有留下什么存款、存折之类的。"玉香本意是怕雷子多想，故意解释钱的事。"哪有这样当哥的，恁多心眼！"玉香提到钱的一瞬间，雷子一下子明白谷子这些时间不来的原因了，把他爹的尸体往太平间一丢，找谷子算账去了。

群众的眼睛是雪亮的

慌不择路。国珍感觉到脚下一麻,顾不得低头看,钻进了苞谷地里。

本该一直向北。东边有一块红薯地,国珍义无反顾地蹿了过去。小心翼翼地啃了三块红薯后,国珍才发现脚疼得厉害。抬起脚来一看,有一个蛤蟆嘴一样的大口子正汩汩地淌着血。在地上捏一把干土敷上,很快被血染红了。国珍把烂得一络络的袖子撕下来,缠在脚上。本想多扒两块红薯,叫喊声越来越近。必须跑了,国珍从豆荚秧上取下来一顶吓鸟的破草帽,往头上一嵌,顺着向黑坑沿走。

"狗蛋,狗蛋,你别吓我!"国珍听出来是二熊的声音。

"救命,救命!"来富的儿子狗蛋声嘶力竭地叫。"有人落水了!"国珍愣了一下。

"救命呀,救命呀!"看着水中一沉一浮的狗蛋,二熊吓得哭着喊了起来。

"咦……"锣声越来越近。依稀能听到有人喊:"抓坏蛋呀!国珍逃跑了!"国珍犹豫了一下。"快来人呀,快来人呀!"二熊声嘶力竭地呼叫掩饰不住孩子的稚嫩。"噢!"壮着胆子叫了一嗓子,跑到黑坑沿。水面上只剩下一个大大的水花,像一条大鱼在水里翻滚。"快救狗蛋,快救狗蛋!"二熊见国珍过来了,指着水里哭着说。"唉!"国珍顾不得许多,一头扎了进去。

锣声越来越近……

国珍想着只要自己下水，很快就能把狗蛋从水里拉出来。下去后才发现，怀里还有几块红薯。狗蛋在水里那个拧巴。水中救人是有技巧的。丢下红薯，国珍去揪狗蛋的衣领。狗蛋光着膀子。国珍拉狗蛋的胳膊，刚一挨着，狗蛋双手搂着了国珍脖子。无奈，国珍只能使劲地往上拱，露出水面半个脸，再也游不动了。国珍一甩劲，狗蛋又沉了下去。

锣声伴随着叫喊声，越来越近……

在狗蛋前胸捅了一下，让他松开膀子。国珍潜下去，头朝下将缠在狗蛋右脚上的水草扯断，又去扯左脚。水里掉个头，国珍用手托着狗蛋的屁股往前推时，自己脚上的布又和水草缠在一起了。扯掉脚上的布，钻心地疼。咬着牙踩着水，将狗蛋拖上岸。来抓他的人越来越近了，国珍正要落荒而逃，二熊哭丧似的喊："狗蛋没气了，狗蛋没气了！""叱！"国珍无奈地抓起狗蛋的两只脚，头朝下控水，感觉体力不支。顺着黑坑沿坡势，国珍将狗蛋头朝下摆好，在肚子上连按几下，狗蛋才活过来。拎着锣的来富，几个民兵在队长高棍的带领下已经到了跟前。

国珍被五花大绑地押回去之后，人们七嘴八舌地议论开了。村支部书记听到了一些风声，决定提高群众的防范意识，在全村对国珍进行一次公开批斗。

会场上一派严肃。国珍依旧是架着膀子被民兵押跪在经常开批斗会的土台子上，书记正襟危坐，右边是高棍与来富。

"你为什么逃跑？"

"饿得要死。"

"饿得要死？是为了做蒋家的孝子贤孙，去台湾送信吧！"书记轻蔑地说。

"不是！"国珍斩钉截铁地说。

"不是？咱两个一起去的武汉，为什么你参加了国民党的队伍，我却在那儿要饭？"来富指着国珍说。

"当年武汉演武堂招生，号召青年内戢战乱，外敌侵略。咱们一起去的。"来富和国珍一起闯的武汉。国珍读书好，考上了国军党的军校。来富不识字又怕见血，在军营里混了两天，后来去武汉码头扛包了。

"虽然咱们一起去的。那时我就发现国民党欺压群众，压榨人民。坚决和他们势不两立！"来富义正辞严地说。

"对！人民群众的眼睛是雪亮的。"书记这么一说。下面的群众一阵子高喊："谁和人民为敌，就会被人民打翻在地。对敌人的宽恕，就是对人民的残忍。"

"逃跑时，仍不忘迷惑人民群众！"高棍插话说。

"对！"来富接话说。

"迷惑群众？"国珍一脸不解。

"为什么救落水的狗蛋？"高棍高声质问。

"不为什么！"

"不为什么？"高棍轻蔑地说。

"像你这种地主娃子，国民党反动派的军官，会在乎一个穷人孩子的死活。"书记说这话时，故意看了来富一眼。来富脸一红，接上话说："不为什么？"

"情急之下，真的不为什么。"国珍默然地说。

"我知道你的险恶用心。你是想着有一天蒋家王朝复辟，让狗蛋继续做你家扛活，做牛做马侍候你们。"来富一板一眼地这么一说，顿时下面掌声雷动……

五

兑

疯子

无产阶级多是无神论者。媒体上提出向"旧风俗"宣战要平坟时，大家都不以为然。"领导不是父母生爹娘养的，领导的祖宗十八代都长生不老！"面对传闻，村民都当闲话聊。村长雷子从乡里开会回来动员："地少人多，死人不能占活人的耕地。"众人慌了——"最大的仇恨也不过挖人家的祖坟""村长应当先带头把自己家的坟平了""银领是国家干部，应该先平了"，老百姓平常叨叨时神采飞扬，一旦遭遇大事就一盘散沙了，反对的，妥协的，出馊主意的……最后大家之所以一致同意先把银领娘的坟平了，这源于大家对银领的恨，全村人对他的恨。

村长雷子扛着铁锹领着乡里的驻村干部，带着十几个人在几十个人的围观下，浩浩荡荡到银领娘的坟前时，疯子右手一把菜刀，左手拎个抓钩在等他们哩！"翠莲，你让一让，我们把银领娘的坟平了！"雷子上前强装笑颜。"你敢！"疯子的脸瞬间变得狰狞起来，雷子心里一惊。"她是谁？"驻村的乡干部彭建问。"她是银领的未婚妻。"围观的人笑着说。"有这么老的未婚妻？"小彭正疑惑时，见疯子把右手的菜刀举起来说："谁敢动一下我婆婆的坟，我当场砍死他，信不？""咦！"围观的人赶紧向后撤一点。"翠莲，银领的娘又不是你娘……"雷子提着嗓门说。"啊呸！你敢动一下我婆婆的坟，我把你儿子女儿都杀了，把你家的房子也烧了，你信不？"疯子死勾勾地盯着雷子说。

"咦哟!"雷子打了个冷战,扭着身来对小彭说:"彭乡长,要不咱们晚上来平吧。""一个疯女人能挡住我们这么多男人?"小彭觉得有点不可思议。"你不了解情况。"雷子向小彭使了个眼色,扭头回去了。"噢呵!"围观人一边嘻嘻哈哈地看着落败而逃的村干部,一边给疯子伸大拇指。

疯子来到我们村时,并不疯。

三十年前,农村人都想出人头地,改变面朝黄土背朝天的命运。银领不是想,而是非常想——爹死得早,下面有一个弟弟一个妹妹。弟弟瘸腿,妹妹四岁。不幸的是他娘突然得了半身不遂。正上高中二年级的银领蒙了——是退学回家照顾母亲,还是努力拼一下考大学?翠莲得到消息来看未来的婆婆,坚定地对未婚夫银领说:"你回学校好好读书吧,家里有我呢!"那时候处对象都是媒妁之言,两个人也没见过几次面。银领带着未婚妻亲手做的烙饼,强忍着一路没哭出来回了学校。

压力足够大时,能让水射穿钢板。银领背负着改变家族命运的重担,那个拼劲,连老师都吃惊。苦心人,天不负。华北水利大学的通知书下来时,学校沸腾了,银领全家沸腾了,整个村子沸腾了。大家恭喜银领的同时更多地在恭喜翠莲——没名没分擦屎刮尿侍候一个瘫子二年,有回报了!有人说让银领结了婚再去上大学,有人说银领应当"留下种"再去上大学,还有人说银领应该带着翠莲去上大学……这都是马后炮。总之,银领上大学前二年假期回来,第三、第四年就不回来了。银领大学毕业后分配到黄河水利委员会,具体是干什么的,村里人不知道,家里人不知道,翠莲也不知道。银领再没有回来过,一切消息都是经过多张嘴转述过的,五花八门。

翠莲不是一下子疯的，而是一天天地变疯的。银领娘病重时，大家怂恿翠莲去省城找银领。翠莲真去了，回来后变哑巴了，谁问，一个字也不说。之后，几年不说一句话。银领娘死时，大家都攒足劲，准备"拾掇"一下这个负心汉时，银领传信说人在国外考察，让人带着自己五岁的儿子代为行孝。翠莲那个伤心，哭得凄切断肠。发展到后来，翠莲有空就到银领娘的坟前哭，再后来是翠莲有事没事就去坟前哭一场。有人劝翠莲离开，再找一个男人嫁时，翠莲骂了那人几天。有人劝翠莲，嫁给银领的瘸腿弟弟时，翠莲上去给人家几个大嘴巴……

翠莲真正发疯，和村里的二黑有关。为了把计划生育政策有效地推行下去，乡里把二黑、赖头充实到联防队里施行"株连"，像国民党时期的"连坐"一样：一家超生，十户有难。翠莲的邻居玲花超生三胎，翠莲要么想尽办法找到玲花，要么认罚粮食被拉走，猪被牵走。二黑坐过牢，恶狠狠地到翠莲家弄粮食时，瘸腿吓得浑身发抖。翠莲开始也躲着，发现他们动真格地弄自家的粮食后，拎个棍站在家门口。二黑一个甩手把翠莲丢出去好远，挥手让人进屋到麦圈里灌粮食。几个人折腾了一阵子弄了十几袋粮，正准备往外拉，绑紧满头大汗地跑过来给二黑说："赶紧去看一看吧！疯子到学校教室找到你儿子，扑上去就掐脖子。要不是老师拦住……"二黑当即吓得腿一软，急急忙忙往学校跑。半路听说儿子被送到卫生所了，慌慌张张地跑到卫生所，见儿子无大碍，正要松口气时，又有人说翠莲把他家的房子点着了。"娘呀！"二黑抱着头哇一下子哭了出来。

驻村干部小彭在乡政府挨过训后，找雷子商量什么时候平银领娘的坟,雷子说什么时候也平不了。"为什么?"小彭不解。"因为疯子根本就不知道死活。谁敢把一家老小和一个疯子赌上!"雷子一句话把小彭噎得翻白眼,小彭思前想后,称病不来驻村了。乡政府再派谁来,听说疯子的事后都推托不来,拖来拖去拖到领导换届,平坟的事也不了了之。

疯子年过半百后,变得有些抑郁了,三更半夜睡不着,在村里转悠。县里搞面子工程,在漯上路两边农田里种了几百棵树。有人怕不长庄稼,一夜间将大拇指粗的树都砍了。乡长拍着桌子骂派出所警员,下令严查。村干部们说是疯子砍的,公安也就不查了。县里审计村委会的账目,有三万多元的亏空。雷子一口咬定是为照顾疯子花的。审计人员找疯子调查,疯子一句话也不说,弄得审计人员哭笑不得。

过春节时,疯子得了一场大病,全村的人都去看她。雷子代表村委会送去五千块钱,握着她的手,伤感地说,"翠莲呀,你要健康地活着呀!没有你,我这个村长不好干呀!"

尊严

雷子调戏铁蛋的媳妇，报案前村委会主任海方先调解。

"都是爷们，抬头不见低头见的。"这句话是海方的开场白。

"爷们会做出这种不要脸的事？"铁蛋气咻咻地说。

"我是……"雷子本来想说"我是酒后一时糊涂"，一想，如此情况下睁着眼说瞎话不合适，硬生生地咽了回去。

"人嘛！不是圣贤，谁不犯个错呢！"海方这种事见的多了，什么情况下说什么话，轻车熟路。

"犯错，这不是犯错，而是犯罪！"铁蛋说着，手要扬起来。海方见状，赶紧把他按住。

"我铁蛋在这十里八村大小也算是一个人物。这事传出去了，我怎么混呀！"这几年，铁蛋搞生猪经纪，三里五村的人都认识他，还和乡长一个桌喝过两次酒。

"是，这个事雷子做得不对。先给铁蛋赔了不是……"海方一惯大事化小，小事化了。

"这不是赔不是就能了的事。这关乎一个男人的尊严！"铁蛋说着，后槽牙咬得嘎嘣响。

"咳！"海方没有想到当了二年猪经纪的铁蛋能把这个事上升到这个高度，一时无语。

"我得……"铁蛋说着，掏出了手机。

"干什么？"海方一看情况不对，又按住了铁蛋的手。

"报警。法制社会,一切让法律说了算。如果我打他一顿,打伤了,有理也成没理的了。"铁蛋斜一眼雷子说。

"嘚!"雷子不知道该说什么,又不能不表示,莫名其妙地发了一声。

"铁蛋,你报警,派出所的人来把雷子抓走,拘留他两天,罚他几千块钱。咋,你俩今后都不在这个村子里混了?再也不见面了?"海方以理动人。

"你说咋弄?"铁蛋反问海方。

"咋弄!我做证,让他好好地向你和你媳妇赔个不是?"海方试探着说。

"说起来轻巧。你做证,能证明什么……派出所的介入,代表国家的权威怎么处罚他……"铁蛋声调虽高,逻辑很清晰。

"本来可以私下解决的事,非要闹到派出所。你一时痛快了,两家从此算是结下了仇……"海方顿了顿,看了看雷子与铁蛋……"再一则,罚雷子多少钱都交给派出所了……"

"你说咋弄?"铁蛋步步逼近。

"这样吧,你也不用报警了。我做主,让派出所要罚雷子的钱,赔给你算了。"海方又看一眼雷子,接着说:"这样一是顾忌了爷们的情分,二是让雷子吸取教训。"雷子苦笑一下,没吱声。屋内气氛有些莫名其妙。

"钱,我不缺。一个大老爷们,缺他那千儿八百块钱。我主要是咽不下这口气。"

"我知道你不缺钱。你俩从小在这村子长大,不是为了顾忌爷们的情分……"海方明白了铁蛋的意思。

"我……"

"我知道,这样吧,让雷子拿两千块钱,算是对你媳妇精神损失的补偿。"

"二千块钱的精神损失?这个货上去就摸我媳妇的奶子,而且两个奶子都摸了。"铁蛋说着,呼一下子又站了起来。

"铁蛋,铁蛋,让他拿三千。"海方连忙将铁蛋按住,自作主张地说。

"啧!"雷子一脸的愧色。

"吭!今天,要不是海方主任这样说情,真的得报警。"铁蛋口气松了下来。

"不看僧面看佛面嘛!"海方苦笑了一下。

"这不是钱不钱的问题。不是顾忌爷们情分,怕你受罚受罪,真应该报警把你抓走,好好教训你一顿。"铁蛋说这话时,仍一脸的不忿。

掌权

三刀见愤子从东边过来了，本想躲，左右看了看没个藏身的地方，硬着头皮迎了上去。

"村长，村长，我找你半个庄子了！"

"啊哈！"三刀打了个哈哈。

"我那事咋说的呀？"愤子见三刀打哈哈，有点不乐意了。

"这个嘛！"其实，三刀很不耐烦，但想起自己当年找老村长百顺讲理时遭受的冷落与耻辱，忙挤出一点笑容。

"三刀，这才干几天村长，说话就打哼哈了！"愤子得理不饶人。

"球！村主任算个官吗？还不是爷们抬的！"三刀正了正心态，递给愤子一根烟。

"还知道是爷们抬的呀！"愤子接过烟，叨在嘴上，没点。三刀将烟盒又装在兜里了，没吸。

"怎么？当上官就不吸烟了！"愤子又将烟从嘴上摘下来，看看是什么牌子。"一直胸闷，医生让我把烟戒了。"三刀猜愤子没有带火，想是不是主动将火机拿出来。"玉溪哟！"愤子说完又将烟叨在嘴上，看到三刀手里的火机了，没伸手。"咋！我给你点上。"三刀强耐着性子，装着要给愤子点烟。"岂敢，岂敢！"愤子不好意思地接过火机，点上深深地吸了一口。

三刀接过愤子还过来的火机后，看了他一眼，等话。愤子又深吸了二口，仍不开腔。"愤子，找我半个庄子了，啥事？"三刀不想磨叨了，主动说。"啥事！"愤子不由自主地接了一句。"啥事？"三刀轻蹙了一下眉。"前天晚上，我和我媳妇给你说的那事！""说的啥事？"三刀继续装迷瞪！"切！"愤子感觉三刀明知故问，却找不到措辞，憋到一根烟吸完，才红着脸说："让锤子拿钱养伤的事。"

"锤子给谁拿钱？养谁的伤？"三刀问。

"给我媳妇！"

"你媳妇咋了？咋轮着锤子拿钱！"其实，三刀心里门清，之所以装湖涂地这么问，是想趁愤子的媳妇不在，把事给理顺了。

"不是你处理的，打伤养伤吗？"愤子见三刀装迷瞪，把烟嘴往地上一摔，又用脚拼命地扯了扯。

"我处理的，我咋处理的？"三刀正了正脸说。

"那天晚上，锤子打我媳妇，不由分说地上去扇她的脸，把莲子扇成耳穿孔了。"愤子说得活灵活现。

"那天，都谁在场？"三刀苦笑了一下，问。

"好几个人都在场！"

"好几个人都在场，是锤子不由分说？"虽然三刀是后来去的，那天晚上就已经搞得很清楚了。锤子娘白内障，去医院手术。莲子不想出钱，却不说出来，而是说："老太太七老八十了，动手术有什么好歹了，咋弄？"锤子不听，执意去医院给娘手术。

农村，管闲事的人多。锤子娘从医院回来没二天，有人说二一添作五，医疗报销后花二千，兄弟俩一人一千。莲子不认了，说没有二千。有人问她愿意出多少，她也不说，狗秧马屎菜地讲起来锤子上学时，愤子去学校送馍；早些年，锤子外出打工，她和愤子照顾头痛发热的老娘花多少钱；爹娘偏心，分家时将祖上传下来的金银珠宝偷偷地都给了锤子。锤子火了，说嫂子，钱可以不出，但不能胡诌。莲子骂锤子满嘴喷粪。

"莲子脾气不好，说话不好听。锤子也不能打她呀！"愤子委屈地说。

"当时你在场不？"三刀听得想笑，愤子为莲子辩解说是脾气不好。

"在场，你没有拦住他？"

"拦啦，拦不住呀！"

"锤子干瘦干瘦的，你一百七八的大个子，拦不住他？"三刀嘴角抽动了一下。

"锤子那样，正年轻二八的，二弹起来真拦不住呀！"

"拦不住？"

"真拦不住！"

"拦不住就拦不住吧！后来咋弄的？"

"咋弄的，锤子一耳光把莲子打得耳穿孔了！"

"穿孔了！有那么严重？"三刀质疑。

"后来，你不也去了嘛！莲子一只耳朵什么也听不见了！"愤子心疼地说。

"现在听见了不？"

"仍听不见。"

"咋弄？"三刀反问。

"咋弄！让锤子出钱，去医院检查。"

"不青不红的，骂起人来仍嚎嚎叫，去医院看什么？"这时，三刀揣测出来愤子想的啥了，直截了当地说。

"不青不红，耳穿孔还讲个青红？"愤子扯着嗓子吵。

"去医院如果检查不出来啥病，花的钱咋弄？"三刀将了愤子一军。

"咋弄，没有问题不是更好嘛！"

"要不，你先去检查。如果确定是耳穿孔了，花多少钱我让锤子出。如果没啥事，花多少钱你自己出。"三刀不想给愤子麻缠下去了，说得一疙一斑。

"这时候你说这话哩！当晚，我要送医院，要报110。你们拦住不讲，说是亲兄弟。我讲兄弟情，不去医院，不报警！你血嘴白牙地承诺处理……"

"处理呀！你不是要去医院嘛，去呀！"

"锤子不拿钱，咋去？"

"你先检查呗！有问题了，锤子出钱。没事了，你自己出。"

"检查出没有问题了，我的钱不是花冤枉了吗？"愤子急了。

"你的钱花冤枉了，是钱；你兄弟的钱花冤枉了，都不是钱？"三刀一脸地不解。

"问题是，他先动手打人！"愤子音高起来，脖子上青筋毕现。

"噢，打人。"三刀突然想发火，却又找不到合适的理由。不想失态，扭脸深吸了几口气，喃喃自语："是呀，打人不对。"三刀从未有过的疲惫，觉得自己给愤子掰扯到天明也说不清楚了。

"打人要是对了，就不要法院了。"愤子虽然这时嗓门大开，脖子上的筋没蹦那么高了。

"你说咋弄?"这时,三刀体谅了老村长百顺过去的不耐烦,苦笑了一下妥协说。

"咋弄,上次我娘动手术的钱,他像要狗头账一样的,前后撵着要。现在,让他出钱时,该我撵他了。谁的钱都不好出!但是打人时咋不想,给别人要钱时咋不想……"愤子喋喋不休起来。

"你的意思是?"

"我的意思,我娘动手术的钱,我该出,仍出。莲子去医院检查的钱,该他出,他也得出。"

"兑丢不就行了?"三刀强忍着恶心说。

"兑丢啥?一码是一码!"

"你将给你娘动手术的钱掏给他,他再递给你去医院给莲子检查耳朵。一张钱掏来掏去,不是麻烦嘛!"

"麻烦啥哩!娘动手术我拿钱,是应该的。"愤子说得一脸的光明磊落。

冲突

"张高博因为得罪了停尸房里的临时工，被谋杀了。"消息传得有鼻子有眼，弄得院长哭笑不得。最可气的是，这消息传到高博的老家，惹得高博的父母举着"严惩真凶"的白布条幅到省政府上访，大有不达目的誓不罢休的架式。

"三人市虎，久讹成真。"院领导发出通知：全院人员学习马列主义与科学发展观，用无神论武装自己的头脑。越是这样，事件越是传得邪乎，"有天中午，我亲眼见卢阿姨嘴里念念有词地围着高博的车绕三圈"，"晚上，我好像看见过卢阿姨在高博的办公室烧香"，"我听说卢阿姨会降杠下蛊"……

卢阿姨，何许人也？医院停尸房的卢秀银。在停尸房工作就够瘆人的了，还不清楚她的来历，只知道她是洛阳人。"洛阳铲"在盗墓界名扬天下，卢阿姨又喜欢在停尸房处理尸体时嘴里碎碎念，尤其传言卢秀银参加过的婚礼没有一对善终的，大家对她都远远地躲着。

省医科大学一附院一万三千多人，杂七杂八地分为五六个等级。医生，五年转正一批。护士，基本上是十年转正一批。新《劳动法》施实情况全省大检查，大家才想起来停尸房里还有一个临时工。在停尸房里摆弄尸体二十多年的卢秀银虽然早对人生看淡了，不过听说自己能转成正式工了，还是特意买了一提苹果去找管后勤的主任。"你这个事得找主管院长。"后勤主任像躲瘟神一样,门都没有让卢秀银进。"嗯,你这个问题比较的复杂……"卢秀银堵了副院长一周的门,听到的话让她丈二和尚摸不着头脑。"院长,不是有文件规定……"卢秀银执拗地说。"文件嘛!是这样,为了应付这次《劳动法》大检查,我们成立了一个委员会,让高博主任具体负责后勤人员这一块。"副院长有节有制的推了。卢秀银躲在停尸房里想了三天,才决定去找高博。

高博虽然是英国三一学院脑外科主任博士毕业,仍要常常和停尸房打交道。高博不仅听过卢秀银的传闻,见过她嘴里碎碎念,还在停尸房里逮住过卢秀银烧香。"在这儿点火,发生火灾怎么办?"高博脸一怔。"是这……"卢秀银觉得高博的火发得莫名其妙,却不知道怎么辩解。"这是医院,被你弄得像土地庙一样!"高博吵完,卢秀银扭头走了。这时,卢秀银才品出来高博的话是针对她的。

"高博士,我转正的事……"尽管芥蒂还在,卢秀银还是涎着脸去找高博了。

"转正?"高博眉头微皱一下。

"是呀!听说院里这次规定,二十年以上的临时工可以转正了。"卢银秀装得诣媚地压着嗓子说。

"哪有什么转正不转正之说。"高博声调里明显的有些不耐烦。

"我找过孙副院长了。他说,后勤人员这一块归你管……"往常,卢秀银和院长也不屑于多说一句话,这次牵扯到自己养老退休,强忍着性子放低姿态。

"什么转正?根据《劳动法》规正,签订正式的劳动合同。

医院里负责职工的'五险一金。"高博纠正卢秀银说。

"是，是。还是高博士了解得透。我听说，后勤人员是二十年。我已经超过二十一年了。"

"二十年，有什么证据？"高博冷脸问。

"证据？我在这儿干这么多年，很多人都知道！"

"知道，有医院里的证明吗？有医院职工档案吗？有工资条吗？"高博一连串的发问，卢秀银蒙了……

卢秀银找了一圈人，最后又被踢皮球似的踢到了高博那里。"高博士，我真在医院干了二十一年了。说一句假话，让我天打五雷轰！"卢秀银赌咒说。

"天打五雷轰！感谢主！如果老天真的能打雷轰人的话，哪还会有那么多盗墓的！"高博冷笑一声。

"高博士，你说这话啥意思？"卢银秀像被揭了短一样，面红耳赤。

"没啥意思！我对所谓的神神怪怪向来不以为然。"

"高……我和你无怨无仇的。如果你要是为难我，我……"卢秀银想硬气地赌一把。

"你什么你，你那么大的神通，让你的神帮你！"

"你……欺辱人不是这个欺辱法！我不办了。记住，我做鬼也不会放过你！"卢秀银觉得已经退无可退了，歇斯底里起来。

"呵呵！上帝什么样的妖魔鬼怪都不怕。"高博轻蔑地一笑，躲了。

冷静下来后，卢秀银觉得自己把事办砸了，本来想再死乞赖脸的去磨磨高博时，听说高博在英国留学时就已经入基督教，顿时明白了，绝望了，也被激怒了……

有人提醒高博说:"卢秀银会巫术,懂下蛊。""全世界都洒满上帝的圣光,还怕停尸房这个角落。"高博不以为然,仍像往常一样开车上下班。"大意失荆州",星期天晚上教堂唱诗班结束,高博返回的路上被一辆从辅路上过来的大卡车撞了,当场死亡。

这事公安机关的定论是交通事故,大卡车司机也被拘留了。医院的传言流出来之后,事情一下子复杂起来。尤其是高博的父母,虽然是农村人,却都是栗门张村教历史的,就抱着《二十四史》,拿着白纸黑字的各种有关巫士神婆的记载去省政府上访,让事情更复杂了。先是卫生厅通知医院做好善后工作,其后是省人大接待处的人打招呼。高博的父母也不是一般人,不依不饶一定要严惩凶手,最后省政协的副主席把公安局的领导叫过去,限定他一个星期内有个交代。

医院招架不住,公安局的领导是政协副主席的老下属,忙不迭地又调查了一番情况后,向政协副主席汇报说:"卢秀银烧香下蛊的事,且不说证据充分与否,仅是和高博车祸之间的因果关系也关联不上。"政协副主席一听,啪地一拍桌子:"关联不上?亚马逊雨林一只蝴蝶翅膀偶尔振动,也许两周后就会引起美国得克萨斯州的一场龙卷风。""这……"公安局的领导哑口无言。

大义灭亲

铁蛋做梦也没有想到,儿子会检举自己,那个恼羞成怒,抡起鞋底朝儿子屁股上一阵子猛抽。"打,打,你打吧!怕死不是共产党员。""还共产党员哩!看你的嘴硬,还是我的鞋底硬!"执拗的孩子最气人。气头上的铁蛋更来气了,鞋底高高扬起,一下一个红鞋印的。"哎呀,哎呀!"还没有到十下,儿子小强开始叫起来了。"叫唤也不行,举报你亲老子时,你怎么不想想我的泼鞋。"铁蛋不仅是气自己被举报,更气的是举报者是自己的儿子,最气的是儿子这一举报,人们对他父子俩怎么看?越想越气,越气下手越重。

"别打了,别打了。"儿子小强语气软下来了。"不打你,你不长记性!""最初,我不想举报,是我老师鼓动着我去举报的。"小强像开闸的水,终于憋不住了。"你老师?""嗯。""哪个老师?"铁蛋有些丈二和尚摸不着头。"教语文的宋老师。"小强啜嚅着说。"就是咱村的宋祖德的儿子?"铁蛋有点不相信。"嗯!"小强说完,怕再挨打,捂着屁股又哭了起来。"妈拉个×!"铁蛋那火!"你等着,我去找他去!"铁蛋丢下儿子,去找宋祖德了。

小强见父亲去找自己的老师了,有点怕,想拦住他爹。铁蛋眼一瞪,屁股正火烧火燎的,又瓷在那儿了。

起初,铁蛋没有想到事情会这么严重。

村子里换届选举，原本一团和气的村民一下子分了好几派。村委会主任东林干了十几年了。这次选举，他又是将头伸得像鹗一样。这一下子惹火了村里赤脚医生高中。他利用自己消息灵通的优势，将东林这十几年贪污多少上面拨下来的救济款，卖多少村集体的宅基地、树，村民超生、土葬他从中落多少好处，一笔一笔列得清清楚楚。大字报在村委会门刚一贴上，村里像炸开了锅一样。大家都在等上级的动作，看什么时候把东林抓走。

一天，二天，三天……直到十天半个月仍没有动静。村里人纳闷，怎么回事。有好事者去打听消息说，乡政府的结论是查无实证，子虚乌有。还有消息说，东林的一个战友在县检察院任检察长，已经把事情捂下去了……正当人们不知所措时，东林又趾高气扬地出来参与村委会主任的竞选了。"妈了个×，这个村子成他们家的了。"许多本来只是看热闹的人在高中这一派的怂恿下，夜里动手把村委会的办公室抢了。"正瞌睡时，送个枕头。"一筹莫展的乡党委书记魏伯贤眼前一亮，让派出所的民警将警车开到被抢的村委会大院，驻村调查。

宋祖德的儿子语论在中学教语文，那天，正好讲到《左传·隐公四年》："石碏恨儿子大逆不道，设计让陈国陈桓公除掉了（儿子）州吁与石厚……"宋语论师范毕业，只能到几个村子联办的中学教语文，但古文功底不可小觑。"古人境界高远，大义灭亲。""喊！"学生们齐声表达自己的不满。"不以为然是吧！"宋语论把书本往讲台上一摔。"我知道你们心里想的啥！"环视一遍教室内的几十张表情各异的脸，宋语论开始展示高超的说服能力。"中国史记载的已经五千多年了吧，为什么独独石碏被人们记住,事情过去二千多年了,我们还要学习他的事迹?"宋语论讲到激动处,左右手交替着挽起了袖子。"不知道!"学生们懵懂的摇了摇头。"因为什么呢,因为石碏为了正义,不惜将自己的儿子绳之以法。"宋语论抑扬顿挫地说着,留心着学生们脸上表情的变化。"我知道,你们的父母待你们都很好,他们做了什么错事,你们不忍心说出来。中国的圣人孔子也提出'为亲者讳',甚至为了隐瞒鲁国君王的一些事,发明了'曲笔'来为其遮掩!"果真如自己预料的那样,学生们眼神里开始充满敬意。"圣人说的不一定全对。否则,中国就不会有'甲午之耻',不会受列强欺凌了。为什么在汉唐极为强盛,在近代被八国联军,甚至是小日本侵略?"宋语论欲擒故纵地反问,学生们真的不明白。"因为,中国人不坚持真理。不坚持真理,就不会产生科学精神。""噢!"学生们多少有点明白了。"哥白尼的'日心说',向基督教的《圣经》宣战,布鲁诺为了坚持哥白尼的'日心说',面对熊熊燃烧的大火仍是大义凛然。"宋语论语速越来越快,"我们每一个人心里都有一个小我。小家庭,小利益,就像村委会被抢这些事。我们想到的不是坚持真理,辨明是非,而是庸俗的'家丑不可外扬'……"

小强憋到下课找宋语论说,他知道父亲参与了抢村委会办公室这件事。"你怎么知道?"宋语论掩饰着自己的表情说。"我家里多了一张村委会的太师椅!"其实,铁蛋和别人说这事时没有避开儿子,小强还是撒了个谎。"噢!"恰在这时,村委会的大喇叭又响了。"你敢不敢在派出所的民警面前将刚才的话重复一遍。""我……""这个需要勇气,想想石碏,想想那些坚持真理的人。"宋语论乘胜追击,直到小强咬牙点头。

铁蛋刚拐过街口，就见宋祖德端个碗出来。"祖德，祖德！""噢！"宋祖德尽管看见铁蛋脸色不好，仍问了一句"吃个没？""没！""要不到家吃！"农村人多年了仍没有改变这种问候方式。"呵！"铁蛋没有接腔，话锋一转问："你那个教师儿子在家不？""在，刚进家。"宋祖德想着铁蛋是问儿子学习的事，语气缓了一下。"走，见见你这个教师儿子去！"铁蛋用手扯了一下宋祖德的衣袖，宋祖德下意识地一顶，碗里的面条差一点洒。"咦！"宋祖德不满地看了一下铁蛋。"我给你说老宋……"铁蛋多少有点歉意，语调却没有降。"怎么，语论打你儿子了？"宋祖德眉头皱了一下说。"打我儿子，算个啥！""那你？""他怂恿着我儿子揭发我了！""啊！"两个人说着说着，进了院。宋语论刚从厨房出来。"语论，你宠着小强到派出所揭发铁蛋了吗？"宋祖德质问儿子。"没，没啊。"宋语论一紧张，结巴起来了。"没有？小强说你劝他向民警揭发我抢了村委会的太师椅。""我在讲堂上讲《大义灭亲》这个典故，讲后小强问我……"宋语论看铁蛋那架势，想挤出来。"大义灭亲，你爹和我一起抢，你怎么不去揭发你爹！"铁蛋吼了起来。"我爹也……"宋语论装着很吃惊的样子。"你别说你不知道？""我……"宋语论看着怒目圆睁的铁蛋，又看着一脸紫青的宋祖德，硬生生地又挤出一句"我真的不知道……""不知道是吧！"怒不可遏的铁蛋上前拎着宋语论的胳膊进了西厢房，指着一个大柜子说。"这是什么？""这……"宋语论张口结舌。

　　"我怎么生出这样的混账儿子！"宋祖德在院里子骂着，叭一下把碗摔了。

秋后算账

嗖的一声,一个东西从厨房飞了出来,计划生育办公室的小魏机灵地来一个狸猫闪身,这个东西啪的一声掉在地上碎成几瓣后,才发现是一只碗。"德文,你个王八蛋,不要脸。搞破鞋就搞一个破鞋了吧,还惹得一身臊,让计生办的人来咱家要钱……"梅枝说着,哭着在地上撒起泼来。计生办的老曹工作二十多年了,对付这种农妇积累了丰富的经验,知道今天再待下去也不会有什么结果,拍了拍德文的肩苦笑着说:"德文,你保重。我们先走了,回头你到镇里办公室,这个事咱们再合计合计。"德文见计生办的人走了,走到厨房里去拉梅枝。梅枝上去给德文一个嘴巴:"俺娘风湿腿这么长时间了,就舍不得住院看一看。你就那么贱,去搞一个破鞋。再说,水莲那个破货一夜也不值八千呀!"梅枝的这一番哭诉,说得德文眼圈一红,蹲下来抱着头像牛一样哞哞地哭了起来……

实在话,德文做梦也没有想到会是这种结果。

那天,小山特意到学校里请德文喝酒时,德文还有些丈二和尚摸不着头脑。尽管现在的生活好了,对于平时并不怎么来往的两个人,在一起喝闲酒也着实让人意外。临走时,德文要拎着酒去,小山死活不让。品着二百多块钱一瓶的洋河蓝色经典,德文舌头有点打结地重复地问:"哥们,有什么事你说话……"小山不停地给德文添酒说:"哥哥,不求你办事就不能请你喝酒了吗?""那也不是,但是你哥哥混得不如人,我们师范毕业的同学有的混上校长了,有的调到县城里了,只有哥哥还在咱们村当小学教师……""那你也比我们强。你上学时就比我聪明。我中学函数学不会,就跟着别人打工去了。"小山边说,边叫水莲:"莲,菜不多了,再切个火腿肠吧!"水莲应了一声,不一会儿端着一盘火腿肠出来了。德文醉眼蒙眬地看着穿吊带、短裤的水莲,眼有点发直。小山举起杯和他碰杯时,他才回过神了。不好意思地笑了笑说:"喝多了,喝多了。"小山见时机成熟了,才慢吞吞地说:"哥哥,今天请你喝酒,还真是想让你帮个忙。""兄弟你说吧,只要能帮得上。""你能帮上,就是怕你不帮。"小山揶揄地说。"你说吧,我能帮上如果不帮,是河里爬。"德文酒劲上来,放下杯子,两只手交叠在一起作乌龟状。"这可是你说的呀!"小山激他说。"'一言既出,驷马难追。'用潘金莲的话就是'大丈夫说个话定个钉,吐个吐沫砸个坑'。""那就我直说了。"小山定了定神,早有准备地如背书一样说了下来。"德文哥,你看我第一胎是个女孩,第二胎也是一个女孩,给他姨家抱养了。我想要个男孩子,但是怕自己不行,想找你帮个忙……"小山说前喝了满满的一大杯酒,也不瞅德文。嗡的一下子,德文的酒醒了一半,直勾勾地瞅着小山,大脑里是刚才他瞅水莲时的情景,自己并没有失态呀!"德文哥,你也别多想,没有别的意思,再要个男孩是我们俩的梦。我和水莲盘算来盘算去,第一胎生男孩、聪明、人品好、长得帅的,从东头到西头就你了……"看着小山那恳切的神情,德文悬着的心落了下来。不过口头还是拒绝:"不行,不行。哪有这种事,再说我头一胎虽是男孩子,接下来是男是女谁说得准呀!"

"那是，那是，不过只要你肯帮忙，生男生女我都认。"小山豪气地说。

德文因为这件事矛盾了很长一段时间。一方面觉得这事有点滑稽，另一方面心里又特别地想，特别是想到水莲那白皙的皮肤，心里七上八下像猫儿抓一样。"不怕贼偷，就怕贼惦记。"最后，德文下决心帮小山忙时，还禁了半个月酒。这事在小山家不恰当，在自己家更不行。盘算来盘算去，德文选在周末的晚上，给梅枝说到同学家办事晚点回来，把水莲叫到学校后从从容容地把那这个事给办了。为此，德文还用心体味了水莲与梅枝的不同，发现水莲不但皮肤比梅枝白，做那事也比梅枝更体贴人。

那事结束后，德文曾悄悄地去看过水莲，想重温一下旧梦，可是水莲一见到德文就称呼他老师，弄得德文是狗咬刺猬——无从下嘴，只好作罢。

"人算不如天算。"水莲这一次生下来的还是女孩。本来打算大肆庆祝一番的小山窝了一肚子火，计生办的老曹很快就知道小山家又生了一个女孩。那天，老曹领着小魏骑着自行车到小山家催他交八千元的超生费时，小山肺都气炸了。"老曹，你别找我要钱，那不是我的闺女。""你媳妇生的，不是你的是谁的？"老曹做了二十多年的计划生育工作，刮宫流产的事不知道经历过多少了，还是第一次见这阵势，一脸错愕。"那是学校哩当教师的德文的！"小山没有好气地说。"你说是德文的就是德文的，你要说是克林顿的，我还得跑到美国给克林顿要超生费呢！"老曹觉得小山说这话简直就是一个浑球。"不信你问我媳妇。"小山说这话时，委屈得眼圈都发红了。

"真的假不了，假的真不了。"老曹把事情弄清楚后，当着小山、水莲、德文的面说："不管是谁的囡女，只要这超生费有人出就行。"小山很是怨恨地看着德文。德文看着小山那眼神，也有点愤懑地说："当初你找我时，我就不愿意，你说生男生女你就认了。现在你找我，是什么意思？""当初我找你，是这样说了，可是谁会想到还要交超生费。""你这简直就是耍赖。"德文气得发抖。"如果你认为出这钱吃亏的话，咱们可以向你的上级反映，再不行到县教委、教育部……"小山的一句话把德文的气焰给打下去了。老曹一看这阵势，心里就有数了。

小山等小孩一满月，就拍拍屁股到城里打工去了，面都不给老曹见。老曹是一次次地找德文要超生费。梅枝开始问德文："计生办的老曹找你干啥？""工作上的事。"德文开始敷衍地说。纸终究包不住火。等梅枝闹清楚是咋回事时，肺都气炸了。"水莲是金屄银屄，弄一次就要八千！这日子都没法过了……"哭着喊着要找水莲去。德文一把拉住梅枝，拖着哭腔说："梅枝，别闹了，再这样闹下去，我咋有脸在学校教学哩！""干都干了，还怕别人说呀！"梅枝嘴上虽然不服，心里咯噔一下子凉了半截。梅枝在床上不知骂德文与水莲多少次了，最后还是咬咬牙把八千块的超生费亲手交给了老曹。

再后来，水莲生的囡女一天天长大了，这个事也渐渐在我们这个村子传开了。有人见德文打趣说："德文，听说你又添个千金。""哪会是我添了个千金，是小山的囡女认我做干爹了。"德文生硬尴尬地说。

偷鸡蚀把米

"雷子哥，能不能提个醒你是啥办法让猪说死就死，说活就活。"存根一脸谄媚地双手捧着酒递给他。雷子没有接，从桌子上端起自己的酒杯和存根碰了一下："老弟，你说这话就见外了。我又不是神仙，哪会有什么办法能让猪说死就死，说活就活。"存根见雷子仍不说实话，向媳妇白妞使眼色。

白妞赶紧站起来，满脸堆笑地端起酒杯敬雷子说："雷子哥，你没有办法我不信。以前没有畜牧局的人指导，大家喂猪不是烂蹄子，就是得猪瘟。你喂的猪不死。现在一头猪上了五十块钱的保险。大家都盼着猪死了好让保险公司赔，可猪又不死了。奇怪的是你的猪却是三天两头地慢死。这样钱一分不少，不但省下了饲料，还不侍候那畜生了。"雷子接过白妞的酒在手中攥了一会儿说："弟妹，我真没有什么办法。过去我喂猪不死，是因为我比大家用心。猪那东西是贱畜生，你越是待见它越容易生病。别人让猪住瓦屋，躺水泥地，比待他亲爹都好。我的猪圈是草棚子，沙子地。""是，是，我知道雷子哥是聪明人。人人都发财，哪还显出聪明人哩！"白妞没等雷子说完连忙又端上一杯。"现在不讨论猪咋喂得好，只想咋能让猪死。"存根在一旁插嘴说。"想让猪死还不容易，打死它不就得了。"雷子喝着酒，夹着菜，随口说着。"雷子哥说笑了，打死猪，保险公司看得出来了，不赔。""那就饿死它？""饿死，也不属于意外死亡，不在理赔的范围。保险公司来的专家一看，就知道了。大刘村有人这样干，保险公司不但一分钱不赔，还要起诉他。弄得赔了夫人又折兵。""不能打死，也不能饿死。那我也不知道了。"雷子说完眯了眯眼睛。"雷子哥，有什么秘诀你就告诉我们吧。我们保证不向外人透露一点。"白妞说完，又给雷子倒酒。存根也在一旁说："雷子哥，咱们光屁股一起长大的。你发财不能不顾兄弟呀！"说完，又使眼色让白妞给雷子倒酒，想让雷子酒后吐真言。雷子来者不拒，直到喝散场一个字也没有说。

没有从雷子嘴里套出实情的存根仍不甘心，辗转反侧地叹气。白妞问他，是不是头痛。存根不吭声。"你是胃不舒服？"存根还不吭声。白妞急了："叹个屁呀！""我就是弄不清楚雷子是如何让猪无缘无故死的。我也悄悄地偷看那小子喂猪了，和平常没有什么区别呀！他怎么能让猪说死就死呢！"白妞一生气转过身子，不理他了。存根见白妞不吭声，用手摸了摸白妞的光背，又叹气。白妞听烦了："再叹气，滚一边去！"存根没有生气，嗫嚅了几下说："白妞，要不明晚你单独去问一问雷子，看看他到底是什么办法，让猪说死就死的。"白妞嗖地坐了起来，"你这个窝囊蛋，咱们好酒好菜招待他还不说哩！让我去问他，你又不是不知道雷子是什么德行，不是羊入虎口吗？"存根呷呷嘴，搬过白妞的身子说："羊在虎口，让虎得了口得不了口，不还在羊吗？"白妞不吭声，装睡。存根怕白妞听不明白，又绕弯子说："他要是想怎么着了，你就先装着同意。等他把秘密说出来后，你再坚决拒绝，他还敢强奸你不成。"白妞气得拧了存根一下，存根装得很疼地"哎哟"一声说："你看二狗子那熊样都有冰箱了，晓枝戴个金项链，动不动在你面前鬼哩！"说得白妞一声不吭了，久久不能入睡。

思想反复斗争了二天后，白妞找出压箱底的衣服，抹了抹口红找雷子去了。回来后存根急切地问："怎么样，雷子说了吗？"白妞摇了摇头。存根叹了一口气说："要不，不问雷子这个王八蛋了。咱们拿了长刀从猪嘴里捅进去。"白妞剜了存根一眼。存根不吭声了。隔一天，白妞又去了，回来后大骂雷子不是东西。存根在一旁说："你不会是让人家占了便宜还没有告诉你吧！"白妞呸，呸，吐了几下，"看他那鸟样，也不照照镜子配不配。"说得存根心里暖烘烘的。

存根妹子家拖拉机坏了，存根帮忙去了。晚上回来时，白妞一脸喜色地告诉存根说："我知道雷子是用什么办法让猪说死就死的了。"存根双眼眨光地问："什么办法？""把猪先饿上几天，猪饿得要命时喂带蓬灰的饲料，让猪可着肚子吃，能吃多少就喂多少，然后再让猪拼命地喝水。猪一下子就吃顶后，蓬灰一起作用猪肚子就发胀，拉几天稀就不行了。""雷子这个狗日的，真有办法，猪饿死了保险公司不赔，撑死了可是要赔哩！"存根听得高兴地连夜去买蓬灰。

存根用这个办法一连喂死了三头猪，保险公司来了三趟，每一次都觉得奇怪，摇摇头，按给农户签的协议每次赔一千二百块钱。存根高兴地把理赔的钱数了一遍又一遍，就是不见白妞。渐渐地存根发现白妞三天两头不在家，开始起疑心了。问白妞几次，白妞都遮遮掩掩地说是出去有事，再问就歇斯底里地哭天抢地。

雷子的邻居小朝办喜事那天，白妞回来时脖里戴了一根金项链。存根忍无可忍，向保险公司举报了。第二天，存根坐在家里没有动,就等着呢!白妞和雷子正在屋里干那事时被公安逮个正着。后来,雷子以诈骗罪被判了四年,存根被判了二年。由于案件性质一样,法院要合并审理。雷子坚决不同意,当着那么多人还骂:"狗日的存根不是个男人,偷鸡还要抓把米哩……"

枪口朝外

"不是失望,而是死心。"梅子说这话时的神情,让高中想起了上学时语文老师左河的那句"哀大莫过于心死"。

"呵,呵。"正忙着清理手上血污的高中一时无语,干呵了二下。

"我真不理解他咋是个那东西。家里有,见了女人还是走不动!"梅子说着,委屈得腔就变了。

"男人嘛!你没有听说过'英雄难过美人关'吗?"高中把手术刀清洗干净,开始给梅子的小狗包扎。小狗被施了麻药不能动弹,却一直可怜巴巴地看着梅子。梅子看着小狗泪汪汪的眼神,忍不住泪也掉下来了。

"那是英雄!顶多算个孬熊。"梅子也不擦泪,咬牙切齿地说。小狗腿是被关林一脚踢断的,梅子抱来时小狗叫得可怜人。医专毕业的高中在城里没找到合适的工作,回老家开了个诊所。本来是给人看病的,这次给梅子的小狗实施了手术。

"他呀!"高中和梅子上初中时就眉来眼去。高中去县城上高中时,和辍学的梅子还互通情书!后来高中考上医专了,梅子在农村等不及,经人介绍嫁给了关林。

"上次,派出所到家里开出五千元的罚单!我问派出所的民警小曹,为什么罚俺!小曹开始支支吾吾,后来弄清楚了,派出所扫黄时小姐供出了他。"梅子用手轻轻地抚摸着怀里的小狗说:"这次倒好!在城里嫖娼被公安局的人抓个现行,给我打电话让我拿钱去领人,否则就拘留。"梅子咬牙切齿时,手仍轻轻地抚摸着麻醉中的小狗。

"你去领人了!"高中知道新的《治安管理条例》规定,嫖客被抓后须家属去领,没有想到会通知配偶,表情复杂地看了梅子一眼,也用手去摸梅子怀里的小狗,不经意地和梅子的手碰在了一起。

"我不想去。找他爹,他爹不管,怕出钱。他娘,想管也没有钱呀!他妹子,出嫁了,更不管。"梅子感觉到了高中的手,但装着他不是故意的。

"关林不是有一个舅是副镇长吗?"关林在街上做生意横,仰仗的就是他当副镇长的舅。好多人都知道关林的毛病,关林自己也喜欢到处吹嘘和多少多少个女人好。

"别提那个老物尻了!"梅子和高中的手一起抚摸小狗说。

"嗯!"高中故作吃惊地抬头看了一眼梅子,手却离开了小狗去抚摸梅子的手腕。

"关林第一次出事,我去找他。他说'关林打你不?'我说'不打'。'挣的钱给你不?'我说'给'。这年月不打你,挣的钱又给你,你还想咋!"梅子说着说着,气得用手拢了一下自己的头发,挣脱开了高中的手。

"要说也是,关林在外面找女人,回来后是不是待你更好了?"高中一脸坏笑。

"他舅那个老物尻,当个小官,坏事干的多了,认为外甥嫖个女人不算什么。"梅子没有正面回答,仍对关林的舅愤愤不平。

"要说也是，男人嘛！"高中说着，顺势摸了一下梅子的脸。

"男人咋，男人就应该有个三妻四妾，就应该在外面吃喝嫖赌？女人就应该守着一个男人？"梅子用手轻轻地挡了一下高中，一脸羞赧地说。

"你要是感觉不公平，你也可以找一个嘛！"高中看出来梅子的态度有点暧昧，大胆地去搂梅子。

"男人没有一个好东西！"梅子娇嗔地轻叫了一声。

"咱镇上的傻二不找女人，你喜欢他吗？"高中搂着梅子，故意往外看了一眼，见没有人，用另一只手去揽梅子的腰。

"小狗，小狗……"梅子叫着，半推半就地跟着高中进了医务室的内间。高中从床底下用脚驱出来一个纸箱子，把小狗往里一放，顺手把门关上了。夕阳西下，这时猪开始回圈，鸡开始上窝……

"只这一次，算是我对关林那个王八蛋报复！"梅子提起裤子，红着脸对高中说。

"好，听你的！"高中答应着，上前又去亲梅子。

"只这一次！"梅子用手推开高中，弯腰从纸箱里抱起小狗，开门走了。这时，小狗身上的麻药劲已经一点点地"伸"了。梅子出了门，高中听见小狗汪汪地叫。

开始态度坚决的梅子慢慢认为"爱情来了，什么都挡不住"。有了第一次，就会有第二次，第三次……有一次实在找不到理由了，用菜刀把自己手指头切个口，火烧火燎地跑了过来……

关林做的是电焊补胎的生意，隔三岔五地去城里进货，到外面干活，隔三岔五地夜里不回来。梅子心细，绕着圈地劝关林早点回来，关林每次都不经意地推诿有这事那事。

该高中出事。这次关林出门，本是接一个大活——给一个建筑工地焊几扇铁门，要一星期。梅子嘴上让关林早点回来，关林前脚出去，她随后就打电话告诉高中了。关林早上进城，找到工头。工头说："你先回吧！材料没有备齐，下周再来。"关林本想到洗浴中心快活一下，同去的长活非要回去，两个人在城里吃了一顿有名的"费记猪头肉"，喝了一瓶半老村长酒，晃晃悠悠地天黑才到家，正好撞上高中在自家床上躺着呢！

"两个人，没有一个好东西。"关林和高中厮打了一阵子。高中理亏，门牙就被关林打断了一颗。第二天全镇的人都知道了。"高中曾经和梅子谈过！"有人同情高中。"书读到哪儿去了，还是医专毕业呢！"有人愤愤地说。"唉，人老几辈子了，这种事都没有断过！"人们都见怪不怪。出乎人们意料的是，事过第三天，关林拿着梅子的裤头、胸罩到派出所报案了。"最初我媳妇去看病，高中以打针的名义把我媳妇给那个了。"关林在派出所里誓言旦旦地说。关林的副镇长舅也在场，一个劲地催着派出所的人到县公安局立刑事案件。

高中在派出所里说自己以前和梅子谈过恋爱，两个人有感情基础。"屁，有感情基础怎么没有嫁给你。"关林在一旁抢白说。"我没有强奸她，她是自愿的。你关林也……"高中有些羞恼。"自愿不自愿，得看对方。"派出所的小曹让高中拿出证据。高中打梅子的手机。打了十多遍，梅子不接，最后关机了。关林白了一眼高中，手里举着一个被撕烂的三角裤头说："这是被这小子撕破的证据。""强奸在法律上指的是违背女人的意愿，先奸后同意，先同意后不同意都属于这个范畴。"小曹给高中讲明利害关系。"这种事,能大能小。如果真的以刑事案件立了案,恐怕……"本来离派出所滞留的二十四小时快到了,小曹仍在努力做高中的思想工作。"哪!"高中懂得刑事案件的性质,一头乱麻地说。"如果取得家属的谅解,也就大事化小了。"小曹老到地欲擒故纵。"那就……"高中盘算过其中的利害,委屈地在关林舅舅早已准备好的三万元的赔偿协议上签了字。

非物质文化遗产

"人在做,天在看!我就不相信胡球治能把事做好!"张天禄说时,恼得去揪儿子垛得小山一样的糖包。

"老爷子,啥时代了还老脑筋!"张小蜂看着纹丝不动的糖包,皮笑肉不笑。

"啥时代,和蜜蜂没有一点关系的东西也叫蜂蜜?"马上七十岁的张天禄真的老了,一使劲就气喘!

"傻瓜是瓜不?人造肉和肉有关系?"张小蜂有"截才",三五个村子没人说过他。"冬瓜和西瓜杂交成东西瓜了,大豆转基因后长成花生豆了。我将糖熬成'蜂蜜',有什么稀奇的!"见老爹反应不过来,张小蜂如炮竹似的要将老头一气驳倒!

"蜂蜜,有人类就有养蜂这个行业。炎帝母亲女登采蜜充饥。祖师爷姜歧养群蜂百花采蜜。祖祖辈辈靠蜂蜜不得肝病,不得高血压、肥胖……张天禄讲起蜂蜜的好处,自豪得如数家珍。"肥胖。人们才吃几年饱饭,还肥胖哩!"张小蜂讥笑他爹说。

"不管才吃几年饱饭,看看你的肚子,像不像怀上一窝猪娃的肚子。"张天禄看到儿子那表情,恼了。

"老爷子,别生气。你放蜂一辈子也没有挣几个钱。我用糖熬'蜂蜜'二年,在县城里买房了!"

"县城买房,月球上买球我也不稀罕!你这样胡治,会把祖祖辈辈养蜂人的脸给丢了！"张天禄早听说张小蜂用熬糖充蜂蜜了，开始以为是掺假，数落过儿子几次。没有想到，现在成了造假，一点蜂蜜也没有了。

"丢人不丢钱，不为破财……"张小蜂对付老爹妈几十年，有一定的套路了，说罢对着手机"啊啊"二句，装着有人找，走了。

"乖乖娃，胡治吧！你有哭的时候！"张天禄对着儿子的背影骂了二句，仍不解气，转悠二圈找村里头的二聋子讲道理去了……

张天禄的生气是有道理的。洪武大迁民，有一个人从山西洪洞县到河南西华县逃难的路上饿死在野里地，被放蜂人救了后就成了放蜂人，到张天禄这一代，已经是十一代了。"放心吧！就是要饭，也不能干你们这一行了，野人似的！"雄心勃勃的张天禄要将衣钵传到第十二代时，被儿子顶了回来。"野人咋了？清军入关时，八旗兵那么厉害，躲着我们走。日本鬼子那么坏，飞机大炮地一路烧杀掠抢，蜜蜂把他们蜇得哭得叫娘。'割资本主义尾巴'时，这个挨斗那个挨斗，我们往山里一躲，等回来时蜂蜜已经成为领导干部的特供品……""野人咋了？成年在那荒郊野地里，鬼都不理你，人哪能受得了！"张小蜂坚决不跟着他爹学放蜂。不学就不学，好好上学也行。可是，张小蜂也不是上学的料，高中没有混下去，到技校混。技校学得一塌糊涂，做那种没有底薪的销售……

"一只坏表，每天也有两个时刻是准确的。"互联网经济汹涌而至时，张小蜂在淘宝上开了一家专业卖蜂蜜的网店，生意出奇地好。开始，张天禄觉得不务正业的儿子人到中年后学好了,等到儿子一袋一袋地往家里拉糖时才明白儿子要干什么。"网上拼的是价格,不掺假,行吗?"张小蜂振振有词。"蜜蜂掺假,消费者是傻瓜吗?"张天禄不解!"一分价钱一分货。不傻,连这个三岁小孩都懂的道理都弄不明白?"张小蜂永远都有词在等着他爹,弄得张天禄哑口无言,心里又一百个不服……

第三年,鸟枪换炮的张小蜂买了几吨糖准备大干一番时,网上的差评机制与打假行动让他措手不及,往年春花烂漫时,络绎不绝到张家来买蜂蜜的今年路断人稀……"不听老子言,吃亏在眼前。"儿子的生意不好,张天禄这个做爹的不是担心,而是喜悦,在家吸着烟抿着酒等儿子上门,好好地耍一下老子的威风……

"爹,你的身份证在哪儿?"多日来不和他爹说话的张小蜂进门问。

"我的身份证能熬出蜂蜜?"终于等到儿子的张天禄阴着脸说。

"谁的身份证也熬不出蜂蜜,是报上去给你领钱哩!"张小蜂一脸堆笑地说。

"领钱,领啥钱!我一辈子只懂蜂蜜换钱,没有领过谁的钱!"张天禄糊涂了。

"咱家的养蜂被省里评为非物质文化遗产项目了!"

"啥遗产遗体的!"张天禄说着,想到前一段时间儿子将放在东厢房的蜂箱、蜡板又倒腾出来的事,想来儿子真的要走正道!

"非物质文化遗产,指的是你放蜂的手艺。"张小蜂多年没有给老爹这么有耐心地说话了。

"手艺就是手艺,和遗产有什么关系?"其实,有人问过张天禄。他认为是儿子的说客,没放在心上。

"因为手艺不是遗产,才叫非物质文化遗产!"张小蜂扳着指头给老爹说。

"什么非物质文化不非物质文化的。我还活着呢,怎么会是遗产呢!"想到儿子要身份证,张天禄一下子警觉起来。

"咳!国家非物质文化遗产办公室已经确定,你是张家第十一代养蜂人,我是第十二代养蜂人,才要你的身份证!"

"你一天蜂都没有放过,怎么成了第十二代养蜂人了?"张天禄反问。

"我是你儿子!按着顺序排,自然就是了。"张小蜂得意地说。

"啥事按顺序排,现在该是秦一百世皇帝了!"张天禄终于找到一个绝佳的反讥。

"咳!不说那么远。我成张家养蜂的非物质文化遗产传承人后,把店开到省城,自然就有人相信咱家的蜂蜜正宗了!"

"做梦吧!你们把传统手艺弄死了,扯个非物质文化遗产名头就能把糖熬熬,变成蜂蜜了?说到天边我也不信!"张天禄说完,斜了儿子一眼,甩甩手出去了。

六

震

狼

"九魁媳妇的事怎么样了?"忿子装着不经意地问。"不怎么样?"彭加更回答得很干脆,一点面子也没有给。"嘚,这货不好惹!"如果是以前,忿子就不吱声了。彭加更的话显然没有把他这个村长放在眼里,不得不提示性地说出自己内心的担忧。"呵呵!"彭加更副乡长兼武装部部长,一脸不屑地笑了笑。他本以为大家会跟着他笑,见没有一个人吱声,又故作轻描淡写地说:"一个平头百姓,有什么不好惹的?""我主要是觉得咱们……"忿子说着憋屈地将烟掐灭,又觉得自己的话有些欠妥,补充说:"他不是善茬!"在座的仍没有一个人帮腔。忿子又瞄了一眼彭加更,将丢在地上的烟蹭了个稀巴烂!

会议不欢而散,忿子出来后仍愤愤不已。

春节前,彭加更找忿子时根本就不是这种语气。"只差一个名额了。如果完不成任务就评不上先进。评不上先进就没有机会提拔。没有机会提拔就当不上乡长。当不上乡长,在乡里就无法说了算数。男人说话不算数,还有什么劲呀!"彭加更几乎是哀求地让忿子一定再找一个育龄妇女结扎,并且将这件事上升到自己仕途与男人尊严的高度上。"真的没有了!"忿子愁眉苦脸地说。"你再想一想,你再想一想!"彭加更了解忿子,递过去烟说。"有一个,只是……""一个,哪一个?"彭加更给忿子点着烟,满眼放光。"九魁的媳妇有二个妞,还没有结扎。"

"那不就得了!"彭加更像抓住救命稻草了一样。"九魁三代单传!""多少代单传,也不能和国家政策相抵牾呀!""九魁那伙病恹恹的,如果没有一个男孩……"岔子话一出口就后悔了。"病恹恹的,能把这两个妞养好就行了。再生,不是越生越穷吗?"彭加更诱导岔子说。"别看他病恹恹的,心里扎实着呢!"岔子想到九魁那斜视人的眼神,苦笑了一下说。"心里扎实有啥用?不也是病恹恹的。你去做他的工作,已经两个妞了,再生,肯定是被罚得倾家荡产。如果年前结扎,我们按着计划生育先进家庭,一次性给他们奖励二千元。""钱!"岔子没有想到能从彭加更嘴里说出来给老百姓奖钱的事,惊奇不已。"如果钱不行的话,我动用关系,让他媳妇到纸箱厂上班。""真的假的!"岔子知道县纸箱厂效益不错。"怎么会是假的!我战友是县纸箱厂厂长。"彭加更担心岔子不同意,层层加码。"噢!"岔子就动心了,觉得九魁没有理由不动心,就应了下来。

　　岔子找九魁说,让她媳妇结扎的事。"结扎了,我这一辈子不就成了绝户头了吗?"九魁停了好一会儿,才冷冷地说一句。"女孩就不是孩了!这计划生育搞的,男孩多女孩少。你看吧,二十年后女孩比男孩中用得多!"岔子来之前把方方面面都想到了,给九魁上课。"女孩再中用也是女孩。我这身板,家里没有一个男劳力……"九魁声调不高,清晰有穿透力。"彭乡长知道你的身板不好,才不想让你晚上再下大劲生孩子,并且,他答应给你媳妇在纸箱厂安排个工作。一个月很轻松拿五六百块,比乡长的工资都高。""彭加更有恁大本事?"九魁不信。"要不是他想当正乡长,怕完不成任务,才不会费这么大劲的!"岔子晓之以理,动之以情,外加知根知底的游说,九魁同意了。

任务紧,情况急。第二天,九魁媳妇就被拉到乡卫生院结扎了。"太顺利了吧!"忿子本以为,九魁最起码也得让彭加更上门做工作或者写个书面保证。九魁答应得很爽利,反而让忿子感觉到不踏实。

九魁的媳妇很皮实,过了春节没有几天就该干吗干吗了。九魁去找忿子,提让媳妇去纸箱厂上班的事。"这才几天呀!你得让媳妇再养一段时间。"忿子边劝九魁,边催彭加更。

"大春天的也没有什么事了。我媳妇身体养得能搬动口袋了!"九魁第二次找忿子说时,比第一次还冷静。"中!我明天去催彭乡长。"忿子看着九魁那阴郁的表情,有些不舒服。九魁走后,就骑着车到乡里找彭加更了。"我听说那个战友要到县里任副县长了,好像挺忙的。"彭加更搪塞说。"马上当副县长了,安排女职工不是一句话的事。"忿子顺着彭加更的话往上赶。"就因为马上是副县长了,才不想管这些钩钩鼻鼻的小事。"彭加更显得不耐烦。"红口白牙地答应人家在纸箱厂安排个工作。人家也结扎了,可不能出尔反尔呀!"忿子听得头一蒙。"结扎是因为国家政策,他该结扎……"彭加更说着,提着裤子去厕所了。忿子站在那儿,一句话也说不出来。彭加更从厕所回来,见忿子仍一声不吭地站着,转而笑嘻嘻地说:"放心吧,不就是安排个女职工吗,小事一桩。将来九魁的媳妇上班了,不知道该怎么感谢你呢!"

过了"五一",就是夏收。

彭加更给忿子布置夏收、防火工作。忿子想到九魁再也没有来找过他,心里毛了。彭加更的有恃无恐、不当回事,让他心里更没底了。"彭乡长,你得当回事。别看九魁小身板又病恹恢的，人阴着呢！"岔子忍了两天，在巡视麦田的路上又耐着性子给彭加更说。"他有多阴？"彭加更笑了笑。"有多阴！你想都想不出来。"岔子轻叹了一口气说。"我在部队里是射击冠军，枪打得全团有名，怕他阴。"彭加更握了握馒头大的手说。"你现在手里不是没有枪吗！"一个阴冷的声音从后面钻出来。"没枪，我有……"彭加更扭脸一看，九魁戴个草帽，拿把镰刀在路边站着。"九魁，彭乡长说了，收了麦就能让你媳妇去上班了。"岔子惊得出一身冷汗，忙给彭加更使眼色。"啥！想进纸箱厂的人多了。"彭加更冷笑着说。"噢，你的意思是，答应让我媳妇去纸箱厂是哄我们哩！"九魁攥了攥镰刀把说。"哄，说不上。看你的态度了。"彭加更撇了撇嘴说。"态度！"九魁眯了眯眼。"彭乡长的意思是……"岔子想给彭加更圆圆场，话还没有说完，见彭加更已经捂着脖子愣那儿了，血顺着指头缝往外喷。"九魁，你这么蛮干，没有想过后果吗？""不是我没有想过后果，而是你们没有想过后果。"九魁说话间，抡起镰刀扫向岔子双腿。

岔子一个趔趄，倒在血泊中。

风口

副县长张圭在饭店吃饭时被市纪委抓个正着，就地免职。

一个副县级干部的事本来不算个事，充其量是在当地报纸上的角落发二行字。张圭的吃饭被免在整个漯河市掀起了波浪，尤其在他的老家栗门张村。有几个看着张圭长大的老头气不过，在饭场上叫喊着，如果不给这个好孩子官复原职，非要到省里找省委书记求情去。"请客吃饭也能被免职，今后大家都窝在家里别出来了。"一些仍在乡镇工作的和张圭认识不认识的在微信圈里相互调侃。"今后领导再下来检查工作，自己带着锅！"县机关里本来就招待过度，这次正好找着发泄的机会。"我们请客吃饭是大吃大喝，顶风作案。那些表面上规规矩矩，背地里乱批地，转包工程的怎么就不提。"张圭的媳妇大莲别看是教师，却是一个火暴脾气。"这个时候，这种事是隔墙扔砖头，砸着谁，谁倒霉。"张圭劝媳妇说。"隔墙扔砖头！他们是半夜吃柿子，专挑软的捏。"大莲不服。"你少说两句。"张圭就怕媳妇上蹿下跳。"咋，我哪儿说错了？那天和你一起吃饭的都没有事，独独把你给抖搂出来了？"大莲质问道。"我……"张圭想了想，实在也找不出一个让自己信服的理由。"吭，不就是一时得逞嘛！身正不怕影子斜，我就不相信没有说理的地方。"大莲气呼呼地出去了，弄得张圭一个人坐在沙发上发呆。

其实，张圭比大莲还感到窝囊！那天，副秘书长郭存根打电话说聚一聚，张圭先问都有谁。"没其他人，都是我的同学。"大家都没有想到，吃着吃着纪委的人闯了进来。

大莲的理直气壮是有来由的。别看吕大莲是县直小学的一名普通教师，他哥吕项成却是省社科院院长。其他省的社科院院长也就是地厅级，吕项成的社科院院长却是省委委员，省里的许多大事是有表决权的。张圭和白建业一起追求大莲时，吕项成还只是中州大学的一名普通教师。等到白建业与张圭一起竞争副县长时，吕项成已经在省里如日中天了。朝中有人好做官。大家都觉得张圭十拿九稳时，白建业却意外上位了。大莲找过他哥几次，吕项成都不置可否，气得大莲几年没有踩他哥的门。当官是一步赶不上，步步赶不上。张圭多年媳妇熬成婆地当上副县长时，白建业已经是主持工作的市纪委副书记了。

气不过，大莲给白建业打了几次电话，白建业都说在开会。"子系中山狼，得志便猖狂。"由于过去的关系，大莲觉得特别地没有面子，坐着车去省城了。

"吃个饭，说免就被免了。"大莲气呼呼地说。

"免了就免了呗！在家歇一段时间。"吕项成不以为然。

"免了就免了。说得轻巧，过了这个村没有这个店。这年纪了，他除了当官，还能干什么？"由于是亲哥，大莲也不拐弯抹角了。

"咋地！什么都干不成，官就能当好了？"吕项成说着，将茶杯重重地掼在茶几上。

"我知道你看不上张圭，但他也是你亲妹夫呀！"大莲没有想到他哥从这儿猎了下来，抹起了眼泪。

"就是因为是我亲妹夫，我才让他在家歇一歇呢。"吕项成见妹妹真急了,语气也缓和多了。

"张圭马上就四十五了,这一免就不知道猴年马月……"大莲说着,瞅了一下吕顼成。

"当官,应该是有多大个头,戴多大个帽子。"吕顼成仍是很超脱。

"提副县长时,让你说一句话,你不说。现在,他受委屈了,作为他亲哥,你难道就不能说一句公正的话。"大莲听到吕顼成那满不在乎的语气,又来气了。

"他受屈了?"吕顼成惊觉地看了一眼大莲。

"是呀!吃个饭说免就免了,这不是故意整他的嘛!"

"整他?作为一个县级干部把中央三令五申的禁止大吃大喝、严肃党纪作为耳旁风,被免职委屈吗?"吕顼成反问。

"吃个饭说免就免了,不委屈吗?"大莲为老公打抱不平。

"这时候,免他的不是大吃大喝,而是不识时务。"

"辛苦辛苦好不容易熬到这个地步了,因为一顿饭说免就免了,这不是故意整人吗?"大莲感觉到哥哥真的不愿插手,情绪激动起来。

"一顿饭把张圭免了,听起来是过分了。只是……"吕顼成习惯性地摸了一把自己的下巴说。

"中国人干什么,就像一阵风一样。因为吃一顿饭,把人家辛苦几十年的努力刮跑了。"大莲乘胜追击。

"这就叫不打勤奋不打懒,专打人的不长眼。"

"较起真的,这不是勤与懒的问题,而是有些人趁机整人!"吕顼成苦笑了一下。

"要是较起真来。如果我过问,或许漯河纪委能改变决定。"

其实，吕琐成内心里很心疼这个妹妹。

"那你就打个电话过问一下呗！你的那么多同学都在省纪委。"大莲像抓到救命稻草了一样。

"问题是，这次纪委改变决定了。如果他们也较起真来，暗中查张圭，你能保证查不出来其他事？"吕琐成一字一句地看着大莲说。

"哪！"大莲顿时不知所措。

烧高香

"娘呀！"张加林猛一蹬腿，醒了。"又做噩梦了！"媳妇景儿翻了一个身，嘟囔着问了一句。"咦！"加林长吁一声，抹了一把头上的冷汗说。"不让你做那么多缺德事，不让你做缺德事！好了，睡不着了吧！"景儿又翻了一个身说。"睡你的觉吧！一个女人，懂个啥！"加林怕景儿再数落个没完，不耐烦地顶撞了一句。"哼！"景儿冷笑了一下，又呼呼大睡了。

听到景儿高一声低一声的喘息声，加林越发感到寂静与恐惧。梦中几只从土里长出来的手使劲扯腿的情景，历历在目。"真有鬼神吗？"最近，张加林一直睡不着觉地想这个事。你说有吧，所有鬼神的事都是听说的，谁也没有亲眼见过。你说没有吧，不是一个人说，人老几辈子了都说有。更重要的是，张加林现在被鬼缠上了，只要闭上眼睛就有死去的人来找他。"咳！"张加林下床倒了一杯水，喝完后仍睡不着，又起来抽烟……如此反复折腾到天明鸡叫困劲才上来！

开始，谁也不想当坏人。

"奔子病重时铁蛋就扬言要土葬，谁要是敢打他爹的主意，红刀子进去白刀子出来。""哼！"张加林心里老不舒服，没动声色，就等着铁蛋上门托情呢！一天，二天……一直到奔子死，号殇的白幡架起来了，铁蛋仍没有露面。"要是任他在村子里横，今后谁还把我这个村长（村委会主任）放在眼里！"加林打定主意后,坐车到城里给县民政局打电话,说他们村的奔子死了,要土葬。"同志,留个电话。情况属实了,举报有奖。"民政局负责接电话的人说话很客气。"哪!"加林没有想过要钱的事。"这样吧!如果不方便,留下卡号也行!"对方很善解人意。迟疑了好一会儿,张加林没抱多大希望地将一个女人的建行卡号报过去后,又联系上那个女人解释半天,才回村里。

事情果真如预料的,张加林到家里屁股还没有暖热,铁蛋抱着一箱洋河经典进来了。"是铁蛋!"张加林故作吃惊地看着他。"加林叔,俺爹的事不知道是哪个王八蛋举报了!"铁蛋气愤地说。"举报了,有人敢举报你的事。"张加林眼睛睁得老大。"唉!"铁蛋长叹了一声。"查一查是谁,放他的血!"张加林模仿着铁蛋的腔调。"眼前咋弄呀!"铁蛋哭丧着脸。"眼前!民政局的人还咋的,他们敢不让你埋!""他们……"铁蛋有些嗫嚅地说。"他们不是肉长的,刀子戳不出来窟窿?"张加林戏谑地说。"叔,这个时候了别给我一般见识了。"铁蛋清楚,如果他爹真的被民政局的人拉走火葬了,他人丢得就没法在村子里混了。"噢!"加林冷笑了一声。

经过一番周旋,奔子土葬了。民政局的人得到了实惠,铁蛋服软了,村子里的人知道张加林的能耐了,张加林挣回了面子又誊落(不当得利的意思)二千块钱。更意外的是,那个女人收到了民政局的举报奖金后一改对张加林的爱理不理。这使得张加林欲罢不能,如法炮制地干了起来。

"蠓虫子飞过去,还有一个影呢!"景儿一次提醒张加林说。"啥意思?"张加林像被蜇了一样,叫了起来。"啥意思?你知道!"景儿不喜欢参与张加林的事,冷笑了一声。"这么大的村子像一个国家一样,没有点手段能治住不?"张加林强词夺理地说。"手段可以用,但不能不择手段。"景儿说完,出去了。"谁不择手段了,你说的话啥意思?"张加林追着景儿吵,景儿知道这事不能张扬,死憋着不接腔了,直到张加林背上长出一个大疖子,肿得像鸡蛋一样才又来一句:"人在做,天在看。""老天爷要是长眼了,就不会把我窝在农村了……"尽管嘴上这样犟,张加林还是悄悄地去找一撮毛。"你挣死人的钱了吧!"一撮毛点上香,看了一会儿说。"死人的钱!啥意思?"张加林听得一身冷汗。"没挣死人的钱,咋有那么多死去的人跟着你。"一撮毛看邪病最出名的不是手到病除,而是说话不留情。"吃公家的饭管公家的事,生死无碍。"憋了半天,张加林终于找一个还算说得过去的理由,回去后却留一个后遗症——做噩梦。张加林又找一撮毛,"你管的是公事,我的庙小呀!"一撮毛一口回绝!

"天下事,卤水点豆腐,一物降一物。"张加林听说南山寺的庙大神威,决定去一趟,除除心病。

农历七月十四鬼节前一天,张加林坐着车到南山脚下,特意在宾馆里住一晚上,第二天天不亮爬山,要赶上鬼节南山寺的第一炷香。

南山寺建在山顶悬崖上,从一千多个石阶往上看,真是肃穆庄严。张加林气喘吁吁地进寺后,果然是第一个香客。和尚见有香客进来了,赶紧理了理袈裟,急步小跑地到香案边敲木鱼。看着威严祥和的佛像,张加林扑通一下跪在蒲团上,双手放在前面,手心向上,长头叩地,屁股撅起,双脚朝上,很标准的"五心向上",连叩三个响头后,有个和尚领着他献香。千里迢迢来一趟不容易,张加林挑三炷最大的,点燃后很恭敬地插在了香炉里，长跪不起，直到心里舒坦了，才站起来到一边，给和尚掏香火钱。

"多少钱?"张加林神清气爽地说。

"八百八一炷!"和尚放下木鱼说。

"啥，八百八一炷?"张加林一惊。

"是，不过第一个香客可以优惠!三炷加起来收你一千八百八。"和尚察言观色后，很有把控力地给张加林说。

"一千八百八!"张加林仍面有难色。

"没现金不怕，可以刷卡。"和尚说着，将香案后面的POS机拿了出来。

"西方极乐世界也用上这个……"看着POS机，张加林冷汗直流，面如土色。

大人物

　　五林强行非礼了小米，尽管这消息传递得极其隐蔽，还是被街坊邻居传得沸沸扬扬。五林娘和五林媳妇涎着脸几次到小米家，好话说尽。五林娘几次要给小米跪下，都没有达成一个妥协的方案。

　　小米婆婆先是找到小米的叔叔老根，把事情的前因后果给老根说了。老根气得直跺脚："五林这家伙真不是东西，住的门对门户对户的，干出这等丑事，传出去后咋出门！这样吧，把绍成他们兄弟几个叫回来，捂住门子狠狠地揍他一顿，让他长个记性。"小米娘说："他们兄弟几个正在气头上，打人没个轻重，把五林打坏了怎么办？"老根不吭声了。

　　小米婆婆又找到在镇里教中学的侄子绍文，把五林如何抱住小米强行接吻的，小米是如何打了他一耳光挣脱的一痣一斑地给绍文说了，让他拿个主意。绍文听后冷静了几分钟说："婶，咱们到派出所报案吧，五林属于强奸。"小米婆婆说："不是没有成吗！""这是强奸未遂，公安机关同样管，虽然没有强奸严重，也能判他个三年二年的。"绍文一脸认真地说。小米婆婆一听愣了："这可不行呀，你想一想，这事虽然气人，毕竟五林没有把小米怎么着，也不至于让他坐牢吧！如果那样，可结成世代的冤仇了。再说你大爹死得早，你们兄弟又多，五林爹那时干着生产队长，没少帮咱们的忙。五林爹虽然也不在了，不看僧面也要看佛面呀!""要么就忍下这口气!"绍文说这话时很是丧气。"你大哥在省城武装部还是一个团长哩,在卧龙镇也算是有头有脸的,不吭声人家不笑话?"小米婆婆说着说着,泪都下来了。两个人商量来商量去,东也不成,西也不就,最终也没有一个结果。

绍成是小米打电话叫回来的。

小米在电话上一个劲地哭,任凭绍成咋问,一句都不说。最后绍成在电话那端发大火了,直骂小米的娘,小米才支吾一句说,没有脸见人了,不想活了。绍成急得当天坐着汽车就回来了。

回来没有几分钟,绍成就直扑五林家。看热闹的围了一条街,小米和绍成娘都说,五林早就吓跑了,不在家。"五林不在家,他媳妇在家不?他能欺辱我媳妇,我就不能欺辱他媳妇。"绍成歇斯底里地吼叫着,几个人拦都拦不住。吓得小米慌慌张张叫来几个壮年人,才将绍成弄回家。

绍成回家后,一个人坐在院子的碾子上,号啕大哭。

事情收不了场。绍文、绍成、小米、小米婆婆、老根几个人商量了半天,尽管内心里一百个不愿意,最后还是要绍武回来。

绍武坐着小车带着警卫回来那天,整个村子里的气氛骤然紧张起来。半条街的人都围到了绍武的小车附近,看着站在大门口带枪的警卫议论纷纷。

绍文首先打破寂静,把事儿简单地讲述了一遍,静看绍武的反应。绍武听后并没有像他们想象的勃然大怒,而是话头一转问了一句:"五林是怎么进咱家的?"屋内一下子静了下来。

小米看一看婆婆，小米婆婆看一看小米，始终没有说一句话。绍武盯着小米，又问了一句："五林是怎么进你的屋的？"小米嗫嚅了半天才说："那天，我因为小事跟咱娘拌嘴了，五林过来劝架，先是劝咱娘，后劝我。没有想到，五林那个畜生把我拉到屋里后，就抱住了我。我警告他，他反而抱得越紧，那张臭嘴使劲往我脸上拱，气得我狠狠地给了他一个耳光，他才松手。"小米说后，仍特意加了一句，五林那熊嘴臭烘烘的，恶心人。

"因为什么和娘拌嘴了？"绍武紧盯着问题不放，小米不肯说了。小米婆婆忍不住了，气咻咻地说："因为啥，因为啥，因为一个鸡蛋。明明是我养的黄母鸡下的蛋，小米从前院过来，非说是她养的白母鸡下的蛋。小米你掏良心说，你坐月子吃我多少鸡蛋了，你儿子小威天天长在我的锅台上，还为一个鸡蛋给我争？"

绍武阴沉着脸，一根接一根地吸烟。屋内静得能听到针掉声。老根感觉气氛有些压抑，时不时轻咳几声。时间一分一秒地过去了，就连院子外的人都忍不住了，绍武脸上一点表情都没有，屋内一下子静了下来。烟在绍武的手中一点点地变成灰烬，一点点地下坠，静等着时间的溜走。沉默了好长时间的绍文打圆场说："不论为啥，五林是乘人之危。"老根也插嘴说，这事一定要有一个说法，打瘸他一条腿，否则，村上的爷们怎么看咱。最好的办法是以其人之道，还治其人之身。绍成仍是恶狠狠地说。绍武听后白了绍成一眼。屋内一下子又沉了下来。老根、绍文、绍成、小米、小米婆婆，都看着绍武。

绍武仍旧一句话也不说。屋内的气氛一下子紧张起来，紧张得能听到老根的吸气声。小米婆婆一个劲地用眼瞄绍武带回来的门外站着的警卫，生怕绍武给警卫使个什么眼色，把五林给怎么着了。小米尴尬得用手一直摆弄自己的头发，不时地看绍成。"绍武，你拿个主意呀！"还是老根忍不住，有些不满地对绍武说。"把五林叫来。"绍武终于说话了。"你打算咋办他？"绍武娘有些紧张地说。"咋办？他既然没有把小米怎么着，那就算了吧！善恶就在一念间。再说，经过这次教训，恐怕今后借给他一个胆，他也不敢了。"

屋内的人全呆了，像不认识绍武一样，盯着他。

高人

"骂人不揭短,打人不打脸。"胡三和建强因为选举,顾忌不了这些了。传话的,造谣的,拉票的,跑关系的……弄成一锅粥后,胡三以微弱优势胜选。建强并不服,扬言有人舞弊,要重选……

张公庄是一个三千口人的大庄子。乡长孙公权为这个事正烦着呢,胡三拎着酒来了。

"怎么,选上了还用得着贿赂我?"公权不冷不热地说。

"这也算贿赂的话,酒厂就得关门了。"胡三知道下半句话牵强,硬着头皮说。

"上学时,学习马克·吐温的《竞选州长》,觉得是笑话。现在发现……"公权和胡三早就认识,用不着客套地喝了起来。

"呵呵!"胡三听得脸一红。

"胡三,你和女邻居有一腿后,城里又养一个。"公权似笑非笑。

"唉!"三杯酒下肚后,胡三开始了。"孙乡长,你想一下,我一个泥腿子出身的包工头,一不想当官,二不想青史留名。哪想那么远呀!"

"人无远虑,必有近忧!"公权提议胡三参选时,没有想到他有这么多七七八八的事。

"就是因为干包工头的近忧,才经常那个的。再一则,那种事不费煤不费电，用自己的身体制造的快乐不是什么罪呀！"

"问题是，你现在当官了呀！"公权在意的不是胡三的吃喝嫖赌，而是他和女邻居的事被建强踩住尾巴了。

"这不是找你来了吗？"胡三涎笑着说。

"找我？"公权清楚建强从部队复员回来，正一肚子雄心壮志的。

"是呀！你这多年领导，降伏一个小兵蛋子还不是分分钟钟。"胡三说着，给公权敬酒。

"怎么降伏？经过此次选举，建强成为你们村冒出来的一股势力！"公权清楚，旗鼓相当两股势力的村子最不好管理。

"是人都有弱点……"胡三讪笑着说。

"这不是一句废话嘛！"公权有点不清楚胡三葫芦里卖什么药了！

"你听我说完，对付反对者的最好办法是什么？"

"人家给你旗鼓相当，谁怕谁！"

"这就需要从政治高度看这个事了！"胡三卖关子说。

"呵呵！"公权干笑了一声。

"人只要有所图，什么都能忍受。你亲口告诉建强，支持他选下一届，但什么官都得一步步爬上去的。"

"怎么？"公权一时不明白。

"让他先干副村长，什么问题不都解决了？"

"靠！"公权这时像不认识一样看着胡三。

上访，上访

乡长陈文昌的妹夫嫖娼时，被抓个正着。一大早，妹妹哭哭啼啼地就来了。

"陈乡长，陈乡长。"陈文昌刚要出门，碰见开饭店的老魏。

"噢！"陈文昌看见老魏就头皮发麻！

"我实在是揭不开锅了！"老魏委屈地说。

"老魏，我有点急事。"陈文昌怕老魏缠上走不了，打掩护说。

"陈乡长，陈乡长。我要不是……"老魏上前拉住了陈文昌。

"老魏！"陈文昌很意外，拉高了嗓音。

"咋！欠账还钱，天经地义。我找你多少次了。"老魏见陈文昌翻脸了，也急眼了。

"欠账还钱，都多少年的老皇历了。"

"多少年的老皇历，是我造成的?"老魏听出来陈文昌的意思了，扯着嗓子说。

"你叫啥叫！谁欠你的钱，你找谁要去。"对上几任乡长书记欠老魏七十多万元的饭钱，陈文昌觉得不可思议。

"我找谁？他们吃我的东西是以乡政府的名义。欠条上盖的是乡政府的公章。"老魏见陈文昌想不认账，更来气了。

"公章，你找公章要去?"陈文昌见老魏摆出一副死缠烂打的样子，甚是窝火。

"我找公章。公章又没有吃我的饭。是你们拿公章的吃的。"老魏开饭店多年，跟形形色色的人打交道，早就练得死蛤蟆能说出尿来了。

"哪个拿公章的人吃的，你找哪个。"陈文昌觉得这是一笔糊涂账，无从下手。

"你说这话是赖账。"

"赖账，谁吃的让你找谁，就是赖账！"陈文昌冷笑了一声。

"哪有儿子继承的财产，不接债务的道理。"老魏见陈文昌真要赖账，吐沫四溅地嚷嚷。

"谁是他们的儿子？谁是他们的儿子？"陈文昌瞪着眼说。

"我是打一个比方。"

"你打个比方。你咋不说你一个卖猪蹄的，哪有七十万的本钱让人欠！"陈文昌终于憋不住了。

"咋，你啥意思？你说账是假的。"

"假不假，你自己清楚。"

"白纸黑字！"老魏说完，上前挡住陈文昌的车。

"白纸黑字，也是人写的。"陈文昌说完，大步流星地往外走。

"你说的是个球。"吃老魏猪蹄的乡长书记，现在有的到县里任副县长了，有的任局长了，老魏心里有底气，拍着大腿说。

"你再说一句！"陈文昌转身回来了。

"你说的是个球，你说的是个球。"老魏仍不解气。

"姓魏的，只要我在一天，你一分钱也别想要到。"陈文昌握了握拳，又松开说。

"你不给试一试。"老魏气劲上来了,一脚踢在了乡政府院里的小梧桐树上。"咔嚓!"小梧桐树断了。

"有本事,你踢断一棵!"陈文昌转了一下眼珠说。

"我再踢断二棵,咋着。是你们先耍不要脸!"老魏越说越气,又踢断二棵。陈文昌冷眼地看着他几分钟,走了。

矛盾爆发是派出所的民警将陈文昌的妹夫放出来后,把老魏抓进去了。"损坏公物,我认赔,前提是乡政府先把我的账还了。""欠账与踢断梧桐树不是一回事。一码归一码。"民警一本正经地说。"乡里不欠我的钱,我去要账。我不要账,会和陈文昌吵架。我不吵架,会踢断树?"老魏理直气壮。"账的事,你可以上法院去告。踢断树不赔,我就拘留你。"民警说着,在老魏面前亮了亮手铐。"你拘我吧!"老魏说完,把手伸了出来。在派出所待了一天一夜,老魏出来后拎个锁,把乡政府的大门给锁了。民警让他开,他不开,又被拘留了一星期。

这次,老魏出来把饭店的门一关,上访去了。先是去市里,后是去省里,最后去了北京,动静越来越大……

市纪检委找到陈文昌时,陈文昌仍是那句话"乡里没钱"。

"他告你的不是这,是你以权谋私。"

"我怎么以权谋私了?"陈文昌不解。

"你妹夫嫖娼,你让派出所的人给放了,却把老魏关进去了。"

"这是派出所依法做的决定。"

"你不是乡长,派出所会这么做吗?"

"派出所怎么做是他们的事。再说,嫖娼是个人的事。未必都要罚款。再则,老魏踢断乡政府大院里的梧桐树,锁乡政府大门，不该抓他吗？"

"这不是乡政府欠他的账引起的吗？"

"现在他不是不提账的事了吗？"

"问题是他一直上访，影响省里对市里的考核。"市纪检委的人无奈地说。

"哪？"陈文昌一脸的无奈。

"经过和县委商量，准备让你停职，先在家休歇一段时间。"市纪委的人和陈文昌商量着说。

"那中！"

"避开老魏上访的风头，县里再考虑你的下一步安排。"他们对陈文昌的顾全大局很满意。

"不用了。"

"咋？"市纪委的领导不解。

"我也要去北京上访。"陈文昌傲气地说。

是官刁死民

村子东头拆迁，要建汽车站。全村的欢呼雀跃，漯上路开通二十多年来只有过路车，很不方便。大家盘算有了汽车站，在漯河上班的晚上可以坐班车回来，比在北京五环打工晚上回通县近多了。有的人想在汽车站旁边开个饭馆，有的人说卖衣服也不错……

交通局的勘测人员来了之后，将汽车站定在了村东头的尖角嘴。尖角嘴是栗门张村的主干大街与漯上路的交叉口，一共八户人家。六民是第一排第一户，老盘庚与杰子第二排。刚强、全山、狗蛋并排在后面。果林、水生垫后。支部书记张德北和大家商量时，他们还笑着说："老书记，把我们的房子拆了，让我们住哪儿，不会给我们在城里买套房子吧！""路北有宅基地，按照外迁户的标准（三峡大坝拆迁安置到本地的人），一家一个小院子，连太阳能热水器都是国家出钱装的。"张德北说着，还指着不远从重庆迁过来的人建的新村子说。"如果我们想盖二层楼呢！"六民媳妇故意打趣说。"加盖一层，你们自己掏一层的钱。"张德北当多年书记，严肃随和。

事情的蹊跷先是出在全山身上。乡干部来让大家签协议时，全山说他不能签这个字。乡干部不明白。"我的房子和海方早就换过了。"全山说着，还拿出来和海方签的换宅基的协议，日期、纸张新旧程度果真像是三年前的。"这个张海方！"海方是村主任，乡干部话说到一半，又咽了回去。其后是六民也不签字，问原因，六民的房子在尖角嘴头上，如果盖成三层，一楼开超市，二楼开饭店，三层做旅馆，升值空间大着呢！乡干部知道坏事了，回去向领导汇报。乡长魏杰华听得一脸恼火，立即给张海方打电话。"魏乡长，和全山置换房子是几年前的事。当时，我并知道这儿要建汽车站。"张海方语气真诚。"好好的，换什么房子？"魏杰华问。"全山光棍一个，看上俺家在村南的清静……""嗯！"魏杰华没再接话。"魏乡长你放心。我带头签字，第一个自拆。"张海方打过电话，又要来乡里当面解释。"好好做他们的工作，抓紧拆。"魏杰华重重地说一句，把电话挂了。

挂电话容易，动真格地拆迁，难了。最初，六民提出来的拆迁补偿，大家觉得不是一点道理没有。事情没过几天，其他几户也都要求补偿。理由五花八门，光有一个空壳房子，没有家电咋生活。尖角嘴的地下水甜，路北是碱水。老盘庚没有要求补偿现金，却要求置换城里一套房子。乡干部动员一次，问题复杂一次，动员一次，要价涨了一次，最后八户的意见是，占他们的地建汽车站，除每户补偿二十万元，还要给他们在汽车站安排工作。

基层工作，"大兵团"作战的方式是多年的传统。乡政府三十多个人到尖角嘴后，都抱着肩膀不吭声。魏杰华是市组织部派下来的挂职干部，乡政府的人都齐刷刷地盯着这个钦差大臣，看他有什么高招。六民、杰子、刚强、狗蛋簇拥着老盘庚，拎着抓钩铁锹站在尖角嘴，不答应条件，誓死捍卫自己的家园。魏杰华冷眼看了看闷头吸烟的张海方、气得一脸铁青的村支书，知道他们现在说什么也没有用，什么也不会说。他径直走到老盘庚面前，和颜悦色地说："大叔，建汽车站这么好的事，你为什么不支持？"

"支持，怎么不支持！"老盘庚装着无辜地说。

"支持吗？那为什么不签字？"魏杰华来之前，已经想得很清楚了。

"签字可以，在城里给我买一套房子，家电什么买好，我就签字让你们拆。"

"按外拆户给你们按置在路北，一个人住城里干吗？"现在，魏杰华还觉得老盘庚的这个要求可笑。

"我儿子在城里上班，没地方住。你们把我的老房子拆了，我儿子回来住哪？"老盘庚理直气壮。

"不是可以住在安置房里吗？"

"既然安置，就一次安置到位。我老了进城和儿子住在一起了。"

"没有这个政策呀！"

"政策不是人制定的吗？"

"是人制定的，关键不是你一户呀！"

"几户？不就是七八户吗？再说，你们不同意，可以不拆呀。"

"不拆，怎么建汽车站？"

"现在是你们求着我。想建汽车站，不按我们的意思办？"老盘庚的罗圈逻辑，差一点把魏杰华给气得背过气去。

"老同志，您这么大年纪了，怎么这么不……"魏杰华本想说不通情达理。

"我不仅年纪大，党龄就比你的年纪大。"大家之所以簇拥着老盘庚挑头，就是他合作社时就入党了，算是有头有脸的难缠的人。

"知道你党龄比我的年纪大，才想到你的觉悟高嘛！"魏杰华说着，向老盘庚欺了一步。

"咋！你想干什么，来硬的吗？"老盘庚扯着嗓子说着，一屁股坐在地上大喊大叫起来。

"日你娘！"魏杰华弯腰俯在老盘庚耳边，冷酷地小声骂了一句。

"日你娘！我这么大年纪了，你骂我！"老盘庚脸憋得像紫茄子一样，抬手朝魏杰华耳根上一巴掌。全场的人一脸惊讶，丈二和尚摸不着头脑。

"你打我！"魏杰华捂着脸，装着很吃惊地大声说。

"你骂我嘛，我不打你！"老盘庚指着魏杰华的脸说。

"我骂你什么了？"众目睽睽之下，魏杰华一脸委屈。

"你骂，日你娘！"

"我说的是地上凉！这么大年纪了你坐在地上，怕地上凉！"魏杰华提高嗓门说。

"地上凉！"老盘庚一声惊讶，惹得围观的人一声长吁一声。

"我关心你，怕地上凉冰着你了，你给我一耳光！"魏杰华越说越低沉，掏出电话报了警。不到五分钟，警车到了，民警以妨碍公务的罪名把老盘庚拉上车带走了，六民、刚强、果林、狗蛋、水生吓得乖乖地签了字，连一毛钱的要求都没敢再提。

为人民服务

张德禄被抓后,全村沸腾了。

"如果干好事也被抓,今后谁还干好事。"德禄的堂嫂在人群中高声说。"胡三,你是村长哩!还是民选的村长。德禄被派出所冤枉了,你屁都不放一个?"张强戏谑胡三说。"法律的事,我哪会懂?"张强和胡三曾为竞选村主任闹得不和。胡三也知道张强趁机损他哩,故意大嗓门说。"法律不懂!天理你懂吧!"张强口才好,一句话把胡三逼到死角。"是呀!干好事都被抓了,还有天理不?"有人嚷嚷。"胡三呀!你这村长得去派出所把德禄要回来!想当年'割长毛'(民国剪辫子),保长张善书卖了二百亩打寨保民。"德禄娘三皇五帝絮絮叨叨开始了。"大婶,你放心。如果派出所不放人,我替也把他替出来。"德禄娘提的张善书是解放前的保长。张、胡二家积怨已久,胡家外通土匪把张家小少爷给绑票了。张家赎回人后,卖了二百亩地打了寨子。为此,胡家几十年抬不起头,直到第一届村委会选举。德禄娘故意把陈仓烂谷子的事提出来,把胡三激怒了。

胡三开着自己的昌河车赶到派出所,碰上所长葛东贵出来打开水。

"葛所长,葛所长。"胡三给葛东贵让烟。

"三,你怎么来了?"胡三兼着村里的治保主任,葛东贵特别熟悉。

"唉!"胡三长叹一口气,从车上拿一个黑塑料袋夹在腋下,推着葛东贵进屋说,"听说所长有好茶叶,来品一品。"

"鼻子真尖!"葛东贵笑着和胡三一起回屋。

"别人给我带了条烟,我不吸这个牌子,给你老人家带来了。"胡三说着,把烟放到葛东贵的茶凡下。

"咱们兄弟这么客气。有事你说话!"葛东贵给胡三倒茶。

"你别说,还真有个事。"胡三接过茶,客气地说。

"你说……"葛东贵眼珠一转。

"我们村的德禄不是被你们带来了吗?"胡三说着给葛东贵递烟。

"嗯!"葛东贵一摆手,"这个人呀!我正准备送他到县拘留所哩!"

"呀!多大一点事呀,要送到县拘留所!"胡三紧张地说。

"多大点事。拦路抢劫!"葛东贵表情凝重。

"那咋是拦路抢劫?柏油路被超载车轧坏了,有两个大坑,不能过汽车了。他拉一车砖填了填,向过路车收了砖钱!"胡三解释说。

"拦路收钱,不是抢劫是什么?"

"前提是为了让大家的车能通过,他买了一车砖填了路上的坑,是为人民服务嘛!"

"为人民服务就不应该收钱!"

"不收钱,卖砖的不让他拉砖呀!再说,国家修的公路还有收费站哩!"

"国家是国家,个人是个人,个人能跟国家比吗?"葛东贵有点不耐烦。

"当然不能比，我是打个比方。"胡三一脸谄媚。

"来，你看一看这条法律条文。"葛东贵说着从书架上拿出一本刑法书，翻到折好的一页给胡三念："第二百六十三条：以暴力、胁迫或者其他方法抢劫公私财物的，处三年以上十年以下有期徒刑，并处罚金。"

"他没有使用暴力或者胁迫呀！"葛东贵这么一上纲上线，弄得胡三挺紧张的。

"他没有胁迫？哪辆车不掏钱让过去？"

"那不是收砖钱吗？"

"一车砖多少钱？他收一天多少钱？他已经收了三四天，十倍的砖钱也收回来了。"

"现在，一个民工在建筑队上干一天就挣七八百块钱呢，多收点也在情理之中。他毕竟付出劳动了嘛！"胡三清楚张德禄这三天收了一万多块，但也只能狡辩。

"我知道啥原因！上次毛庄后修路，过路车要走毛庄街里，毛庄的几个坏家伙架个棍，说大车走他们村子里轧他们的路了，过一辆车收十块。这家伙看别人这样来钱快，也想歪点子。"葛东贵一语戳破。

"唉！市场经济都往钱看了。你看黄河大桥多收几十个亿，早就该停收了。中央电视台曝光二次了，还不是照收不误吗？"胡三脑子反应快，千方百计地给张德禄开脱。

"中东的国家还天天打死人呢！那不归我管！"葛东贵有些上火。

"是，我的意思是张德禄收钱是情有可原，能不能批评教育一下就算了。"胡三知道葛东贵属猴脸的，说变就变，连忙打圆场说。

"你说得轻巧,批评教育一下。这我说了不算,法律说了算。"葛东贵又朝胡三扬了扬手中的法律书。

"法律是死的,人不是活的嘛!"胡三忙赔笑。

"人是活的,也要在法律许可的范围内!"葛东贵冷笑一下。

"葛所长,你看这个事在群众中间影响很大。大家都等着我把人领回去呢!"胡三说着又让烟。"领回去?他们认为派出所是茶馆,说进就进,说出就出。"

"派出所当然不是茶馆,不过葛所长,我在你的领导下干治保工作多年,没有功劳也有苦劳吧!"胡三摆出一副要感化领导的样子。

"人情肯定有。但人情是人情,法律是法律!"葛东贵给胡三添茶说。

"葛所长,如果批评教育不行,你说个干脆话。现在乡亲们等着我把人领回去呢!"胡三使出撒手锏。

"这样吧,我大胆一回。按最低标准,罚款一万,再交一万元的保证金,人你现在领回去。"

"二万!"胡三听得眼珠子要掉出来了。

"怎么?二万,还没有对他拦路收钱的数额加倍处罚哩!"葛东贵装着大度地说。

"二万,别说他拿不出来。我一时也拿不出来。再一则,这也太离谱了吧!他也就是……"胡三的意思是张德禄也就是违反了治安处罚条例。干了这么多年治保主任,这个他懂。胡三转念一想,现在不是讲理的时候,话到嘴边又咽了回去。

"这样吧,看在你的面子上,一万元的保证金免了,先把罚款交了。"葛东贵下很大决心的样子。

"一万元,这么急,谁手上有一万元的现金呢?人都在村口等我呢!人不领回去,今后我怎么在村子里混!我不干了,葛所长想喝酒也少了一个兄弟呀!"胡三以情动人。

"要说也是。这样,你先回去。回去后,你把责任都推到我身上。一会儿填好文书,我让小吴把人送到县拘留所。一切由县局决定吧!我也不为这个事犯难了,你也有说法了。"葛东贵为难地说。

"葛所长,别!我看身上有多少钱,先替德禄交了。"胡三清楚人到拘留所,不是一万块钱能解决的了。

"三,实话实讲,要不是今年的罚款任务没有完成,我真卖给兄弟一个面子。"一看胡三要交罚款了,葛东贵开始买好了。

"是,葛所长是好兄弟,这个情我记着。"胡三来时准备三千块钱,身上掏干掏净加起来五千元,凑在一起放到葛东贵面前说:"葛所长,人,我现在一定要带回去。钱就这么多。"

"哪!我不是给你说了吗,要不是局里定的今年的罚款任务没完成,人情我卖给你了。"葛东贵一看钱差得多,一脸难色。

"人我先领回去,回头给你送来行不?"胡三低声下气。

"那多不好意思!对了,你身上带卡了不?隔壁邮政储蓄所可以刷卡!"葛东贵灵机一动。

"那中,卡正好带在身上。"话说到这个份上,胡三知道钱是少不了,从包里找到卡跟着葛东贵刷过后,才把张德禄领出来。

"兄弟,在里面没有受罪吧!"胡三看着车上的张德禄关切地说。

"没有,他们一个劲地给我说事情的严重性,讲刑法条文!说县公安局一会儿就来人把我带走!"张德禄说。

"是呀!天下乌鸦一般黑。要不是我身上一万三的现金交上,又刷了一万块的邮政卡,晚上就把你送到县拘留所了。"胡三瞄了张德禄一眼,看他神情舒缓了许多,补充说:"奶奶的,关键是连个罚款条都没有。"说着,胡三仅把邮政储蓄所刷的一万元的条子递给了张德禄……

当家做主

"啪!"胡三一拍码在会场桌子上的八万块钱,意气风发地说,"三年内,不把咱们村变个样,这些钱我不要了。""好!有魄力,是干大事的。"台下的锤子、铁蛋使劲地拍手。"他,祖祖辈辈杀猪的,一身的血腥不说。前些年在深圳打工给老板开车,把老板的汽车偷卖了跑回来了。深圳公安局的来抓几次,不是他使钱让这儿派出所说查无此人,早进去了。"高中医专毕业,虽然只是在村里开了一个门诊,说话还是有影响的。"弄的是外地人的钱,又不祸害爷们,有本事你也去弄。"付子斜着眼对高中说。"我知道你和他好。如果他这次选上了,非祸害爷们不行。"高中看着付子那劲,有些来气。"人家还没有干呢,你怎么知道会祸害爷们?"付子情绪激动,扯着嗓子吵。"你厉害,你厉害!"高中知道有点浑的付子经常到胡三那儿吃喝,不想吵架。"我就厉害了,咋了!我就厉害了,咋了!"付子有些人来疯地上去拉扯高中。"又不是你俩选村长,为别人的事生气,划算不!"怀德推着高中,回去了。

"选胡三呗!选胡三呗!人家真金白银地拿了八万的保证金。不像有些人,干多少年了,除了刮宫流产,就是催粮派款。不知道得多少好处了,还不知足。风水轮流转,该换换人了。"村民自治选举,经过几轮淘汰,剩下胡三与坤山比拼。坤山早觉得没意思了,但影响还在。胡三怕斗不过坤山,选前动员了好几个人。最后一战，锤子、铁蛋一人抱一个选举箱子，逢人拉票。"管你们哪个龟儿子当官，反正我不会干。""你们谁干都行，我就是不让老公干。"人们笑着骂着，把选票给了锤子、铁蛋。有人不想选胡三，就把选票填好后折了折，塞进票箱里时说："不管谁当，只要为爷们办好事就行。"锤子与铁蛋从折票数量就知道，胡三当选了。

新官上任三把火。胡三上任的第一把火就烧得非同凡响——从事外贸加工。胡三在深圳打工时在火车上认识了一个从事皮毛加工的家伙——一撮毛。在胡三当上村主任后找他说："我有一批外贸生意——从新西兰进口刚屠宰的皮毛，整理加工后再发过去。一张皮子能挣十块钱。"胡三从小跟着父亲宰猪，知道是怎么回事，满口答应了。"从新西兰运到中国几万里。我们加工好再发过去，又是几万里。新西兰那么大个国家，为什么自己不加工。"高中对来看病的人质疑。"管那么多干吗？只要能挣到钱。"好多人这样说。虽然他们不知新西兰在哪儿，却在一撮毛的带领下，清理、上硝、风干，一步步地学习，真真实实地挣到新西兰的钱了。

"当官不为民着想，不如回家抱婆娘。"不再宰猪的胡三很快胖起来了，连同经常一起吃吃喝喝的付子、铁蛋。"火车跑得快，全在车头带。"四年后，从乡政府拿回了自己八万元的保证金外加八万元的奖励的胡三正计划连任村主任，放开手脚大干一场时，却遭到了高中及坤山的反对。"据我们打听，从新西兰送到这儿的毛皮，进口岸的价格是五十块钱。经过第一关到省外贸，扣除杂七杂八成了三十块钱。经一撮毛二道贩子这一手成了二十块钱。我们村民辛辛苦苦地清理、上硝、风干，苦活累活都干了，才拿十块钱。""挣钱多少不说，以前咱们这儿是什么，坑塘里的水有鱼，井里的水发甜。现在呢，进村就闻到一股子恶臭，地下水被污染得烧开水一层白碱。"高中与坤山联手，要参与这一届的村主任选举。这使得乡政府的郝书记与朱乡长第一次感到棘手。

"如果村民再让我胡三干四年，我让家家户户盖小楼，开汽车。"胡三这次改变策略，让付子、锤子一张选票送一个信封，里面装一千块钱。"如果再让胡三干一任，他发大财了。咱们这个村子就成了大厕所，非出大问题不行。我们不能以生态环境为代价，换取眼前的一点点蝇头小利。"坤山与高中见人苦口婆心地说。"水是没有以前好喝了，但我们现在都喝矿泉水了。""有钱了，我们可以进城嘛！"村民没有直接说自己接了胡三的钱了，而是反问坤山与高中，不做皮毛加工，干什么？"干什么？养殖、种菜、办厂！"高中的话引起了人们的哄堂大笑、胡三的讥笑，自然也就不了了之了。

积蓄的乌云，终有下雨的时候。高中与胡三的正面冲突，不是因为自己作为医生造谣村民患的杂七杂八的病和胡三有关，也不是因为他的门诊室被人放火了，而是因为胡三未经村民同意，把村西臭河边的六十亩地卖给一家化工厂了。"是官刁死民。"这事坤山先知道，给高中说六十亩地被胡三一人做主，卖给了化工厂。高中到乡政府问一亩地多少钱，乡长说不知道。高中不服，坐车跑到县里。县长不给面见，高中赌气跑到市里，可连市政府大门都进不去。高中一较劲，坐着车到省城上访去了。省信访办的热情接待，让高中高高兴兴地回来了。走到村后的路上被人打了，被两个骑着摩托的人走后面抄过来打断了腿。

高中报案后，派出所的人一直说没有线索。高中接着上访，一次一次地到省城。最后在两会期间要拖着腿去北京。一次又一次地被乡政府的人截留回来。

"你告什么？"乡政府截留上访的工作人员问。

"我告胡三。"

"你告胡三什么？"

"胡三卖地。"

"卖地乡政府都插不上话，胡三能做主吗？"乡政府的工作人员实话实说。

"我告胡三领着村民干皮毛加工污染环境。"

"村民做皮毛加工，胡三强求了不？"

"他要不是村主任，大家会跟着他干吗？"

"他的村主任是他自己任命的，还是村民选的？"

"村民选的。"

"村民选的，你该告村民还是胡三？"乡政府截留上访的工作人员一个个经验丰富。

"我告……"高中瞠目结舌。

"好好地开你的门诊吧，告什么告？你上访不在家，不知道这次胡三又当选了，而且这次得票比上二次都多！"听乡政府截留上访的工作人员那不屑的口气，高中突然想骂街。

七

坎

命

这次,锤子借钱时有点不好意思!

农村有一句俗话:好借好还,再借不难。可是,锤子借钱基本上是有去无回,且每次理直气壮:"等我发大财了,连本带息一并还了。""呵!哪有这种好事?天上掉馅饼!"雷子虽然只比锤子大一岁,却很有长者风范。"贵在坚持!时间长了,铁树还能开花呢!"锤子买彩票坚持好些年了,每次六块钱三注。更绝的是,每次三注都是同样的号,自己、老婆与女儿的生日。

这次借钱,锤子之所以不能顾忌好意思不好意思,是因为媳妇查出来瘤子——舌根下面,医生说可能是癌。

"借多少?"雷子媳妇小芹愠怒地说。

"十万!"

"十万?他怎么不掂个刀去银行里抢哩!"

"唉,谁没个病呀灾的。这不是白梅生病了嘛!"

"生病,不生病时借的钱,哪一次不是肉包子砸狗,有去无回!"

"人呀,得知恩图报!"

"知恩图报,你把咱的家业都给他算了!"小芹说着,把茶杯往桌子上一掼,茶水溅了一桌子。雷子仍是笑嘻嘻的,借口买烟,出去了。

雷子不是不会恼,是因为他不会为借给锤子钱恼。十多年前，部队里来征兵，锤子摩拳擦掌的要去，锤子爹死活不让。"我想当兵！"锤子初中没有毕业，却有一个英雄的梦。"就你那文化程度，去了也是喂猪！""我身体素质好！"锤子说着，还蹦跶两下。"跳得再高也不让你去，让雷子去！""我是你亲儿子！"锤子不满地说。"亲儿子！你大伯不在的早，雷子和你都是亲的！"锤子爹任村干部多年，一锤定音让雷子去参军多多少少有点私心，雷子高考失利，想让他在部队考军校。

锤子爹没有等到雷子在部队混出名堂，就离世了。其实，雷子在部队也根本没有考上军校，当几年汽车兵就转业了！开始，雷子教锤子开车，跑运输。锤子跑几个月不干了。雷子辛苦几年后，攒钱开个汽车修理铺。锤子又跟着雷子学修车，三天打鱼两天晒网的，眼见着修车铺生意越来越好，锤子也就一次一次以各种理由借钱。

锤子又找雷子张口，是因为媳妇白梅确诊为腺囊癌，需要到省会大医院做化疗。

"真的没有钱了，我连老鼠洞里的钱都掏出来了！"小芹一脸难色。

"把存在一撮毛那儿的钱取出来！"雷子果断地说。

"我告诉你，别打那个钱的主意。"小芹义正词严地说。一撮毛原来是县里信用合作社的小混混，这几年搞了什么信用基金后，开着宝马车把小芹存在银行里的一百万元以二分的利息揽走了。

"钱都是为人服务的！"雷子哄媳妇说。

"钱是为钱的主人服务的！"小芹寸步不让。

"那中！"雷子知道再说下去也没有用，就不吱声了。

"我告诉你,哪怕你给雷子借钱也别动一撮毛的那儿的钱!一年二十多万的利息,比修车挣钱轻松多了。再说,你不是还想扩建修车厂嘛!"小芹知道雷子的脾气,为了不让他动存在一撮毛那儿的钱,故意支了个招。

"好,好,一切听领导的。"雷子苦笑着,把小芹支走了。

省会的肿瘤医院就是高级,进口设备,中央空调,无菌病房……高级都是钱养出来的。但是有雷子在,锤子也就不担心钱的事,挤出时间到医院旁边的彩票销售点去买彩票,仍是那三个号。

"石家庄有个货,中了六百万。"医院里除了医生,都是闲人。白梅病情控制得差不多,轻松起来的锤子羡慕妒忌恨地说。

"美国黑人都选上总统了,有什么稀奇的。"

"是!这些天,我转了好几个彩票销售点,专门找那些出过大奖的买。我就不信那个邪,这三个号买了十几年了,能还不中?轮也该轮到我了!"

"不怕一万,就怕万一!"雷子知道锤子的秉性,故意逗他说。

"人要有梦想,万一实现了呢!"微信时代,消息不但传得快,而且是点对点的精准传播。马云这句话说了没二十四个小时,锤子就用上了。

"中国有一万个叫马云的,也只有一个做互联网的马云成功了,所以,马云才有忽悠人的'万一理论'。"雷子在部队训练时,教官教的不是万一,而是百分之九十九。所以,他从来不相信万一这回事。

"要相信万一!纬三路那个彩票点出过一等奖,人气最旺。

前天我去买彩票时，队排得长长的。本来想等，怕你们着急就回来了。"

"你没有买上？万一中了呢？"雷子又逗他。

"这次可以不万一。不过，明天再去。"锤子一脸憧憬。

正说着，小芹风风火火地来了。雷子一脸的错愕，忙给锤子使眼色。锤子知道雷子的意思，打个招呼，借去病房离开了。"你怎么来了？"雷子怕小芹提钱的事，压低声音说。"听说一撮毛来郑州取钱，没有取到钱。好多存给他钱的人都来郑州找他了。"小芹火烧火燎地说。"噢！""你怎么像没事的一样，咱们的一百万也在他那儿存呀！"小芹有些恼火地说。"跑了和尚，能跑了庙！"雷子很淡然。"跑不了庙！他要是泼（方言：被骗光的意思）了呢！""泼了就泼了，这种事又不是没有发生过。"雷子笑笑说。"你是不是已经取出来了？"小芹感觉情况不对，质问。"呵，我哪有那先见之明！"雷子忍住笑。"你别吓我呀！听说一撮毛将揽来的四五千多万元三分的利息放给郑州的一家担保公司。现在，这家担保公司人去楼空！""唉，贪心嘛！"雷子感慨。"你提前将钱取出来了吧！"这时，小芹才缓过神来。"呵呵！找他时感觉不对劲，我以锤子用钱为由就逼着他一次性给了。"雷子装不下去了，忍不住笑了出来。"阿弥陀佛！"小芹长出了一口气，拉着雷子去病房看白梅。

病房里有好几个病号。有几个家属正围住锤子劝。"怎么了！"雷子觉得不对劲，过去拉锤子。

"日他姐！"锤子仍暴怒着。"咋了，咋了？"小芹也惊愕地问："这十几年一直买女儿生日这个号。就一次没有买上，大奖是这个号！"锤子满脸是泪地说着，不解恨，一甩手将下载有彩票信息的手机摔在了楼道里。

整个楼层的人看着捶胸顿足号啕大哭的锤子，唏嘘不已……

信主

胖爱家鸡子丢了。小偷堵住鸡窝，除了一只脱毛的，全部被偷走了。

丢一个针鼻子就能骂半个月的胖爱，第一天竟然毫无动静。大家都觉得有些好奇，密切地在关注胖爱的一举一动。

农村骂街花样繁多，敲脸盆、扎草人、浇热水，每逢初一十五骂。胖爱骂街和其他人都不一样，她喜欢晚上大家都喝汤时骂。那时，劳作一天的人们松懈下来了，端着碗出来在门外街上围在一起，边喝汤，边聊天。"谁偷俺家的瓜，吃了让你们全家嘴上长痔疮，让你们生个儿子没屁眼，让你们出门鬼打墙……"别看胖爱文化程度不高，骂起来却很有创意，也富有想象力。"咦，这女人不唱戏可惜了。"喝汤的人们听着胖爱唱歌一样的骂街，起哄说。"唱戏！如果她有学问，可以当外交官。"张城林教书多年，总是对自己的学生的天赋有着痴迷般的惋惜。

一天，二天，三天……在门外街上喝汤的人仍没有听到胖爱骂街，有点不可思议。"咋！这女人学好了。以前丢一个钗鼻子针能骂一个夏天。这次，鸡子全丢了，不吭声了。""学好了！听说胖爱这次气得老毛病又犯了。""啥！一没有学好，二没有犯病。"经常和胖爱在一起的城林媳说。"那她怎么不骂了？""信主了！""信主了？！"

农村称信仰基督教为信主了。其实，许多人都不明白自己信的是什么？也分不清天主教与新教的区别，反正只要是信上帝都是信主了。不知怎的，村子东头突然盖起了一座纯哥特式的天主教堂。尖尖的塔顶，瘦高的意大利玻璃窗……天主教堂盖好后，还有两位大学生在教堂里，一是日常管理，二是给信徒们讲经颂歌。胖爱就是被教堂里的这两个人拉入伙的。

那天，胖爱从赤脚医生那儿回来，路过教堂，见这两个人正在发东西，便凑了上去。"我们都是迷途的羔羊，只有上帝能指引我们！"其实这两位不是大学生，而是神学院的研究生。"上帝能为我们做啥？"胖爱大大咧咧地说。"能拯救我们！""拯救我们什么？""我们的灵魂！""灵魂是什么？"胖爱睁着大眼问。"灵魂！"小神父知道遇到茬子了，转念想了一下，接着说："不仅能拯救我们的灵魂，还能拯救我们的病痛！""能拯救病痛！我有哮喘病，上帝能给我治好不？""全能的上帝连整个人类都能拯救了，何况……"小神父没有直接回答。"信上帝还有什么好处？"胖爱没有得到肯定的回答，有些不满意。"信主之后，不打人不骂人，家庭和睦了，邻里关系也好了。"入乡随俗。小神父越来越理解农村妇女的需求了。"哪？"胖爱和他婆婆关系挺坏的，惹得丈夫也很不满意，有些心动了。"把我们交给上帝吧！它会让我们……"小神父觉得胖爱有希望，说着递过来一本《圣经》。"我……"胖爱不好意思说自己识字不多，见书就头痛，有些迟疑了。"神爱世人！"另一个神父说着递过来一袋洗衣粉。胖爱眼睛一亮，先接过洗衣粉，后拿着《圣经》一脸灿烂地随着神父进了教堂。

暴风雨终于来了。

五天后，胖爱的骂街开始了。"偷我鸡子的乌龟王八蛋，你们听着。吃了我的鸡子让你们全家得癌症。让你们的女儿当婊子，让你们祖宗十八代遭雷劈，儿子出门被车轧死……"

"呵呵！上帝也管不住胖爱了。"门外街上听着从开始到结束能不重复的胖爱的骂声，议论起来了。

"偷我的鸡子的鳖孙们，别以为我信主了，就不骂你们了。"

"'江山易改，禀性难移。'上帝能让狗不吃屎了？"有人笑着说。"士别三日，还要刮目相看呢！"饭场里有人抬起杠来……

"偷我鸡子的杂种们！如果偷走的是一只二只，我信主了就不骂你们了。但是，你们欺人太甚，一下子全给我偷走了！你们这些日本留下来的杂交货觉得姑奶奶信主后，就好欺服了……"

上帝是管不住胖爱骂街，神父来管了。

"胖爱姊妹，你已经把自己都交给上帝了，怎么还能这样骂人呢？"

"我把自己交给上帝了不假，忘了把我的鸡子交给上帝。"胖爱委屈地说。

"是鸡子重要，还是对上帝的信仰重要？"神父第一次遭到这种棘手的问题，质问胖爱。

"上帝的信仰重要。但是，上帝也不能不管我的鸡子呀！"

"嗳！"神父一时无语。

"我本不想骂人了，可是实在是憋得难受。"经过两个多月天主教堂的熏陶，胖爱也知道自己骂人不对，尤其是在神父面前。

"神爱世人。鸡子丢就丢了,骂能骂回来吗?"神父劝解说。

"我知道骂不回来了,但这股子气我憋了几天,实在忍不住了。"胖爱有些惭愧。

"忍不住了,那也不能骂!"神父懊恼地说。

"感谢主!我本想自己能忍住,但憋得我胸闷气短。"

"你这样骂,影响不好!"神父怕这事一传十,十传百,对传教不利。

"神父,我骂后,到教堂向上帝忏悔,行不?"

"你骂了忏悔,忏悔了再骂,更是对上帝的不敬!"神父哭笑不得。

"我的这么多鸡子一下子全被小偷偷走了。憋得胸闷气短,哮喘病都犯了。"胖爱声音低哑。

"明知故犯,上帝会原谅你吗?"神父来胖爱家了。人们想看看上帝怎么整饬胖爱,都来看热闹。见围观的人越来越多,为了制止胖爱,神父使出了撒手锏。

"会的。神爱世人,原谅是它的职业。"人群中的张城林给胖爱戏谑地说。

学佛

刘玲花是丈夫死的那一年学的佛,发宏愿要参透生死,很虔诚。

当下社会,佛学已经成为显学,无论是开宝马的或是摆地摊的,只要手腕上戴一串珠子就宣称自己信佛了。玲花对"附佛弄雅"的人很不屑,用她老师的话说这些人是在"谤佛"。市第六人民院后面有一个花园。花园西配楼顶上住着刘玲花的老师——无顶上师。

玲花帮无顶上师的女助理整理捐款事项才走得晚的,刚一出门,下起了豌豆大的雨滴,砸在身上冷疼。玲花家离公园有二公里,中间经过大石桥。大石桥时不时有需要帮助的流浪汉在桥下儿栖身。每次经过大石桥时,玲花习惯骑车慢一点,今天也不例外。借着路灯见一个人一斜躺在地上,一身酒气。初以为是醉汉,玲花想走开,呻吟声不对。玲花掏出手机亮灯一照,吸了一口凉气,这个人一脸是血,右手缠的破衣服也渗透了血。尤其是裸在外面的双腿,烂得血糊淋剌的,激得刘玲花的泪唰一下子流了下来!

回到家里,刘玲花先将自行车锁到楼下,打开车库门,将杂七杂八的东西丢在外面,将丈夫治病时的单人床放在里面,铺上被子,从楼上拿下来洗衣盆、热水瓶……一切收拾得差不多了,刘玲花又到修车铺借一辆三轮车,将那个人拉了回来。

在学校教生理卫生课，刘玲花买些酒精，碘酒，消炎药，砂布，很麻利地将那个人脸上蹭烂的地方处理好了，又将左手上缠的血布一点点地揭开，刘玲花才发现是断了两个指头，伤口发炎秽脓了。强忍着恶心，刘玲花一点点地清理好，抹上消炎药。剩下双腿，犯愁了。迟疑了好长时间，刘玲花才有勇气将那人的裤子用剪子绞开。那人疼得一口一口地吸凉气，刘玲花咬着牙用酒精将腿上的静脉曲张的溃烂一点点地清理好，给他套上死去丈夫的睡衣。擦了一把汗，刘玲花很有成就地看了一眼这个被自己收拾得干净利落的人，发现并没有想象的那么老。

人不算老，伤就好得快。

那人脸上的伤第三天就结痂了。断指是接不上了，但伤口已经好转。

"你姓啥？"玲花给那人换药时，不经意地问。

"我姓阖！"那人不敢说自己姓张，更不好意思说自己曾经是栗门张村的骄傲，眼珠一转，随口说。

"贺，何，合？"玲花觉得这个人说话没有方言味，脑子里音和字却就是对不上。

"吴王阖闾的'阖'。"

"噢！"玲花本想问阖是怎么落到这般田地的，怕伤了他的自尊。阖也不是多话的人，玲花每次来给他换药，都报以羞赧的一笑。从那笑中，玲花觉得这个人不该是流浪汉，悄悄地从楼上拿下《金刚经》《心经注解》《了凡四训》，让阖消磨时间。阖还真读，几次换药期间，有意无意地给玲花聊起"空"与"着相"，惹得玲花琢磨很长时间。

一心学佛的玲花并不能直接时行梵天乐土，也需要和形形色色的人交往，尤其是抬头不见低头见的邻居。"车库里住的是你的什么人？"房子虽然是丈夫单位分的，毕竟老门老户住二十多年了。有人问刘玲花。"哪……"如果刘珍花说不认识。即使自己不多想，别人也未必不多想。"我的远房亲戚！"尽管佛家要求弟子不贪嗔痴，也不打妄语，这时不得不说假话了。但就因为有了这句假话，玲花可以放心地给阇治疗静脉曲张引起的溃烂了。

人一旦想做什么事，办法就多了。先是在网上搜索治疗静脉曲张的知识，后到中医院问老中医。刘玲花买来上等的红花，配上当归。每天给阇热水敷裹，不到一个月，已经发黑变软了。

"老阇，你以前做什么的？"玲花觉得这个人挺有分寸，随口问。

"什么都干过！"阇也随口地答。

"什么都干过，都包括什么？"多年没有开心过的玲花，轻松起来。

"什么都包括些什么呢！"阇说着说着，瞅了一脸期待的刘玲花一眼，"世上有的职业，我几乎都干过了。"

"噢！你有家人不？"玲花听出来他不想说自己的过去，迂回地问。

"年深外境犹吾景，日久他乡即故乡。"阇故意卖弄一下。看是问所非答，让刘玲花意外阇的古典诗词功力深厚，不免多看了阇一眼。阇也又看了刘玲花一眼，让刘玲花心里一颤，匆忙上楼去了。

许多东西是不能捅破的，无论僧俗。许多事是说不清楚的，无论出家还是在家。

那天晚上，刘玲花给老阉擦了腿上的花，随口说了一句："好得差不多了，走路影响不大了吧。""对，哪都影响不大了。"阉含义复杂地说了一句。"噢！"刘玲花应了一声，正在清理，阉突然抱住了专注抹药的刘玲花！"你！"大大超出了自己的心理预期，又毫无防备，玲花一声低叱！

"我！"阉也一脸惊诧，僵在那儿了。

"早知道你是这样的人，就不救你了！"刘玲花拧着身子说。

"是呀！我让你救我了吗？"阉机械地反应说。

"佛家不是说，救人一命胜造七级浮屠嘛！"玲花脱口而出。

"哎！"阉反应过来了，松开了手，"是呀！那是救人的功德，像我这样的人，早死晚死不都一个死嘛。"

"早死晚死都一个样，你现在就死吧！"刘玲花仍愠怒地说。

"死也是需要条件的。现在，死的条件不是不充沛了吗？"阉嬉笑起来。

"咦！"刘玲花意外这个时候他还文绉绉的。

"俗话说'杀人杀个死，送佛关上天'吧！"阉见刘玲花没有马上出去的意思，一本正经地说。

"是！"

"接触这么长时间，我一个不算太老的男人有这种反应，不超出人性吧！"阉故意把话说得含糊不清，一方面有赞赏玲花风韵犹存的谄媚，又有为自己辩解的狡黠。

"道德何在？"刘玲花气得眉毛又竖了起来。

"道德！你看一看这几本书，哪一页讲过这个'词'？"阉说着，故意指了指玲花送给他的几本书。

"书上没有吗？"刘玲花被问住了。

"没有。"

"没有？它讲什么？"

"讲的是慈悲为怀！"

"慈悲为怀，对呀！我救你时，你满怀是伤，腿稀烂。我心里过意不过，才将你弄到这儿，送吃送喝，擦药抹膏的……"刘玲花说着说着动情了。

"是！我应该感谢！但是，这仍是你说的学佛中的施舍！单方面的，功德式的，甚至是自私的。不是修佛的最高境界呀！"

"啥是修佛的最高境界？"一直想参透生死的刘玲花执拗地问。

"悲悯！"

"慈悲和悲悯有什么区别？"

"区别？慈悲是一种功德性的施舍，悲悯是站在别人的角度上思考问题！"

"我怎么站在你的角度上看待问题？"刘玲花真的不解。

"比如我的要求是不是人性的。"阎说时，仍在笑……

"哪！"刘玲花突然想起无顶上师讲解的"舍身求法"，顿时蒙了。

平信徒

"不要和信教的人争论!"临进病房,院长告诫说。

"我试一试看,大不了虚与委蛇,说我也信。"我安慰院长说。

"你看吧!反正,一定要重视起来。"院长一改平常的正直与严肃,敷衍地一本正经地说。"噢!"我应付了院长,便往病房里去。

很早,我就听过张晨谂的报告会,那种场面记忆犹新。"感谢主,如果没有上帝的指示,我不可能未卜先知。"张晨谂话很平和,你看不出征服的表达欲或者编撰的狡黠。"那天,我和爱人去平价药店闲逛,纯粹是闲逛呀!因为,我还没有老到找药吃的年纪吧!"张晨谂说着故意卖个关子。"没有,张总看上去像三十多岁。"听众起哄说。"虽然快二个三十了。一、我没有三高;二、一口气能爬上六楼。因此,我很少想到病字。那天,我纯粹是闲逛,看到'速效救心丸',脑子灵光一闪,站在那儿不动了。我爱人还涮我,'咋,装病号!'我开玩笑说,给卖药的小姑娘送点钱呗,就带回去两盒!"张晨谂说着,右手伸出两个指头。"第三天晚上,第三天晚上。"张晨谂眼珠子转着,推算是三天或四天。"第三天晚上,突然心脏不好,气喘、胸闷。我爱人没经验,吓呆了。我想到自己看到'速效救心丸'时那灵光,说药,药。'药能胡吃吗?'我媳妇担心。那药,我说着就软了。我媳妇手忙脚乱地找到药,喂了我后打120……到医院后,医生说,再晚来十分钟,脑血管就堵住完了,心血管也堵得差不多了。那时,我已经不知道了,只感觉自己在飘,看到房顶墙角有小飞人,真的,真真切切的小飞人,有这么长,六七寸的样子。"张晨谂说着,用大拇指与中指比画着。"那时我想,唉!我已经离开人世,要不,怎么会有小飞人呢?"大家听得津津有味时,先有人带头鼓掌,紧接着掌声雷动。"事后,我给医生讲,抢救时自己看到小飞人的情况,医生都很信服。尤其是我说在毫无征兆时提前买'速效救心丸'的事,医生们惊呆了。因为不是那药,我根本到不了医院……"

张晨谂作为企业家讲自己的亲身经历,很有说服力。很多听众知道当下社会伦理崩溃,价值观混乱,人们为了挣钱不择手段,需要张晨谂这种有信仰的人领着大家让生活变得有意义,让心灵平静,对生命敬畏。因此,张晨谂很快以有信仰人士的身份成了市政协委员,又以市政协委员的身份参与社会活动。传教需要热情。几年来,几十场有关"企业经营与个人信仰"演讲配上被包装得低调豪华的光盘风靡企业界,张晨谂当上了市政协常委。

张晨谂和我是老乡,一个村子长大的。他和铁蛋打架吃亏了,夜里将铁蛋家的柴火堆点着,怕派出所抓他,逃出来闯天下时,我正玩尿泥。等我大学毕业入社科院时,张晨谂已经在省会建筑界赫赫有名了。每次回老家,我听过他的很多传闻,包括他为村里修祠堂,为小学建校舍……回到省城多方打听才弄清楚,张晨谂就是我们村里的张陈年。

在社科院,我的研究方向是"民众信仰、群体情绪与社会矛盾"的关系。张晨谂是社科院基金会建筑与风水分会的副理事长,于公于私,我都要去探望他。得知张晨谂患的是肾萎缩时,我惊得一身汗。这种病折磨人,尤其是每一次用探头从肛门里插进去检查时,能让病人痛苦得足以死上二次。

进了病房,张晨谂没有我想象的那么糟。由于提前做了安排,他被护士整理得干干净净的,斜坐在病床上。随行的记者给他拍照片时,张晨谂还故意挤出一点笑容。"张总,看你身患重病,精神如此矍铄,好像正常人一样,是什么力量支撑着你?"记者问。

"信仰。"

"你是怎么走上信仰这条路的?"

"六七岁时,我在村里的一个坑里洗澡,突然脚下一滑,掉进一个深坑里。身子一失衡,我就拼命地用手扒,越扒喝水越多。我心想坏了,小命丢了。我睁着眼从水里绝望地向上看,这时有一缕金光,好像是耶稣的样子。那时,我还不知道耶稣长什么样,正惊惶时,一根漂过来的木棍,我得救了。"张晨谂讲得很熟练,像背书一样。

"噢,除了信仰基督教,还信仰……"记者清楚只有这些没法写稿子,诱导张晨谂。

"信仰马列呀!《无产阶级论》我看过多遍!其实,人到一定的高度会发现马列主义与宗教信仰并不矛盾,有时甚至相互补充!"张晨谂说着说着,坐了起来。

"咦,张总果真不一样!"听此,记者已经得到自己想得到的了,赞叹了张晨谂几句,起身告辞了。病房里的照相机一走,张晨谂的情绪立即低了下来。这时,护士过来提醒他,他用手指了指我。

"张总,有信仰的人就是不一样。只有不怕死的人才能忍得住这种痛苦!"我不知道该如何开口,想了想,觉得这样赞美他合适一些。

"不怕死!谁说我不怕死?"

"怕死,你不是很早就见过耶稣吗?"刚才的话犹如在耳,我提醒他说。

"那是几百老朝年的事了,谁能记得清!"张晨谂眼一瞪,表情痛苦地看着我。坏了,他误会了。"我是赖货,今天专程来看你的!"我连忙解释。

"赖货,轩哥家的小儿子。"张晨谂骨碌一下子翻个身,抓住我的手。"听说你在省科学院宗教文化研究所,学问大。一直想见你,忙来忙去的没空。有空了,躺在这儿了。"

"宗教研究所,但我什么也不信。"我怕别人误会我,尤其是掉进水里的人,忙解释。

"为什么?"张晨谂眼睛睁得老大。

"因为我接触过各种宗教,发现他们都有自己的道理,也有相通之处,所以,只能把他们当作一种学问。"

"这样好,这样好!这样没有心理负担!"张晨谂握着我的手,泪都流出来了。

"一般情况下,人有信仰好。因为有信仰,人有敬畏之心。"我忙安慰他说。

"有信仰是好,不怕死。但是……"张晨谂看着我,眼里充满乞求。

"死都不怕了,还怕什么?"我不解?

"怕我这辈子说的这么多假话,无处搁呀!"张晨谂说着,像个婴儿一样哭了起来。

奇人屁三

屁三的成名与两件事有直接的关联。

二十世纪最冷的那个除夕，辞旧的爆竹已响得如流下来一样，鹅毛大雪卷起团儿打着旋儿在空中飞舞，村子林子白茫茫的什么也瞅不见。出寨门到坟地还有三里多地，屁三冻得手里的烧纸快捏不住了，他抬头又看了看昏暗的天空和越下越大的雪片，站在红渠沟的十字路口不走了，迟疑了约有一炷香的工夫，屁三将手中的纸点着，往十字路口一跪，口中念叨起来："爷，奶，天黑了，雪又下这么大，我就不到坟里去了，在这儿给你们二老磕头了。你们就体谅着点，多走两步跟着我回家过年去吧！"屁三念叨完，又磕了三个头，拿着剩下的纸，回家了。

那天晚上，屁三家闹鬼了。半夜里，屁三家的正屋里吵得贼凶，"这是我的位，这是我的位。"屁三娘一个噩梦接一个噩梦，梦见屋里到处都是人，到处都是牛呀，马呀的。只要屁三娘一睁开眼，就感觉有一双灯一样的铜铃大眼透过布帘向里瞅。屁三娘吓得解手都不敢起来，好不容易挨到天明，问屁三，昨天请神到底在哪请的，为什么那么快就回来？请神时说诳话了没有？屁三看着他娘的脸色不对，才一五一十地说了。屁三娘听后大骂，天杀的，我怎么告诉你的，一定要到坟里去，请神时不要说诳话。你不知道胡说话会把游神野鬼领回来。骂完后也不顾初一了，把家里牌位一撕，点上香纸，把神送走了。初一晚上，屁三家里果然太平多了。

屁三快三十时找了媳妇，是邻村的。新媳妇长得挺漂亮的，然而和屁三过了半年，新媳妇走了，谁也不知道为啥。新媳妇走后好长时间，还时不时地回来看屁三娘，人们更是迷惑不解了。一年后，屁三娘求神告奶奶地在本村为屁三找了一个寡妇，带一个孩子，没过两个月，寡妇也改嫁了。寡妇比不得没有见过世面的新媳妇，一五一十地将屁三在床上的表现都告诉村支书后，改嫁了。这时，村里人才知道，屁三是个二妮子，根本就不会干那事。从此，屁三再也没有找过媳妇，而村里的大姑娘小媳妇也都知道屁三是个二妮子了，时不时地和屁三开玩笑。从此，屁三遇到这类的话题总是回避，渐渐地，屁三不近女色的名声传开了，好像是越传越远，好几个村里的人都知道了。

尽管如此，屁三在五十多岁时，还是在男女关系上出问题了。屁三的邻居凤梅坐在屁三家的祖坟上骂屁三。凤梅在院子里洗澡时，屁三就躺在他家平房的房顶上。凤梅和老公在院子里连干了两盘，屁三躺在那儿屁都不放一个。凤梅觉得屁三是有意装孬，有窥阴癖，如果你屁三咳一声，她也不会在屁三面前丢那么大的丑。屁三开始没有理凤梅，凤梅在院里骂，屁三就出去。凤梅追着屁三家骂。屁三被骂急了，冲着凤梅说了一句，你们干你们的，我睡我的，你们两口子干那种事，又用不上我帮忙，我咳个屁呀！没想到这句话捅了凤梅的马蜂窝。凤梅一个劲地骂屁三，为何俺两口子干那事要你帮忙，你有那个鳖本事吗！凤梅越骂越气，越想越多，后来就哭着喊着坐在屁三的祖坟上，数落着屁三的祖宗十八代一个一个地骂，骂屁三是一个天生的阉货，天生的孬种。

屁三看着凤梅坐在他家的祖坟上拉都拉不下来，一声不响地回家了。

怪事发生了，凤梅骂了屁三之后哑巴了。凤梅第二天早起叫丈夫起来时，发现怎么喊丈夫都没有反应，无论凤梅下多大的劲喊，只能看到嘴动，一点声音都发不出来。开始，凤梅以为是骂屁三累哑了，连气带骂地累哑了。哑了不挡吃不挡喝的，也就没在意。后来，直到麦子收完秋种上了，凤梅还是发不出声。凤梅坐不住了，先是在村里找医生看，后到镇里看，到县城，最后到省城，什么化验都做了，西药中药吃了几大包，一是找不到病因，二是一点起色都没有。开始，村里有人议论说这是凤梅冤枉屁三的报应，也有人说是屁三给凤梅下了蛊，一时众说纷纭。

凤梅挺不住了，听了黑龙潭的巫师一撮毛的意见后，最后还是跪在屁三家的院门外，从早上一直跪到中午。那时，半个村里的人都来看热闹。凤梅一动不动地跪在大门外，屁三在屋一点声响也没有。平时最爱和屁三开玩笑的人这时也都不跟屁三开玩笑了，在外面一个劲地叫屁三出来，说就是凤梅做得不对，乡里乡亲的，也不能这样让她一直跪着呀！

屁三是在太阳刚落下最后一抹余晖时出来的，出来后二话没有，在院墙上捏了一点墙土，走到凤梅的面前，放在她手心里说，今晚三更添一锅水在自家锅里熬熬。熬时谁也不让见，什么话也别说，熬到半碗时晾凉喝下去就行了。记住，谁也别让见，什么话也别说。火大点，别一锅水熬到天明，一定要在五更前喝下。

那天夜里，凤梅按照屁三说的把土熬好后喝下了，也就是在喝药的同时，她看到屋外火光冲天。凤梅喝完后忙出来看，发现屁三家的房子着火了，一个劲地喊救火，救火。待村民们都起来，好不容易把屁三家的火浇灭，到处找，就是不见屁三，连个影子也找不到了。

从此，屁三从栗门张这个村子消失了，无声无息的，一点踪迹也没有地消失了。

张半仙

修炼到不知道什么是焦虑的张半仙仍感觉日子像村东头瘸子的裤腿——后面空落落的。本想找同行切磋一下，三十里铺的一撮毛出去半年一直没有音信。人一松就懒，张半仙开始大门不出二门不迈地闲着了。

"爹，你天天给别人算卦那么灵，给俺妯娌俩算一卦呗！"张半仙的大儿媳妇袖儿左胳膊夹着棉袄，右手拿着放针线的簸箕从后院过来，走着说着。"呵！"掭饬烟壶，用竹签把烟壶里的油烟清理出来，张半仙正要装新买的烟丝哩！"是呀！你也给俺妯娌俩算一卦吧！算一算你的孙男嫡女将来有没有当大官的。"像学着一样，二媳妇水灵也拎着棉衣出来了。"叱！"张半仙听见老二媳妇的腔调有一种说不出来的味，不好发作，轻微地表达了一下情绪后深深地吸了一口烟，仰脸看天，像醉了一样慢悠悠地吐出一圈一圈的烟雾。"怪不得人家叫咱爹半仙，你看那神情是不是有些仙风道骨的味！"水灵见张半仙不接腔，故意说给袖儿听。"呵呵……"一时张半仙不知道该说什么，又不能站起来走。"咱爹在东乡打得响着呢，有半仙之称！"袖儿也在一旁起哄说。"是呀！你给别人算了一辈子，就不能给俺妯娌俩算一卦！"水灵见袖儿帮腔了，不依不饶起来。"自家人有啥算的？"张半仙本想表现得不耐烦，转脸瞄到水灵手里拿的棉衣那么小，有些愕然。"算算呗，值当……"

水灵是高中毕业,和张半仙的二儿子自由恋爱。张半仙不同意,但俩人早早地生米熟饭了。嫁过来六七年了,水灵多次嚷求张半仙为自己算卦都不成,这次见大嫂扯起了这个话头,故意挑逗公公呢!

"今天是几号?"心空了的张半仙不想搅了这个日子,弄得大家都不高兴,漫无目的地问了一下。

"几号?"你掐指一算不就知道了?

"掐指一算?"张半仙说着,下意识地用拇指掐算。

"不用算了。十五,闰四月十五!"水灵笑着说。

"十五!"张半仙机灵警觉一下,忙把手中的烟斗撂下。

"咋?"袖儿见老公公有些不对劲了,慌忙地问。

"你的生辰八字是?"张半仙问。

"我是十月初七!"袖儿答。

"不是问你。"

"我呀!"水灵听罢,哈哈笑了起来。水灵上高中时,她娘就嚷求张半仙给算一卦,看能不能考上大学。张半仙听了水灵的生辰八字后,知道此女命犯水,孤老一生。卦是这卦,话不能这样说。张半仙让水灵娘花十五钱,买了五斤叨头肉还愿,破卦保平安。

"今个怎么会是闰四月十五呢!"张半仙感慨着,在等水灵的话。

"我呀!我也是闰四月十五正当午!人家都说我的命毒,女不生当午,男不生半夜!我恰恰是正当午!"农村没有过生日的习惯,但水灵知道今天是自己的生日。

"今天是你的生日?"张半仙问。

"是呀!"

"你的生日,你夹着棉袄做甚呢?"张半仙看了看时辰,太阳一点一点在往中间移,影子一点一点地在变短,有一种不祥的感觉。

"棉袄不都是这时候翻腾!"水灵仍大咧咧的。

"谁的?"张半仙越来越觉得不对劲。

"谁的?还有谁的,草的呗!"

"大夏天的,翻腾小孩的棉衣裳干啥呢?"张半仙想起来几年前自己算过一个闰四月十五的人的命,没有想到会是自己家的二媳妇,越发地不安了。

"现在的小女孩,七八岁就知道臭美,嫌棉花棉不好看,非要穿羽绒袄!我想给她接一接,让她下大雪时穿!"水灵觉得老公公神情不对,不敢太造次。

"草是什么时候生的?"刘半仙心里一阵子抽蓄,冷着脸问。

"你的亲孙女,你不清楚?"水灵笑着说。

"医不自治,我的亲孙女我才不知道呢!"张半仙有点愠怒。

"九月初九半夜!"水灵见老公公认真起来了,也认真地说。

"是呀!生女半夜,草的八字好得很!你不给俺妯娌俩算。上次,俺俩去城里让公园的摆卦摊的人算了一卦,说草的命好!"袖儿在一旁接话说。

"那个算卦的怎么说?"张半仙感觉到身子越来越沉,扭着脸问袖儿。"她说,草八岁时有一灾。要防水……"袖儿看着水灵的脸说。

"女孩子家要防水!现在,坑里河里都干巴巴的,防个什么水。"水灵打趣说。

"你……"张半仙看着水灵手中的草儿的棉衣,身上开始一阵阵地发冷。

"咋?"水灵感觉到张半仙的不对劲了。

"咋!大热天倒饬什么棉衣服!草去哪儿了,怎么还不回来?"张半仙又推算了一遍草儿的生辰八字,有些悲喊地说。

"谁的棉衣不是夏天整饬的。我手里翻腾的,还是你的棉衣呢?"袖儿也觉得张半仙有点不对劲,帮腔说。

"我的棉衣!"张半仙的冷汗下来了。

"嗯!"袖儿疑惑地看着张半仙说。

"噢!赶紧去接草儿,看她怎么还不回来。"张半仙站了起来,在院里子转了二圈,抹了一把脸说。

"咋了,爹?几年前,俺让你给俺们姐俩算。你说,你骗了别人一辈子了,哪能骗自己人……"为了安慰焦躁的张半仙,袖儿旧事重提。

"唉,算卦的想怎么说就怎么说。"张半仙苦笑了一下。

"是呀!"水灵又插话说。

"算命不一样。命是有命理的,该怎么样就是怎么样。算了也是白算,说了也是白说。"

"算卦不就是算命吗?"袖儿不理解。

"算卦是手艺,算命是学问。为什么算命的不给自己算,因为骗人容易骗自己难!"此时,张半仙已经看到草儿魂过来了,伸手搂在了怀里。

"爹,你是?"袖儿与水灵正为张半仙的举动不知所措时,学校的孙老师慌慌张张地来了:"水灵,快点,快点。草儿吃学校发的预防药丸时,呛肺里了。""那不给喝水?"袖儿忽一下子站起来了。"喝水,呛肺里了,喝水有啥用呀!拎着腿头朝下拍后背呗!"这时,水灵仍很清醒。"唉,他们要是懂这个就好了!"张半仙说着,晃悠悠地站了起来。"咋弄的呀?"这时,袖儿感觉到太阳明晃晃地发冷,牙打牙地问。"咋弄的呀!几个人手忙脚乱地给草儿灌水,灌着灌着……"孙老师说着说着,号啕大哭起来。

"唉,一切都是命!我们爷孙俩就穿今天你们妯娌俩给我们做的衣服上路吧!"张半仙说完,仰脸倒地。

神秘的祭祀

我父亲的奶奶在父亲三岁患重病时，在大厅里烧香许愿说："如果我孙能痊愈，我聘请戏班为神灵唱三天戏，并附有活猪活羊。"没想到父亲的病刚好不到一年，土改开始，老祖奶赖以还愿的四十五亩地统统入公了。向神灵许诺的戏便一直搁了下来，而父亲的人生，则背负了老祖奶奶沉重的诺愿。

父亲在迈过五十知天命的年龄后，终于相信了老祖奶在他三岁患重病时许诺的鬼戏是真实的。鬼戏成了父亲看不见摸不着的阴冥世界中一个沉重的债务、一个阴影和思想包袱。一场车祸之后，父亲在五十八岁那年说给我母亲："奶奶在大厅里为我的病烧香许诺的鬼戏，五十五年了，该还上了。"经常忐忑不安的母亲终于长出一口气，便和父亲着手还愿。在农村有一句俗语叫：光棍唱戏，眼子卖地。在土改前，许多有组织能力的人在日子紧巴的时候便组织人唱戏。几天戏唱下来，收的戏价（生意人出的戏费）不但能还上戏班的聘金，还有一笔不小的收入。那些没有头脑的人，日子一紧巴就开始把祖上留下的地典卖。因此，农村人把卖地的人叫败家子。而许愿鬼戏的人在农村不多，如果在土改前家里没有几十亩地一般是不敢许愿鬼戏的。

鬼戏的戏班聘金不但比平时的聘金高出二倍，而且唱戏时主人不能收戏价。另一方面活猪活羊，高搭戏棚，对神的招待，似乎比唱戏还烦琐，还要虔诚和铺张浪费。因此，为了对神的尊敬和对灾难的警戒，一般人许愿的戏都是阴鬼。让纸扎匠用纸高粱秆扎一台戏，到灾难平息后烧香还愿时烧烧就行了。鬼戏不行，鬼戏必须有戏班的人唱，必须有巫师主持，必须高搭神棚迎敬神灵。我父亲还愿鬼戏时，我已十八岁。父亲坎坷的一生与鬼戏的因果关系在我记忆中从幼年、少年，一直到成年。每当灾难降临人们都说，那是神灵对他的惩罚，许诺的鬼戏该还愿了。几十年了，神都不耐烦了。有时，父亲还会沉闷地说："神灵也不睁眼看看，从过去到现在，吃都紧张得要命，哪有钱为你唱鬼戏，你赐予我几十个金元宝，我立即给你聘请戏班唱戏。"然而，即使天上不掉金元宝，还得唱鬼戏，人与神灵无法讲道理的。

在我八岁那一年，从平顶山来到我村有一个巫师，人们都称他老陈。老陈最后住到俺家里，把阴戏的前因后果各种祭祀的办法都向父亲讲明白后走了，并预言鬼戏对人的危害性很大，如果不及时唱，神灵会降灾难于人的。那时，父亲并不太相信，如果神灵真有那么大的能耐，他显灵让我看。神灵自然是我父亲看不见的，看得见的仅是灾难。一九九七年春，父亲把做生意亏赔后仅剩的一万余元聘请了戏班，在我村唱鬼戏，并重金请了巫师主持祭祀。五十五年前的诺言终于偿还了，八十岁的奶奶在还愿那几天精神奕奕。

祭祀的三天，一直晴空万里，而那几天，则成了我一生中最为迷惘和沉闷的日子。高高的红布神棚搭上之后，巫师们把众位传说中的神灵请到。父亲带领着子孙们在第一天戏班的锣鼓响之前告慰神灵。祭文聘请了一位小学校长写的，听着他那长长的祭文，在香烟烧燎之中，我体会的只有肃穆和一种神圣的气氛。祭文宣读之后焚烧给神灵们，父亲又领着子孙们到戏台上跪拜，请神灵到戏台看戏。各种礼拜让我紧张得腰酸腿疼之后，戏班班主在戏台宣念了一段长长的纸符令，锣鼓一响，立即有一班子装束怪异的"神鬼"到戏台上舞念一番，开始打第二遍锣后，戏才正式开始。他们舞念的是目连戏，目连戏在四川非常流行，这种古老的戏剧人鬼不分，观众与演员不分，场内与场外不分；在人神之间演绎着各种因果因缘和生死报应；在人神鬼之间穿梭来往的始终是中华民族的悲壮生存意识和善恶情绪。这民族的传统剧目，演的大多是神话中的"精卫填海""目连救母"等等。这种神秘传奇色彩的戏剧在千年的演绎中形成川剧中成就最高的变脸。可惜父亲聘请的戏班，对于目连戏知道得太少了，更不用说这些神话色彩的"目连救母"剧目。戏班每天中午都要到神棚里唱一段戏，演给神灵们看，而我们一天三拜在戏台与神棚之间举行叩拜之礼。

巫师的各种举动，近似于远古氏族时候的巫师在烧龟骨卜筮的神采。神灵们，在五十五年后看到这场戏，是不是感觉到时间太长了？然而按神话中说的"天上一天人间一年"的说法，神或许并不焦急。因此，在三天的鬼戏演唱中，并没有什么灾难降临，也没有什么不幸的大事发生。锣鼓在最后一晚的喧腾之后结束了。神灵们最后一晚也驾鹤西去。望过一片狼藉的场面，父亲和我陷入了一片深深的苦恼之中。五十五年的鬼戏，把父亲一生的灾难做了一个总结，也把父亲做生意血本亏赔的仅余钱花个精光后又负债累累。"财去人安乐。"父亲不久之后退休了，每月拿着辛苦一辈子、困惑一辈子、拼搏一辈子的三百余元的工资到都市和母亲去接替老祖奶的衣钵生意了。那时，已成年的我对于神灵的认识仍处于迷惘状态。但是在中国的几千年传统中，那些远古的祭祀它们存在总有存在的道理！后来母亲说：父亲这两年不再犯说梦话唱戏的梦魇症了。老祖奶许诺的鬼戏真的成了父亲一生的债务了吗？对于那种说法，我不想再去想。我只想，鬼戏这种古老传统的祭祀，恐怕是人们心灵的一种约束吧？

人们在对神敬畏之时，对诺言的敬畏，何尝不是人们对自己的一种敬畏！人，好多时候都扮演着神、鬼、人的角色。不信你看一看鬼戏，就会明白，我说的绝不是虚言。

八

巽

文化人

夜不能寐已经好长时间了，自从玩"消失"之后，苏杰文越发地睡不着，尤其是一直想不清楚自己败在哪儿了？

"为了生活的缘故，要把动机与目的分开！"尼采的话成为苏杰文的座右铭之后，杰文的商业套路越来越高超——尤其是他创立的"房产抵押贷款公司"商业模式——任何人的房子都可以在他公司用房本抵押拿钱。他再用客户的房本抵押给银行融资。只要手里有了大量的资本，想收购什么样的公司就收购什么样的公司，哪怕是万科或者绿城，尽管这个商业模式本质上是"钱套钱"的游戏。杰文上了清华大学的 EMBA 班后，已经清醒地意识到社会就是一个食物链。

事与愿违，收购上市公司遭到多方的抵制。人们流失的是时间，杰文的商业模式流的是血。经过一翻折腾，杰文抱着对"保护主义"的怨恚逃离，掐断一切联系在另一省城十七层的出租屋里反思自己经历的一切。想不清楚了就重读马克思的《资本论》，读烦了就到楼下转悠。转累了，上楼继续学习《罗斯柴尔德家族史》，学腻了就在十七楼百无聊赖地往下看，看车水马龙的大街，看熙熙攘攘的人群……

俯视会让人产生一种不一样的感觉，苏杰文对这种声嘶力竭的繁荣早就见怪不怪了，唯一有点兴趣的就是街角的那家煎饼果子店——从早上六点到晚上十点，只要开门就有人在排队。

苏杰文不是对煎饼果子感兴趣，而是对买煎饼果子排的队感兴趣。晚上八点半，他戴上帽子，捂上口罩下楼去买煎饼果子，队伍不长了，仍围着十几个人。没有排队的习惯，苏杰文迟疑了一秒钟，两只手揣兜里向健康路走去。一路上都是小商小贩，卖鞋袜的，贴手机屏保的，卖廉价盆景的……苏杰文视而不见，穿过健康路直奔人民公园。走到大石桥下见摆地摊卖唱的一男一女，男子是个瘸子，女子是个瞎子，手牵手在唱《纤夫的爱》。唱得不是很好听，但很真挚，惹得他停下来将这首歌听完，从口袋里掏出十元钱放在卖唱者的草筐里。他从公园西门进，东门出，又回到煎饼果子店门口时，老板娘已经在打烊了。

"还有不？"苏杰文不抱希望地问了一句。

"有！"老板娘见有人来了，忙将菜从冰柜里拿出来，点上煤气灶。"吃杂面的，小麦面的，还是糯米面的？"老板娘手不停着又问。

"哪一种好吃？"苏杰文真没有经验！

"大家都说杂面的好吃。"老板娘是一个近五十岁的妇女，说这话时能做到连头也不抬。

"噢！那就要杂面的。"苏杰文看着老板娘那熟稔的双手，本想说一样来一个，想一想自己不是为了吃煎饼果子，就忍住了。老板娘将稀面浆从小盆里勺出来，倒在平面锅上，用一个竹制的推子一圈，那认真劲不像是在做煎饼果子。

"老板娘，您是哪儿的人？"中国人无话找话时，多是这样开始谈话的。苏杰文虽是清华毕业，也不例外！

"俺是栗门张的！"老板娘边往煎饼锅上抹着油，边说。

"栗门张是个县吗？没听说过呀！"苏杰文真的没有听过。

"嘿！栗门张是个村，出一个在海外很有名的作家把这个村子叫得很响，我们也跟着说了。"老板娘自豪地说。

"呵！"看出老板娘引以为豪的表情，苏杰文突然有一种说不出的感觉。环顾一圈后，又找话说："老板娘以前是做什么的？"苏杰文也是在农村长大的，见过很多人做饭，但没见过像老板娘这样庄重熟稔的。

"以前是在家里种庄稼的。儿子来城里上大学了，就陪着儿子来这儿了。"老板娘说着，从手边的篓里拿一个鸡蛋，磕破，倒在平面锅的饼上。

"噢！那么说，你以前不是做煎饼的，怎么能将生意做这么好呢，天天开门就有人排队？"处于商业敏锐，苏杰文随口问。

"唉！说不上好吧！"老板娘边感慨，边又拿出一个鸡蛋，磕破，倒在面饼上。

"噢！怪不得你的煎饼生意好。人家都是一个鸡蛋，你的两个。"苏杰文感觉突然明白了。"我的也是一个呀！"

"我没有让加鸡蛋，你为何打两个？"

"刚才给你打的那个鸡蛋小了，不想让你吃亏，又打一个。"老板娘朝着他会心地笑了笑。

"怕我吃亏？有做鸡蛋饼的专门买小鸡蛋的。"苏杰文见过卖鸡蛋的，每天没事时专门挑小鸡蛋，卖给做鸡蛋饼的、做煎饼果子的。

"是。有人这么做，一筐鸡蛋差二十多个呢！"老板娘说着，已经将煎饼做好了，又问要不要辣椒！

"每天的量这么大，你节省的都是利润呀！"苏杰文有些不解。

"唉！做生意光想着自己，早晚把生意做死。"老板娘说的很自然，没有一点感慨的味道。"这个世上出来混的，哪有傻子！"麻利地将煎饼果子递给他后，老板娘又补上了一句。

"呀！"苏杰文听得电光雷鸣，拿着煎饼果子没舍得吃，上楼找到稻盛和夫的《活法》《干法》与《经营哲学》。"工作是磨炼灵魂的道场"，"付出不亚于任何的努力"，"敬天爱人，自利利他"。杰文读着读着，出了一身汗。"妈的！在清华读EMBA班时，老师苦口婆心地讲。我们认为是让我们讲给别人听的。现在明白了，是让我们照着做呢！"

天拂晓时，苏杰文又想到了卖煎饼果子的那个妇女，有一种欲哭无泪的感觉！

死磕

"报警,报警。"海平听到梅姬在外面砸门,对妻子喊。

"报警。警察来了你能说啥呀!"妻子小翠一脸怨恚。

"海平,你个鳖孙再不出来,我把你家的房子点了。"梅姬咣咣咣地踢门。

"你再不打110,她真敢点咱的房子。"

"现在你怕她点房子了,日她的时候咋没想到。"小翠声调疲惫不堪。

"咳……"海平一时语塞。正犹豫不决时,啪的一声,有砖头从窗子里飞进来,玻璃呼呼啦啦地碎了一地。

"民警同志,民警同志,我家正遭人破坏。有一个疯子要点我家的房子。"海平钻进卧室,打电话语无伦次。

"不要紧张,不要紧张。你家在哪里?你家在哪里?"接电话的民警一边安慰海平,一边耐心地问。

"我在我家,我在我家。"海平急切地说。

"我知道你在你家。我问的是你家的位置?"接警者从容不迫。

"文联大院三号楼剧作家大楼一门栋二楼东!"

"噢!"接线民警一下子明白了。

"孙海平,你个王八蛋。你躲在屋里出来呀!你让老娘离婚了。你躲在里面不出来了。"梅姬站在楼下骂。

"砰，砰，砰。"这一楼道里的人听见梅姬撒泼式地破口大骂已经习以为常了，纷纷关门关窗。梅姬住在七号楼，是省歌舞剧院的。省里打造优秀歌舞剧《梁山伯与祝英台》时，女二号梅姬在排练时老不在状态。团长提醒过她两次，梅姬表面答应，排练时仍不停地走神。梅姬的丈夫是省电台的副台长，和一个女主播搞在一起了。团长无奈，和孙海平商量。"且不说临阵换将是兵家大忌，这时换人是不是对她打击太……"作家孙海平是艺术总监，负责剧目的质量，自告奋勇地找梅姬谈心。剧作家的水平就是不一样。一次，二次，三次……梅姬果真大有改观，三十八岁的年龄劣势在给省领导汇报演出中大放异彩，压过从北京请来的舞蹈新秀……正当大家为《梁山伯与祝英台》的成功演出庆祝时，梅姬和丈夫离婚了，之后传出来孙海平和小翠闹离婚的消息……

民警赶到时，梅姬正四处找砖头往孙海平家里扔呢。

"你这样是侵犯别人的住宅。"民警拦住梅姬说。

"我侵犯他的住宅？他侵犯我的身体你们怎么不管？"梅姬理直气壮地说。

"他侵犯你的身体？如果你不同意，可以告他强奸！我们依法办案。"经七路派出所为这个事出警好几次，已经很清楚事情的来龙去脉了。

"第一次他抱住我时，我就说不行。除非他离婚。他给我说，他的婚姻很不幸福，一直想离婚。我说，我不做破坏别人家庭的事……"

"唉！情况我们都清楚。"

"你让我说完。"梅姬发怒了。

"好，好！"民警无奈地苦笑。

"孙海平，你个王八蛋。你出来对质一下。是不是你插进去之前，我让你给我保证，想清楚了再插进去？你说，你想清楚了，一定会和我结婚呢！"梅姬扯着嗓子对着整个三号楼喊。

"你不做破坏别人家庭的事？你现在是干什么？"小翠知道民警在场，站在窗户口的烂玻璃后说。

"我在干什么？我在让他离婚。"

"逼别人离婚不是破坏别人的家庭？"

"问题是他先怂恿着我离婚，把我的家庭给拆散了。"

"你离婚是你老公先出轨了。否则，他能拆散？"小翠争辩说。

"我老公出轨了，我离婚了，你老公出轨了不？"梅姬这么一喊，惹得在场的民警哄一下子笑了。屋内一时哑然。

"孙海平，你不是说我先离，一个星期后你就离吗？现在，我离半年了，你怎么还不离？"梅姬见屋内没有动静了，又对着孙海平喊。

"我们不离。谁让你的裤腰带那么松……"隔了有两分钟，屋内嘀咕了一下后，小翠喊出来这么一句话。

"我的裤腰带松。你问一问孙海平，第一天晚上、第二天晚上、第三天晚上……他得手了不？我再三给他声明开弓没有回头箭……"梅姬歇斯底里地叫了起来。

"不松，一百个晚上也进不去。"屋里嘈杂杂的混音说。

"去你妈个×吧，是把锁也有打开的时候！"梅姬从民警手里夺着警棍，使劲甩了进去，听到一阵子噼里啪啦与尖叫……

公安局对梅姬做出拘留的决定实属无奈。三天前，梅姬刚从拘留所里出来。经七路派出所的民警还没有歇过劲来，梅姬又杀上门了。

"孙作家，你们坚持不调解。我们按刑事案办吧！"片警烦透了。"唉！"孙海平长出了一口气。"让你图一时的快活！真不行了，咱俩离婚，你跟她过吧！"从农村出来，一步步地从保姆到作家夫人的小翠声音发枯地说。"要是想和她过，还能闹到现在这个程度？"片警压力山大，仍得耐着性子劝和不劝离。"不行，我死了算球了。"孙海平像打败的残兵一样沮丧说。"不是冤家不聚头。"片警感叹一声。"嗯！"小翠像不认识民警一样看着他。"她在拘留所里就是这么喊的，除非你死。否则，出来后还找你！"片警哭笑不得！"中。我不等她出来就死。"孙海平赌气说……

脸面

父亲容忍很长一段时间了，这次实在是忍无可忍，把我骗回老家了。

"我忙恁狠，还这样折腾我！"清楚父亲身体无恙，放心了。但对他这种方式觉得有些不可理喻。"折腾你！打多少电话了？"父亲恼起来，脸憋得红紫。"你认为检察院是咱家开的，我说让他们放，就放？"我清楚，文龙是碰枪口上了。"别丢人现眼了！多大点事，就看你下劲不下劲！""我！"我没有想到父亲说话这么狠，胸口像堆了一拳似的。"你呀，长点脸不行！"父亲看出来我的神情不对，却仍能保持一个长者的风范与语气。"文龙上学时的成绩比你差一大截哩，上个破电大毕业后，是一个不知名报纸的副站长！你是国内有名的大媒体记者。"父亲开始发泄积蓄心中多年的不满了。

虽然这是父亲第一次对我说，母亲悄悄地给我说几次了。只是，我不知道该怎么解释。三刀、锤子和二犟在省城打工，给我打电话说地产商不给他们工钱。我父母一直和外人说，我很忙。这些人很少找我帮忙，第一次又是受害者。二话不说，我丢下手头的工作驱车六七十里赶到他们的工地，几个人正在路边等我！"他们欠农民工的钱，和国家政策对着干，这回好了，让大媒体曝曝他们的光！"在一片嘈杂声中，我被簇拥着进了工地经理的办公室。"是这样的！最初，我们和他们谈定的是计件。中间换了一个部门经理，改成按天算了。"经理很有礼貌地请我坐下，倒水，条理清晰说事情的来龙去脉。"按计件，有计件的规矩。按天工，也有天工的方法。从业这么多年了，大家都清楚。"经理说得抑扬顿挫，丝丝入扣。"其实，我们也没有想到别的建筑队六点就起来干活了，他们睡到八点才上工。现在，非要和其他的建筑队一样，给按天工一天二百五十五。""是这样吗？"我扭脸问他们。"不全是，谁让他们不给我们讲清楚的。我们以为是按天工。"三刀先说，二犟补充。记者干十几年了，我一听明白了。事已至此，情况特殊。我脑子转了一下，放低姿态给经理讲清楚我的身份，他们的身份。"按天工，一天一百八十算，可以。"经理思考了一会儿，说。"一百九吧！我怕说二百对方不同意，僵住了！""二百五十五，一分都不能少！"锤子说。"谁让你们在协议中不讲清楚。"二犟指着经理说。"有协议不？"我觉得有搅缠的门路了。"口头协议是协议不？"三刀的一句话把我说笑了，把经理说得一脸苦笑。

事没有办成，我心里抑郁几天，正吐不出来咽不下去时，三刀给我打电话，钱要回来了。"要回来就好，只要不吃大亏！"我安慰他们。"什么吃大亏！一天二百五十五，一分不少！""谁这大本事？"我惊呆了。"谁？文龙！""文龙！""那是，我们给文龙一说。文龙没有来之前就查他们，发现他们五证不全，缺二证。""噢！"我耳闻着文龙的《中国财富报》是靠这个活着，没想到在这儿起大作用了。"文龙把记者证给经理一亮，将他们缺资料的事一摆，那些人蔫了！对文龙又是吹又是拍的，晚上又在最高档的洗浴中心耍了半夜……"我听出来三刀的话外之音了，却无言以对。

257

我不想张扬，尤其是家人面前，是害怕他们把我的本事放大后把自己弄得疲以奔命，更深层的原因还有我不愿求人。杰子来省城做眼科手术之前，到天平医院了才给我打电话。我知道天平医院是打广告出的名。全国最有名的眼科研究所在省一院，我的老师还是副院长，就把他安排进去了。副院长说话自然不一样。当天手术，费用减免得大大超出了杰子的想象。"杰子哥，这事千万别透露出去。否则，村里人谁有个什么病都来找，我应付不了。"杰子临走时，我千叮咛万嘱咐。"放心吧，兄弟！"杰子满口答应。谁知农村人的嘴，隔不了热被窝。杰子先给他媳妇说，他媳妇又给邻居说，等传到我父亲耳朵里，已经成了我的一条罪证。"这些人，只怕别人用得着他了，自私着呢！"尤其是文龙妈在县医院住院，我父母去看他，正巧碰上县医院的院长来看《中国财富报》河南站站长的母亲，那个火呀！恨不得给我两个耳光。

"你呀你！"父亲一直不能理解我为什么怕麻烦。"每个人有每个人活法！"我经常这样安慰父亲。"啥狗屁活法，读书读傻了吧！从小老师都教你们，长大做一个对社会有用的人。一个人如果没有用，谁看得见你。""用，看什么用呢！"父亲心情好时，我也半解释半调侃地说。"什么用，别人找你办事。""办事？"我一听就头大。"能办成事，才是脸面！"父亲在农村干多年村干部，有一套自己的哲学。"脸面！"我不以为然。"男人活的不就是一张脸嘛！"见我不开窍，父亲猛踢一下脚边的破篮子，拂袖而去。

"给我说个实话，有办法将文龙捞出来不？"父亲瞪着眼说。"说不准，我也打听了，他好像利用报纸新闻负面报道的权力，收受了好几十万。"其实，文龙的事在新闻系统通报过了。我怕父亲盛怒，留了些转还余地。"别看文龙进去了，外面都传他的本事大着呢！这次，你能把他从里面捞出来，还能证明你的本事比他的大！"现在，父亲亮出来装病让我回来的真正用意了。"人有必要这样比吗？"我哭笑不得地正想给父亲解释清楚呢，文龙妈过来，拉住我的手哭着说："小五呀！你和文龙可是亲兄弟呀！上学时，比亲兄弟都亲呀！""二婶，二婶！什么我都记得！"二婶确实对我好，怕她伤心，安慰她。"文龙也是时运不济，正站长没有争上，这点事还被人抖搂出来了！"文龙妈说着，擦着眼泪。"那……"我想说什么呢，自己都想不清楚了。"文龙也算有点背！一年为报社挣那么多钱，好像是上千万。人家把牛牵走了，他拔个牛橛，却要背这个黑锅！""是，道理明摆着呢！"父亲也在一旁帮腔。"小五，想办法一定把文龙弄出来。气瞎那些告黑状人的眼。"文龙妈说着，眼里好像真的有火。"我们兄弟，我尽力，我尽力！"说话时，我感觉自己的声音都是空的。"啥尽力！说能不能吧！"父亲火上浇油。"小五，听说你老师是副省长了，求你老师说一句话吧！只要文龙能过这一关，你婶这一辈子做牛做马也要报答你！"文龙妈说着，突然身子下坠得要跪。"二婶，二婶。你要折煞我哩！"我急了，架着文龙妈，火烧火燎地扭脸向父亲求救。

这时，我发现父亲脸上消失多年的神情，又回来了。

妥协

栓子凌晨四点赶到家里,发现妻子不在,头一下蒙了。睡眼蒙眬的女儿娇娇也是一脸困惑:"我睡时见妈妈还在发短信,怎么不见了呢?"娇娇的话一下子提醒了栓子,忙找妻子尔冬的手机。在垃圾信箱里翻到一个熟悉的号码:"我派栓子到南阳送文件去了,今晚他肯定是回不来了。"是局长发的短信,栓子一下子明白了。他哄娇娇睡下后,悄悄地出去了。

局长有好几套房子。平常局长和他的家人是在纬三路的别墅区。建委家属院里局长高姿态要的小套房子,只是偶尔住一下。因为和栓子楼上楼下,作为局长司机的栓子经常给局长打扫,所以一直戏称是局长的行宫。栓子站在局长"行宫"门前冷静了三分钟,掐灭手中的烟,掏出"行宫"的钥匙,轻轻地扭一下锁,一个箭步蹿进卧室,啪地拧开灯,眼前的被窝子果真是一脸错愕的局长与惊慌失措的妻子尔冬。"老子以前在部队是开飞机的,现在沦落到给你当司机了,你还这样作践我。"从牙缝里挤出这句话阴冷的话后,栓子抽起被子抡起扇子一样的巴掌朝着两个裸体一阵子猛抽。"栓子,栓子,你听我解释,你听我解释,我正要提你当办公室副主任呢!"局长有点可怜巴巴地说。"别说办公室副主任,局长老子也不干,非揍你不可……"

正写得起劲,听见有人"咣,咣"擂门。眉头一皱,我最讨厌写作时有不速之客，装着没有听见。"哐，哐，哐。"来人很执拗地擂门。我不耐烦地开门一看，是从天河市来的华章。"靠，你这家伙来也不给我打个招呼，要破门而入吗！"我开玩笑说。华章没接腔，一脸阴沉地往里挤。我忙把华章让进去，有点尴尬地给他倒茶说："你是想喝铁观音，还是普洱？"朋友们都知道我善茶，且很讲究。"我不想喝茶，想喝酒。"华章后一句拖着哭腔。我知道坏事了，忙找出自己存的五粮液，给楼下的饭店打电话送菜……

华章不是想喝酒，而是想说醉话。"赖货（我的小名），你说我容易吗？一个人在报社挣钱，不但养活自己一家三口，还有从农村来的弟弟，和我偏瘫的父亲。白天上班，晚上在家写小说。可是，我媳妇竟然和我的领导搞上了。你说我今后怎么在单位混吧！"华章说着，哭着，哭着，说着……

华章是我大学同班同学兼同乡，毕业后我们同时应聘到《天河日报》。我在那混两年，编制没解决，就领着媳妇混省城了。他和大学的女友刘燕分手后，找了天河外贸公司老总的女儿，把编制问题解决了。为此，刘燕找我哭诉了几次。我也几次和华章打电话，他只说刘燕不合适。"不合适，谈恋爱时你怎么不这么说。"我听说有人给华章介绍一个有背景的，挖苦他说。"不谈，怎么知道不合适。"华章争辩说。"谈恋爱可以，关键是现在，你把人家大姑娘变成小媳妇了说不合适。""那不是……"华章吭吭巴巴地和我别扭了好几年。刘燕后来也来省城，一个人在服装市场卖衣服……世事沧桑多变，十年不到，外贸垮了，老总的女儿也下岗了，一心想扬名立万的华章写的长篇小说一直没有出版。此一时，彼一时。我在省城站住了脚，出版了两部有影响的长篇小说。郁郁不得志的华章每一次到省城，不是一个人悄悄地来参加安利的传销会议，就是托人找关系出版他的小说。

"君子固穷。""知识分子活的就是一个尊严。赖货，你说咋弄吧。"华章四仰八叉地躺在床上问我。"靠，这种事不知道不说了。知道了，还不离？"我试探地问。"离！靠，现在我要是找一个刚毕业的大学生，应该不是问题。"华章自负地说。"是，想当年你不就是靠情诗把刘燕拿下的。"我旧事重提。"唉！多少年的老皇历了。"华章有些不自然。"离婚简单。现在的离婚率比结婚率都高。"不太清楚事情的来龙去脉，我敷衍地说。"过错方是她。离婚了，让她净身出户。"华章眼瞪得铜铃一般。"那……"我迟疑在于，我不清楚华章会不会有把柄在媳妇手里。如果华章犯错在先——单独指导哪个文艺女青年了，那就不好说了。"只是，离婚后孩子怎么办？"华章看我有些心不在焉，缓了语气说。"是，孩子是个大问题。""我想了。如果让她带着孩子，房子就要归她，孩子找个后爸我不放心。如果我要房子，就要带一个孩子。一个男人带孩子也挺不容易的。"华章有点自言自语地说完，一直盯着我。

华章的那部捯饬了好多年的长篇小说终于出版了。我给出版社的哥们好说歹说，让他包销两千册。《天河日报》整篇吹捧之后，已经成为社文艺部副主任的华章又非常高调地举办一场研讨会，再三叮嘱我回去给他捧捧场。如坐针毡地听《天河日报》的领导对华章上纲上线的赞赏及一些业余文学爱好者的无限吹捧，一阵子的心酸。酒桌上，没几下我就整醉了，发蒙地问："老兄，功成名就，估计要离婚了？"

"唉，不离了！"华章叹气说。

"球吧！我咋不相信哩！"我知道华章又悄悄地和做服装发了财的刘燕联系上了，这两千册的包销就是刘燕资助的。

"人生不如意，十之八九。各退一步吧！"华章用极少有的真诚感慨道。

羞辱

"小五，赶紧回来吧！要不出人命了！"看到短信我蒙了。这几天正焦头烂额。想从现在的单位调到文化研究院。遇到事之后才发现自己的无助。以前胸脯拍得"杠杠"的家伙，现在打电话不接，发短信不回。约的领导，以前见面时拍着肩示好，现在一再推辞。我出版了三部长篇小说，在中原算是一个小有影响的人物，但在权力面前……这时，刘旋发一个这样的短信。

刘旋是陈丰业的媳妇。上学时，陈丰业、朱文、张百强和我号称"四人帮"。初中毕业，陈丰业、朱文同时考上了师范，张百强辍学去南方打工去了。我差几分去了县一中。那时，师范在农村人心中是商品粮，人们都说陈丰业与朱文有出息。人生就是这样，一步赶不上，步步赶不上。陈丰业与朱文毕业后先是在镇里教书，成为镇里的青年才俊，炙手可热。我毕业时国家已经不分配了，加上我的专业不好，写作眼高手低，在省城逛荡得很艰辛。两个家伙也够哥们，经常挤出一点钱接济我，自然他们的工作情况、人际关系、结婚、生子，甚至干什么坏事了都免不了给我唠叨唠叨。十年河东，十年河西。张百强在南方打工从学徒混到小包工头了，我也成了一个小有名气的作家。这突如其来的短信，让我有点摸不着头脑，中午饭没吃，就匆忙往回赶。赶到学校，朱文不在。找陈丰业，在麻将馆里，让人喊，不回。刘旋说陈丰业这两天一个劲地磨刀，非杀朱文不可。问原因，刘旋支支吾吾不说。刘旋是镇里有名的美女。当年陈丰业找高中毕业的刘旋时，因为她没工作许多人反对，我强烈支持。"买起马，配起鞍，娶起老婆管起饭。"一个男人连自己爱的人都养活不了还算个男人。没有想到没几年，刘旋先是到乡文化站，后弄到教工指标调进了镇二中。早在几年前我听说刘旋作风有问题，好像是和县教育局的一个副局长关系暧昧。这种事，越是朋友越不能问。

　　我蹲在麻将馆门口二个多小时，把陈丰业熬了出来，晚上十一点多了，不回家，非要找个地方喝酒。"朱文和刘旋有一腿。"尽管我做好了思想准备，从陈丰业嘴里说出后仍很有冲击力。"'朋友妻，不可欺。'你想一想，我和朱文结婚前一个锅里吃饭三年。他干出这样的事……""你是怎么知道的？"我仍抱着一种侥幸的心理。"撞上了。"看着双眼布满血丝的陈丰业，我有陌生感。

　　黎明时，我堵住一夜未归的朱文。从他那一脸的尴尬中我彻底明白这不是一场误会。"啪，啪"，没有等我开口，朱文先是朝自己的脸上抽了两个耳光，弄得我一脸错愕。"唉，一时糊涂呀！仔仔（我的小名），你也知道我和小月不在一起。有个头疼脑热的，刘旋嫂子不少照顾我。一个星期前，陪县局里两个家伙喝酒，喝多了，一路上吐得七荤八素的，到家门口正好碰上刘旋。她把我扶到屋里又是倒水，又是给我换吐脏的衣服。本来在酒店里就被小姐撩拨得心烦意乱，刘旋的衣服又穿得很薄，就没有把持住。""你喝多了，刘旋也喝多了？"我清楚这种事一个巴掌拍不响。"刘旋只是小声地说了两句'别那么猴急，别那么猴急'。""她说这话什么意思？"虽然我对刘旋的生活作风有所耳闻，如果她想当潘金莲，朱文却不是西门庆呀！"唉，当时头大了！见她如此半推半就就那个了。""吭！"我想象到朱文和刘旋滚在一起的场景，心里有点不舒服，冷笑了一下。"你想一想在那种情况下，唉，这时候说什么也晚了。现在，我死的心都有。"朱文无地自容，恨不得找个地缝钻进去。我能理解朱文现在的懊悔，但总得有个解决的办法。

恰逢周末，学校里空荡荡的。刘旋的儿子也被支去了姥姥家。朱文、刘旋坐在那儿冷着脸，陈丰业一脸的懊恼，时不时地往怀里摸什么。我实在看不下去了，先开口了。"咱们四个发小……"

"发小？发小把我媳妇上了？"陈丰业气若斗牛。

"唉，那时喝多了，把嫂子当成了……"朱文嗫嚅地说。

"咋，这会儿不是男人了。搂着我叫我的名字说那些火辣辣的话时……"刘旋的反唇相讥，弄得朱文的脸像一个猪肝一样。

"我真的是喝得……"朱文有气无力地辩驳。

"您这俩没脸的……"陈丰业一下子站起来，指着两个人说。

"好！你喝多了，我知道。我承认是我勾引的你。"刘旋脸一扬，冷眼看着朱文。

"呸！"陈丰业扬起手要去打刘旋。

"你摸我一下试试！不想过离婚！"当刘旋掷地有声地说出这话时，我愣了。费尽九牛二虎之力把三个人拉在一块，准备利用各种威逼利诱的手段让他俩写一个保证书安慰安慰陈丰业，刘旋突然说出这句话。

"你做错事了，还有理了。"我压了压火气，冷冷地说。

"别说我和朱文睡了,我就是脱光躺在大街上都比陈丰业干净。"刘旋彻底的无耻无羞让我多年不犯的耳鸣又开始轰轰作响。陈丰业操起桌子上的缸子,被我劈手夺了过来。

"我和朱文你发现了。我和刘局长几年你怎么没'发现'……"刘旋号啕大哭起来。"哪一个女人想落个荡妇的名声。可是……"刘旋的一句话,让整个空间压抑无比。"你问一问陈丰业这个畜生,六年前做了什么?"陈丰业像瓷一样僵硬在那儿了。"我就是想给朱文睡,就是想让'为人师表'的陈丰业心里难受!"刘旋像打开闸门的洪水,不管不顾地哭着说着。弄得我一时有点发蒙,转身找到毛巾递给刘旋。"仔仔。这十年来我没有睡过一个安稳觉。天天像有刀割我的心。"刘旋双肩颤抖地说着。"现在孩子大了,我也没有什么顾忌了。生宝宝时,我的外甥女红霞在这儿照看孩子。陈丰业这个畜生把我只有十五岁的外甥女给糟蹋了。你可知道我那苦命的外甥女爹死在煤矿上了,娘改嫁了……""呀!"我第一次听说这事,大脑里咯嘣一下。"从那时起就天天受折磨。告发他吧,他是孩子他爸,得去坐牢。不告他吧……"刘旋的哭声像我小时候听的舞台上的戏词一样凄切断肠。

马失前蹄

九德的好名声,是一点一点地积累起来的。

在农村,没有娶媳妇的男人无论年龄多大,不算真正意义上的成年人。二十一年前,九德正好二十一岁,没娶媳妇。第一次跟着村里的几个人去东乡买麦种。同去的毛蛋、丁贵笑他说:"九德,随我们的价,免得贵了便宜了,回来你老爷子不高兴。"九德鼻子"哼"了一下。牙街集离我们村二十六七里路,再往东七八里就是华陂坡了。那个坡地的农民每年种好麦种,比种子站里每斤便宜五六毛。一传十,十传百。渐渐地,我们村的人也到那买麦种。

天亮早早地吃过饭,十点多就赶到地方了。四五个人约定下午一点半在这儿集合后,就兵分五路吆喝着进村了。九德不好意思喊,推着车子走了二十几户,见一个四十多岁的妇女在大门口洗衣服,迟疑了一会儿问:"大嫂,家里有麦种吧?""有,有。"那妇女说完,热情地站起来擦手。九德跟着她进屋后,一看麦种,颗粒饱满。"多少钱一斤?""九毛七。""噢。"九德的心理底线是一块,连搞价的经验都没有,应承了下来。那时农村只有大秤。九德和那妇女用擀面杖,一头长一头短地称麦种斤两,八十七斤。放下袋子,妇女开始算了。九毛七,八十一斤。九毛七,一百斤九十七。九德听罢,连忙找个小棍在地上划拉。七八五十六,八九七十二,七十七块二,再加九毛七,七十八块一毛二。九德拿出八十块钱，递了过去。那妇女转个身子，看了看九德在地上列的算式，爽利地说："一毛二不要了。大兄弟一看就是实诚人。"说完递给了九德二块钱。九德四个兜都摸遍了，也没有找到一毛的，羞赧地朝那妇女笑了笑，扛着麦种出来了。

　　五个人都很顺利。九德赶到时，他们也都到了。"赶回去吧！撒个欢就到家了。"丁贵笑着说。"走就走呗！都是两条腿。"建业有点挑衅地说。"回就回。"几个人一较劲，带着麦种比赛似的往家赶。农村的饭，二点半。等他们到家时，大街上还有人端着碗呢。九德到家，把自行车往墙上一靠，跑到厨房"咚咚咚"喝了一碗凉水。惹得他娘一脸不高兴。"饭盛好了，你不吃，喝一碗憋孙凉水。""多少钱一斤？"九德爹老本端着碗进来了。"九毛七！"九德盛了饭出来，看老本正从自行车上搬麦种袋，正要帮忙。"我还没有老到搬不动！"老本放下袋子，从屋里拿出来秤，让九德娘也用擀面杖抬着称重。"八十七斤多一点。"老本拢了拢秤星，放在八十七斤上秤翘老高。"八十七斤。"九德听得心里一咯噔，放下碗，忙掏兜里钱，一算，就是错了。"码给人家多少？"老本心里有些不悦，仍装得很平静。"不是，我按八十一斤给的人家的钱。"九德又用小棍在地上划拉地算了一遍，准切无误后才说。"噢！"老本长出了一口气，再没说一句话，去地里了。"一会儿，就把二渠地整一整，好种麦。"老本临走时，用心不在焉的方式给儿子派活……

　　左等，右等，直到天黑。老本在地里也没有见到九德，晚上一肚子"火"回家了。"紧张的庄透，消停的买卖。"本想好好地教训九德一顿，仍不见儿子。直到天黑得透透的，九德才极其疲倦地拖着两条腿进屋。"你干啥去了？"老本压住自己的火说。"给人家送钱去了。"

"给谁送钱去了？"老本觉得这话不靠谱得很，更火了。

"人家码给我六斤麦种钱，不给人家送去，心里安不？"九德见老本有些火了，也没有好气。

"因为几块钱，你又翻了几十里？"老本有些哭笑不得。

"不是多少钱的问题。"

"哪是啥？大忙天，人误地一时，地误人一季。"老本复杂地说。

"人家一个妇女，大方得一毛二分钱都不要了，咱们再赚人家六块钱的便宜，连个妇女都不如了。"九德说完，扭脸出去了。

七十里路六块钱，让老书记不但在人前人后夸九德，连在乡政府开会也专门给乡干部讲一讲……让人们没有想到的是，就这样的九德和铁邦打起来了，而且把铁邦打得头破血流。

铁邦因为流氓罪被判七年，刑满释放刚回到村里还比较老实。大家都说，这小子被改造好了。半年之后，狐狸尾巴露出来了。不是偷人家的鸡子，就是到地里摘人家的庄稼，而且故意露出身上的刺青，动不动就骂骂咧咧地说："老子什么世面没见过，还怕这几个土鳖。"

开始，九德并没有想惹铁邦。两个人不是一茬的，也不在一起玩。那天天刚要擦黑，九德娘让九德去百更家借打油的拘口，刚一进门就听百更媳妇骂，"你个臭不要脸的。""什么不要脸呀！百更常年不在家，你就不想吗？""想你娘的脚！"百更媳妇骂。"你别……"那人说完，就听见屋里扑扑腾腾。九德听得事情不对，故意高声"嗯"了一声。屋里顿时不响了。百更媳妇衣衫不整地出来，"九德……""我说呢！九德来了。"铁邦阴阳怪气地说。九德没有吭声，翻眼看了他一眼。"看啥看！不服呀！"铁邦耍横说。"服你啥？"九德冷冷地说。"老子什么世面没有见过？"铁邦有些狞笑。"你是谁老子？"九德蹙了蹙眉。"谁应声，我是谁老子。"铁邦说完，大声怪笑。"我还是你爷哩！"九德本来比铁邦小七八岁，故意这样骂。"哟喝！"铁邦说完，用手去揪九德的衣领子，九德一转身，看到屋前墙有个洗衣服的棒槌，拿起来照着铁邦就是一下子。铁邦一捂，一手血。一旁的百更媳妇一声惊叫。"你敢打老子！"铁邦叫嚣着，到院子外找东西。"我不敢打死你？"九德的声音像扔出来的一样冷硬。说完，他丢下棒槌，到门后找到铁锹出来了。"你小心，你一家老小，老子早晚给你弄死完。"铁邦一手捂着头，一边往外跑。"有本事你别走……"九德撵时，被百更媳妇双手死命地拉住了。"小心你一家老小，老子反正就这一条命！"铁邦走出院子了，还在骂，九德听后，一脸的冷笑……

上初中时，老师布置的一篇作文《我最佩服的人》，我写的就是九德。后来，我进省城上大学了，毕业后留在省城报社了。有关九德的消息，仍不断从几百里外传来。"九德在第一次村委主任民主选举中，票非常地高，但他就是不愿意干。""九德第二次村委主任选举中，票仍很高。老村长（现在的村委会主任）到他家几次，他才勉强出任副主任兼民事调解员。""九德的正派与正直，让许多斗架的爷们都服了……"

二年前，我驻外一年半。回来后，我大婶到省城看病，提到了九德。"九德，现在人家都叫他缺德了。和前街的文香好上了，被文香的丈夫堵在屋里了。两家斗得呀！最后，九德拿出五千块钱才算完事。人呀！不变蟹子不蜇人。"大婶说得一脸无奈与平静，我却听得心里一揪……病治好后，我送大婶回老家。到村口，正碰上九德，忙停下车，下来给他让烟。"不吸，不吸。"九德谦让地说。"好久不见你了，最近如何？"我装着什么也不知道，像以往回来到他家坐一坐时的情形一样，问一些无关痛痒的事。"还是那样。"九德也显得若无其事。"对了，你在省城，有什么可做的生意不？"九德突然插话说。"说不准，你知道我这人，不太关心那些事。"我一五一十地回答。"噢！"九德虽然也如以往，那仍掩饰不住声音中的失望。"对了，现在农民不但不交粮纳税了，而且种什么国家补什么。村干部也不像以前净干那些催粮派款挨骂的事了，领着农民发展副业呗！"我曾经几次和九德提过，让他承包几十亩地，种有机蔬菜。"农村人呀！不好说。"九德有些不自然，借故有急事，给我打个招呼匆忙走了。这时，从小一起玩大的路线过来了，我急忙也给他让烟。"这几年，大家变化都挺大的。""是呀！"路线在小学教书，也说我变化不小。"尤其是九德，明显地老了，两鬓都有白头发了。"望着九德远去的背影，我感慨道。"他呀！"路线说完，一脸不屑地没再往下说……

狗日的事实

这个事千真万确……

一个女的贩毒时，被抓了。审讯期间，她向警察说自己有两个小孩子在家，没有人照顾，能不能接来。警察苦笑了一下，没有理她。第二天，她仍说有两个小孩子在家没有人照顾，能不能让她回去安顿一下。警察说，家里有什么人不？她说没有。第三天，她还说自己有两个小孩在家，要回去看看。警察问小孩多大了。她说，一个四岁，一个二岁。警察让她交代贩毒的上线后，陪她去看孩子。她不吭声了。警察怕有诈，就给辖区派出所民警打电话，按这个女毒贩说的地址，找一下这两个孩子。派出所的民警回电话说，去找了，没有找到她说的家。警察诡异地笑了，采用了冷处理的方式让女毒贩心理防线崩溃了，供认了她贩毒的细节。警察全副武装收网，抓捕贩毒的上下线，大搜查过程中真的发现女毒贩的两个孩子饿死在屋里了，其中二岁的那个孩子是趴在马桶上饿死的。

我知道刑警队肯定问不出来有价值的线索，就出了派出所。派出所的人看了我的记者证说，找他们的宣传干事。宣传干事说，找他的上级宣传科。我一生气，找道上混的阿飞，以五百元的线索费问清女毒贩的情况后，直奔饿死孩子的事发地点。"我们确实听见有孩子哭了。"在七拐八拐的棚户区，女毒贩的邻居不情愿地说。"听见了，怎么不看一看？"我有些心痛地说。

273

"她家的门天天紧闭着。"那个女的很警觉。"紧闭着,小孩子哭的不是一天二天,也应该敲门问一问呀!"我仿佛看见那两个小孩乞求的眼神一样,揪心地追问。"她家三天两头打闹,进进出出都是些不三不四的人,惹他们干吗?"从屋里出来一个小伙子,拉住正说话的女人进屋了。砰的一声,看着他们紧闭的大门,我心里一颤!

《除了生命,还有什么值得敬畏》,那个心血澎湃,那个椎心泣血,强按着大声疾呼的冲动,我二天二夜写了八千字,将事情的前因后果、逻辑线索以及社会责任淋漓尽致地抛了出来,并热切期望刊发后能引起社会的轰动,追查这些漠视生命的办案人员的责任!

"不能发!"赵总编给我当头棒喝!

"为什么不能发!写的不是事实吗?"我暗暗地咬咬后槽牙说。

"是事实,却是你看到的事实,不一定是事情的全部事实。"赵总编又翻了翻我的稿子,武断地说。

"作为记者,我的责任就是报道事实。和事实没有出入的稿子,领导压着不发,是违背新闻伦理的。"赵总编一直是我尊重的领导,对他的这个决定我却怒不可遏。

"新闻伦理是什么?"赵总编知道我愤青,却第一次面对我的刻薄,皱了皱眉。

"真相,事实的真相。"

"事情的真相是……"赵总编一时有些语塞,但又不想示弱,找措辞拖延说。

"在新闻伦理中,真相比真理重要!"我要乘胜追击,开始步步逼近。

"噢！退一万步说，这是一个事实。你报道这个事的目的是什么？"赵总编不愧是郑大新闻系毕业的高材生，避开我的锋芒，另辟战场。

"让那些草菅人命的家伙们得到应有的惩罚！"不能在稿子上说的话，我这时爆发出来了。

"是谁在草菅人命？"赵总编递给我一支烟后，反问。

"那些办案的刑警！"

"他们怎么草菅人命了？"

"明明知道女毒贩再三强调两个孩子没有人管，却冷血地置之不理！"现在，我说起来，手仍是抖的。

"置之不理，不是给派出所的民警通报了吗？你稿子上也说了！"

"通报了，派出所的民警没有找到呀！"

"派出所的民警为什么找不到？"

"他们不上心找，要是他们的家人，挖地三尺也能找到！"我对派出所拒绝接受采访的事很是反感，在稿子里已经再三质问他们了，并将辖区片警的名称、警号都报道出来了。

"这是真话！不是他们的家人，仅是他们的工作。工作嘛！另一则，那个地方不好找，你在稿子上也说了七拐八拐人多事杂的棚户区。"赵总编说时，突然脸上掠过一丝悲怆。

"不仅派出所有责任，他们的邻居也有责任，两个孩子哭了几天，他们没有听到吗？"我对女毒贩的邻居的冷血，感到心寒。

"其实，这样的悲剧不仅是她的邻居有责任，全社会都有责任!"我发现赵总编说这话时,手中的烟有些晃。

"是,但主要责任在刑警身上!如果他们不是立功心切!如果他们相信女毒贩的话!如果他们带着女毒贩回家一趟!这个骇人听闻的事件根本就不可能发生!"

"主要责任不在刑警身上!你让他们相信那个女毒贩的话,是不是太理想化了!"

"事实是这两个小孩饿死了!"

"事实是,这个悲剧是这个女毒贩一手造成的。"

"如果女毒贩不贩毒,如果这个女毒贩有吃有喝!如果这个女毒贩家庭美满!"我觉得赵总编把责任全都推到这个女毒贩身上,有些不可理喻,故意激将他说。

"她贩毒,毒害别人家的孩子,她没有责任?她生了孩子,不好好养,没有责任?她自己不负责任,能指望别人对她负责任,她没有责任?"赵总编真的被我激怒了,脸憋得发紫,手抖得越来越厉害了。

"她的责任是她的责任,我没有说她没有责任!问题是,饿死孩子不是她一个人造成的!"我从来没见过赵总编这么激动过,却顶了上去。

"她的责任,经你这么一报道,她的孩子饿死了,让全社会都背上沉重的责任。这就是你坚持的新闻伦理!"赵总编说着,突然将我的稿子扔出去,捂着脸哭了起来。